不羈《ふき》

チンギス紀 十二

北方謙三
Kenzo Kitakata

集英社

目次

チンギス紀

十二

不羈《ふき》

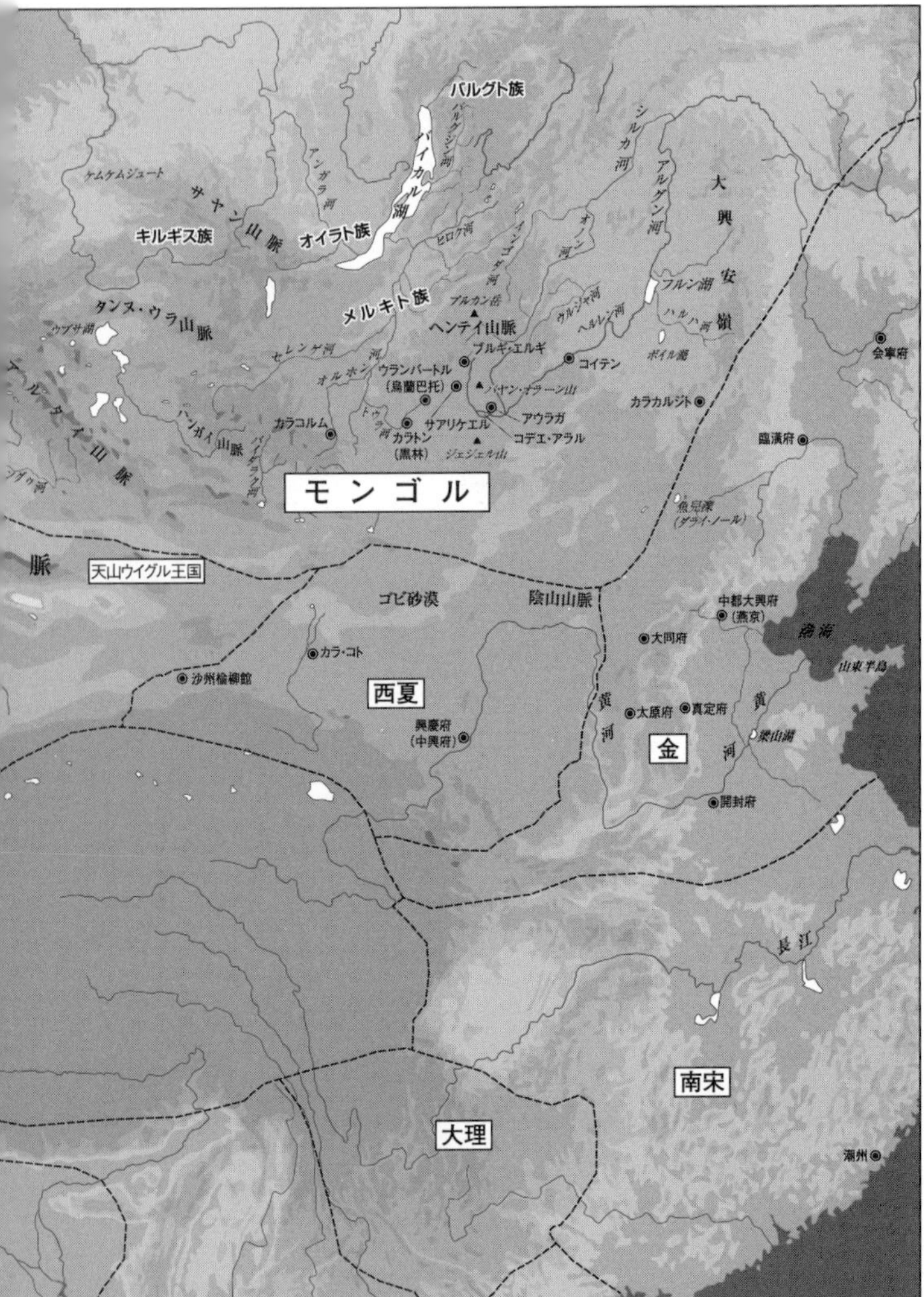

バルグト族
バイカル湖
バルグジン河
アンガラ河
ケムケムジュート
サヤン山脈
キルギス族
オイラト族
シルカ河
アルグン河
大興安嶺
オノン河
ヒロク河
インゴダ河
メルキト族
ブルカン岳
ヘンテイ山脈
タンヌ・ウラ山脈
ウブサ湖
セレンゲ河
オルホン河
ブルギ・エルギ
コイテン
ウルジャ河
ヘルレン河
フルン湖
ハルハ河
ボイル湖
会寧府
ウランバートル
（烏蘭巴托）
バヤン・オラーン山
カラカルジト
カラコルム
サアリケエル
アウラガ
カラトン
（黒林）
コデエ・アラル
ジェジェル山
ハンガイ山脈
バイダラク河
アルタイ山脈
臨潢府
モンゴル
魚兒濼
（ダライ・ノール）
脈
天山ウイグル王国
ゴビ砂漠
陰山山脈
中都大興府
（燕京）
渤海
大同府
カラ・コト
山東半島
西夏
太原府
真定府
黄河
興慶府
（中興府）
金
梁山濼
開封府
長江
南宋
大理
潮州

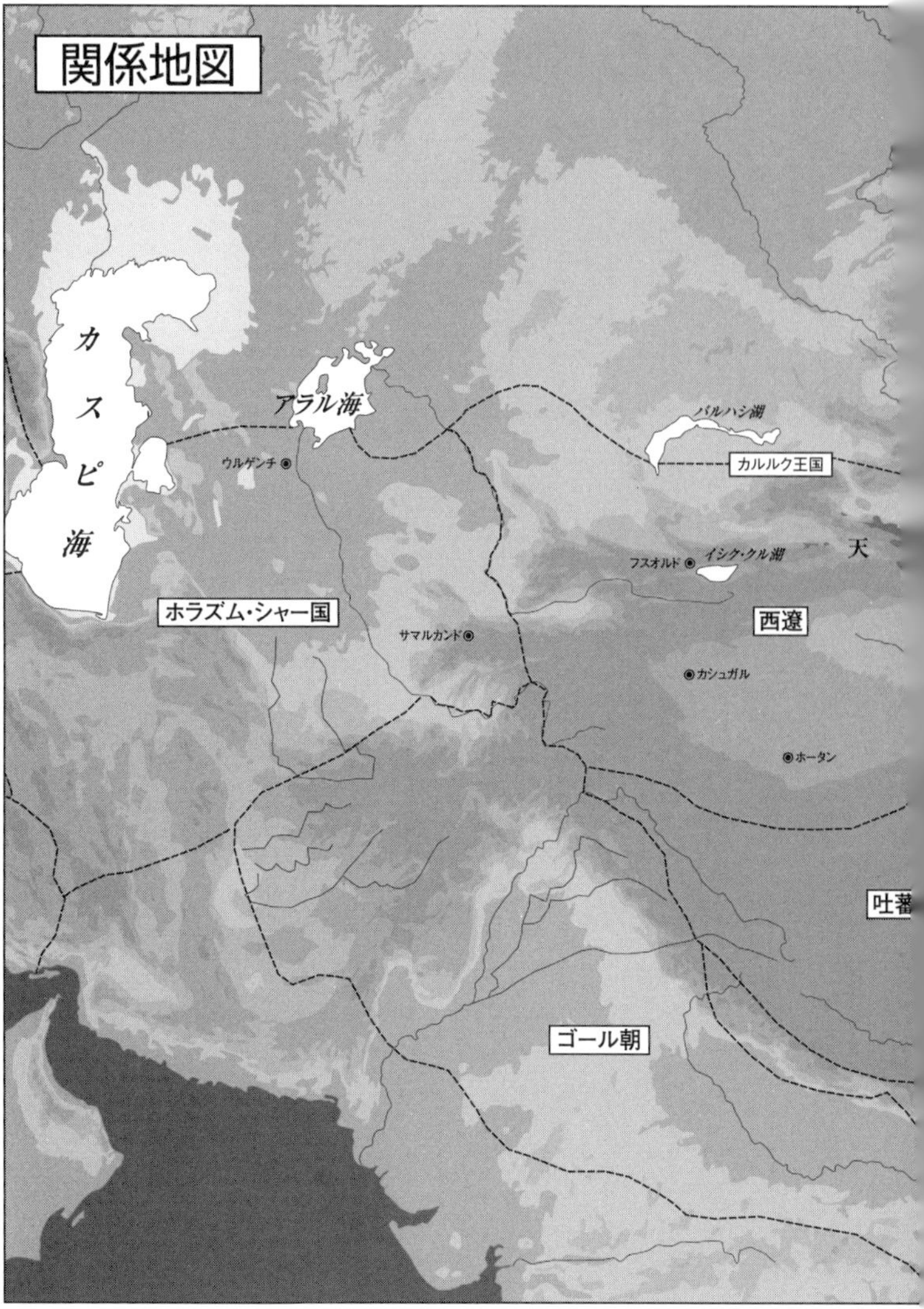
関係地図
カスピ海
アラル海
バルハシ湖
カルルク王国
ウルゲンチ
イシク・クル湖
フスオルド
天
ホラズム・シャー国
西遼
サマルカンド
カシュガル
ホータン
吐蕃
ゴール朝

モンゴル国

チンギス・カン……（モンゴル族の長）
カサル……（チンギスの弟、次子）
テムゲ……（チンギスの弟、四子）
テムルン……（チンギスの妹でボオルチュの妻）
ボルテ……（チンギスの妻）
ジョチ……（チンギスの長男）
チャガタイ……（チンギスの次男）
ウゲディ……（チンギスの三男）
トルイ……（チンギスの四男）
コアジン・ベキ……（チンギスの長女）
ブトゥ……（コンギラト族でコアジン・ベキの夫）
ヤルダム……（コアジン・ベキとブトゥの息子）
ボオルチュ……（幼少よりチンギスと交わり、主に内政を司る）
ボロルタイ……（ボオルチュとテムルンの息子）
ジェルメ……（槍の達人で将軍）
クビライ・ノヤン……（左利きの弓の達人で将軍。左箭《させん》と呼ばれる）
スブタイ……（陽山寨にいるモンゴル国の将軍）
ジェベ……（モンゴル国の将軍）
ボロクル……（モンゴル国の将軍）
ムカリ……（雷光隊を率いる将軍）
トム・ホトガ……（ムカリの雷光隊の副隊長）
ソルタホーン……（チンギスの副官）
ボレウ……（チンギスに仕え、歩兵部隊を整備する）
ナルス……（チンギスに仕え、工兵部隊を整備する）
ダイル……（通信網を整備した。鎮海城で守兵を指揮する）
アチ……（ダイルの妻）
ツェツェグ……（ダイルとアチの娘で、テムゲの妻）
李敬芳《りけいほう》……（法を整える。孤児でチンギスの亡弟カチウンの名を与えられた）
ハド……（コデエ・アラルの牧を管理する）
チンバイ……（故ソルカン・シラの長子で地図をつくる）
チラウン……（故ソルカン・シラの次子で将軍）
黄文《こうぶん》……（学問所を差配する）

チンカイ……（鎮海城を建設した文官）
ジン……（元ナイマン王国の隊長で歩兵を指揮する）
オルギル……（鎮海城の北にある駅の隊長）
華了《かりょう》……（アウラガの養方所を差配する医師。アンカイから改名した）
チェスラス……（兵站部隊の指揮を担う）
楊剣《ようけん》……（ヤルダムたちの護衛を命じられる）
ケシュア……（亡き父から医術を学んだ女）
アイラ……（ケシュアの叔母）
ヤク……（狗眼《くがん》一族の男）
サムラ……（ヤクの長男）
タエン……（ヤクの次男）

金国

衛紹王《えいしょうおう》……（金国の先帝）
哈敦《ハトン》公主……（衛紹王の娘）
吾睹補《ウトップ》……（衛紹王の甥で金国の新帝）
福興《ふくこう》……（対モンゴル戦で軍監を務め、丞相となる）
高琪《こうき》……（金国軍の総帥）
胡沙虎《こさこ》……（先帝を弑逆した金国の将軍）
耶律楚材《やりつそざい》……（金国の文官でモンゴル軍の兵站を切る）
完顔遠理《かんがんえんり》……（完顔襄《じょう》の甥で将軍）
蕭治充《しょうじじゅう》……（完顔遠理の副官）
希希《きき》……（丞相府の近くの食堂の娘）

ホラズム・シャー国

アラーウッディーン……（ホラズム・シャー国の帝）
トルケン……（太后。アラーウッディーンの母）
ジャラールッディーン……（ホラズム・シャー国の皇子）
テムル・メリク……（ホラズム・シャー国の将校）
バラクハジ……（ホラズム・シャー国の文官）
イナルチュク……（アラーウッディーンの叔父）
サロルチニ……（カンクリ族の若い隊長）

ワーリヤン…………（ジャラールッディーンの部下）
マルガーシ…………（チンギスに討たれたジャムカの息子）
サンダン……………（ジャラールッディーンの従者）
トノウ………………（ジャラールッディーンの従者）

その他

タルグダイ…………（元モンゴル族タイチウト氏の長。馬忠《ばちゅう》）
ラシャーン…………（大柄な女戦士でタルグダイの妻。礼賢《れいけん》）
ウネ…………………（タルグダイの家令で礼忠館を差配する）
トーリオ……………（タルグダイの部下だった故・ソルガフの息子）
鄭孫《ていそん》……………………（ラシャーンの商いを手伝う男）
李央《りおう》……………………（タルグダイに雇われた船頭）
呂顕《りょけん》……………………（李央のもとで若い者を統べる）
トクトア……………（元メルキト族の長で、森に住む）
アインガ……………（トクトアからメルキト族の長を引き継いだのち森に住む）
ジャカ・ガンボ……（ケレイト王国の王トオリル・カンの末弟。王国滅亡後、流浪）

ジラン………………（カシュガル近郊の村の村長）
タュビアン…………（ジランの村の出で商いを学ぶ）
アサン………………（護衛を連れたムスリムの商人）
陳双脚《ちんそうきゃく》…………………（謙謙州と鎮海城とを繋ぐ道をつくった男）
陳高錬《ちんこうれん》…………………（陳双脚の息子）
泥胞子《でいほうし》…………………（大同府の故・蕭源基《しょうげんき》の妓楼を営む）
侯春《こうしゅん》……………………（妓楼で遊妓の差配に携わる男）
林詠《りんえい》……………………（泥胞子の妓楼で働く娘）
宣弘《せんこう》……………………（宣凱《せんがい》の息子で、沙州楡柳館《ゆりゅうかん》を統べる）
蕭雋材《しょうしゅんざい》…………………（轟交賈《ごうこうこ》を差配する男）
グチュルク…………（元ナイマン王国の王子で西遼の帝位を簒奪する）
直魯古《ちょくろこ》…………………（殺害された西遼の帝）
獰綺夷《どうきい》…………………（西遼にある集落の長）

草こそ遠く

一

馬蹄《ばてい》の響きが伝わってきた。

ダイルは、眼を開けた。虎の毛皮に横たわっていた。寝台に、敷くようにしたのだ。床がある。天井もある。前にいた家帳《ゲル》とは、ずいぶんと違っていた。

砦《とりで》の中である。

鎮海《ちんかい》城の十里（約五キロ）西に、砦を築いた。南北に五里ずつ離れて、さらに二つの砦がある。

ダイルが考えた、西からの侵攻に対する防御である。

砦は潰《つぶ》されてもいいが、鎮海城は守らなければならない。完成にはまだ少し時がかかると言うが、それはチンカイの頭の中の完成で、ダイルの眼にはもう充分と見えた。

実際、すでにかなりの物資が蓄えられている。鉄塊もあり、それをさまざまなものに鍛えあげる、鍛冶場《かじば》も三つ作られていた。

やがて、謙謙州《ケムケムジュート》で製鉄された鉄塊が運びこまれるようになると、三つの鍛冶場では足りなくなるだろう。

ダイルは従者を呼び、馬蹄がなんだったのか訊《き》いた。牧《まき》は砦の外にあり、すぐそばで馬蹄の響きが伝わってくることはない。

「雷光隊のようです」

従者は、ひとりは宿直《とのい》をする。ダイルが望んだのではなく、アウラガ府で勝手に決めたことだ。なにしろ、チンギス・カンの係累になるのだ。

チンギス・カンは、いま金国《きんこく》への遠征中だった。もう、三年近くの留守になる。ただ、この冬は魚兒濼《ダライ・ノール》に滞陣して、兵を休ませていた。

雷光隊は百騎の遊軍で、駈《か》けると馬蹄の響きも半端ではない。単騎ではないが、せいぜい二騎か三騎の馬蹄だった。

ムカリとトム・ホトガが現われた時、ダイルは居室で衣装を整え、表の部屋に出ていた。具足は着けないが、軍袍《ぐんぽう》を下に着こみ、服の端からそれを覗《のぞ》かせていた。

「いやあ、起こそうと思ったのに、起きておられましたか。齢《よわい》を重ねると、あまり長く眠らなくても耐えられるのですね」

「耐えてはいない」

雷光隊の隊長のムカリは、いつもこういう口調で喋《しゃべ》る。チンギス・カンにむかってもそうだから、咎《とが》める者は誰もいない。

外はまだ暗く、夜明けまであと二刻（一時間）ぐらいだろう。

「トム・ホトガ、久しぶりだな」

ダイルはムカリを無視し、副隊長の方に声をかけた。

「はい、お久しぶりです」

ムカリが言った。トム・ホトガは喋ることを禁じられているのか、ただダイルを見つめている。

「夜っぴて駈けていたのか、ムカリ」

ダイルは、無視するのをすぐに諦《あきら》め、ムカリに言った。

「雷光隊は、移動が調練なのですよ」

精鋭が集められているし、戦歴にも華々しいものがある。しかし、雷光隊がこの地へ来るのは、ダイルの思慮の外にあった。

「鎮海城が、そろそろ攻撃されると、おまえは感じたのか？」

ムカリは、どこへ行くこともできた。チンギス・カンの頭の中では、ムカリが数に加わっていることはない、という気がする。だから、現われた時は百騎以上の力になる。

「わからないのですよ、ダイル殿。ただ、殿は魚兒濼で滞陣されていますし、俺が危険だと感じるものは、なにもないのです」

「それでも、わざわざここへ来た」

「そうですね」

「ここの兵力は、ほかと較べるとかなり少ない」

はじめは、守兵一千だった。スブタイの軍から一千騎が回されてきた。西夏《せいか》への対応で苦しいスブタイが、一千であろうと兵力を回すのは、大変なことだった。

「雷光隊は、兵力として数えようがありませんよ」

「それでも、雷光隊さ」

わずか百騎であろうと、五百、一千に匹敵する動きができる。そういう騎馬隊を、はじめから作りあげていた。

ダイルはここへ来てから、働いている者ひとりひとりに声をかけ、一千の兵を組織した。全軍で三千が、鎮海城の守備兵である。

鎮海城の中には兵は置かず、三つの砦に一千ずつふり分けていた。鎮海城が直接攻められる時は、中にいる人間たちが、闘う。しかし職人が多いので、徹底的な闘いはやらず、命の方を大事にする。そのあたりの按配《あんばい》は、チンカイが判断することになっている。

十万の遠征軍が出ているので、モンゴル国全体の守備は手薄である。チンギス・カンにはそれがよくわかっているし、アウラガの本営でも、全方位の守備が難しいと考えているのだ。

金国がこれからどう出るか、西夏が本気で動いたりするのか。そこはしっかりと見きわめているはずだ。

西遼《せいりょう》が、いまは動けないだろうというのは、ダイルでも予測がつく。西の国との戦《いくさ》があり、同時に帝位の簒奪《さんだつ》という大きな内紛があった。外に眼をむける余裕はないはずで、したがって本営も西には兵力を割かない。

それが、盲点にならないか。

いまの西遼の主は、グチュルクだった。旧ナイマン王国のタヤン・カンの息子である。旧ナイマン王国の残党を集め、恩を受けた直魯古《ちょくろこ》から帝位を簒奪し、やがて殺した。

ひとたびも、モンゴル軍とまともに闘おうとせず、常に逃げていた男だが、裏の工作などはうまいという。自分で闘わず、人に闘わせようとするのだ。

父の仇を討つために、モンゴル国と闘うというのは、多くある西遼の部族の長《おさ》たちの気持を、摑《つか》むかもしれない。

そうやって力を外にむけようとするグチュルクを、利用しようとする長もいると考えていた方がいい。

そうなると、必ずしも西が安全ということにはならない。

「いやな感じがしませんか、ダイル殿」

「それは、いつもしているよ」

「実は、アウラガの本営でも、いやな感じは持っているようなのです。ただ、こちらに兵力を割く理由がない。殿がおられれば、理由などなくても、平然と兵力を回すぐらいのことは」

「殿は、魚兒濼なのだ、ムカリ。こちらのことは、勝手にやっていろ、ということさ」

「そうですね」

「おい、トム・ホトガにも喋らせろよ」

「こいつは、兵がひとり、足を挫《くじ》いていることに気づかなかったのです。馬ばかり見て、それでいいと思っているのです」

「それで、喋るのを禁じたのか」

雷光隊では、怪我人《けがにん》は必ず離隊させ、傷を癒してから復隊させるという。足を挫いたぐらいでも、そうするのかもしれない。

「いくら言っても、兵は怪我を隠そうとします。隊を離れたくないのです。だから、隊長がそれをよく見ていなければならないのです」

「もういい。わかった」

「では、喋らせますか。口を開けてみろ、トム・ホトガ」

「ここを中心にして、三つの砦に六百か七百の兵。騎馬隊一千は、外を動いている。そういうことでよろしいのでしょうか、ダイル殿」

「それでいいぞ」

雷光隊は、二つの砦を見てから、ここへ来たのだろう。明るくなってから、報告が入るのかもしれない。

「三つの砦をかため、外からは騎馬隊で突き崩す。それで、かなりの大軍であろうと、受けられると思うのですが」

「大軍とは、どれほどのものを言っている」

「九千ですね」

「ほう、一万ではなくか、トム・ホトガ」

「ここは、一千であろうと大事なところです。厳密に計算すると、一千騎と歩兵二千を一隊として、三隊でほぼ拮抗《きっこう》すると思うのです。騎馬隊の動きによっては、追い散らすこともできると思います」

「許しが出たら、よく喋るのだな、トム・ホトガ」

「そういうやつです、こいつは」

ムカリが、横をむいて言った。ただ、トム・ホトガが言ったことは、ムカリが考えていることだろう、と思えた。

「九千でも一万でもない、と俺は思っている」

「えっ、どれぐらいですか？」

「よくわからん。西へ百六十里ほどの四つある大集落では、二万騎を出せるだろう」

「それは、虎思斡耳朶《フスオルド》のグチュルクの下にいる軍、と考えられるのですか？」

「そうだろうと思う」

「しかし、これまで動きは」

「表立った動きはない。しかし、密《ひそ》かに動いてはいる」

「動いているというのは、どういうことでしょうか？」

トム・ホトガの声が大きくなった。

「四つの集落に、だいぶ前から集落の人間ではない者が、かなり入っている」

「狗眼《くがん》が、調べたのですか？」

黙ってトム・ホトガとのやり取りを聞いていたムカリが、上体を乗り出して言った。

「そうだ。ヤクが調べたし、まだ調べようともしている。民の間に入りこんでしまっているので、見分けるのが難しいようだ」

「見分けにくいというのは、集落の民が、受け入れて匿《かくま》っているからですよね」

「潜んでいる、ということだが」

「そこまでやるなら、四つの集落は、虎思斡耳朶の意に従っているということですね」

「一応はな。グチュルクは、外に軍をむけることで、なんとか西遼をひとつにまとめられる。モンゴル国は、西遼の最大の脅威であることは確かだしな。しかし、そういうグチュルクの動きを、逆に利用しようと考える長もいると思う」

「つまり、その四つの集落が」

「獰綺夷《どうきい》という。この男が、まとめている集落だ。老練と見えるが、果敢なものを失っていない、という気がする」

「そうですか。ダイル殿の懸念が、わかってきました。それで、戦になったら、どれほどの兵力が動員される、と考えておられますか？」

「二万から三万」

ほんとうは、三万から四万の敵を、ダイルは想定している。それが現実的でない数であることも、わかっていた。

「十倍の兵力が」

「最大に見積もってだ。そして、ほんとうに戦が起きるかどうかは、誰にもわからん」

あと一年あれば、とダイルは思っていた。

獰綺夷のほんとうの目的は、グチュルクを逐《お》って、西遼の皇統を復活させることかもしれない。あるいは、自分自身が、それに即《つ》こうという野望があるのか。

グチュルクを逐うという一点で、モンゴル国は獰綺夷と連合できるのかもしれない。ただ連合するには、互いの信頼が構築されてはいない。ダイルは盛んに手を伸ばしていたが、逆に獰綺夷は、すべてを閉ざしつつあった。

夜が明けてきた。

ムカリもトム・ホトガも、はじめに見せていた快活さを捨て、押し殺した無表情な顔をしている。

朝食をともにという誘いも断り、二人は出ていった。それから数刻すると、雷光隊の所在はわからなくなった。

従者にいくつかの指示は与えたが、ダイルが居室を出たのは、正午を回ってからだった。

砦の中に、軍営らしい軍営があるわけではなかった。燃える建物は、ダイルの居室もある一棟だけだ。木材を多用してあるので、派手に燃える。

攻められた時に、燃えることは想定していた。周囲に水が置かれているので、少々の燃え方なら、消すのは難しくない。攻める方は、何度もそこを攻撃するだろう。言ってみれば、敵の力を傾注させるための、誘いのような建物だった。

ダイルの居室や、客用の部屋や、食堂、集会所などがあるこの建物が燃え尽きたところで、損失は寝台の虎の毛皮ぐらいのものだった。

三つの砦の守備を、ダイルは毎日、巡検して回った。それぞれが城壁に工夫を凝《こ》らし、攻めにくいものになっている。水と兵糧の蓄えもそこそこにあり、ひと月やふた月の籠城は可能だった。ただそれは、敵が想定できる攻め方をしてきた時だ。獰綺夷は、鎮海城のことも、三つの砦のことも、あるところまでは調べあげている、という気がする。

従者二騎を伴って、鎮海城の城下の集落を見回った。それは五日から十日に一度やっていることで、見回るたびに様子が変り、ひと月もすると、ちょっと驚くような新しいものも出現していることがある。

丘の上にある養方所は、鎮海城からも集落からも、さらに三つの砦からも適当な距離があり、外からの攻勢は最も受けにくい位置にある、とダイルは思っていた。そのあたりにも、チンカイの周到さが見えた。

斜面は緩やかで、すぐに養方所に達する。

長い、病棟とも呼べるような建物と、小さな家で成り立っていた。ほかに、小屋が数棟ある。

ダイルが、養方所への道を登っていくと、東屋《あずまや》の中に置かれた石に、チンカイとケシュアが並んで腰かけ、城下の集落を眺めているのが見えた。

ケシュアの父親である医師を、西域《さいいき》で見つけてきたのは、地図を作っているチンバイだった。旅の途次で体調を崩し、診て貰《もら》ったのがきっかけだったようだ。

それから部下の怪我人も診て貰い、鎮海城の医師として招くように、と進言してきたのだ。

しかしその医師は、自らの病で、鎮海城へむかう旅をはじめてすぐに、客死したのだ。鎮海城へ到着したのは、娘のケシュアや妹のアイラの一行だった。

アイラが病人や怪我人を診ていたが、期待したほどではなかった。チンカイは、アウラガの養方所を差配している華了《かりよう》に頼み、医師をひとり派遣して貰おうとしていた。

もうしばらく様子を見ろと言ったのは、ダイルだった。

華了にしろ、ボオルチュの副官から医師として一人前になるまでに、かなりの歳月を要したのだ。すぐに医師が育つのは、逆に不安な部分がある。

ケシュアが、医師として非凡なものを持っているとわかったのは、かなり時が経《た》ってからだった。怪我だけでなく、病についても深い知見があることは、病人への接し方で見えてきた。

チンカイが養方所を大々的に拡張したのは、現金なことではあったが、間違いではなかった。ケシュアが、想定以上の力を発揮するというのは、いまも続いている。ケシュアに詫られても駄目なら、諦めもつくという感じになってきているのだ。

ダイルは、東屋の下に行き、空いている石に腰を降ろした。どこからか下女が現われ、器をダイルに渡し、馬乳酒を注《つ》いだ。

この馬乳酒については、積極的に飲むようにケシュアは推奨している。草原の民ならこれを飲むのがあたり前だが、西から来た人間には、なにか新しいものであったらしい。

馬は、自らが産んだ仔馬《こうま》が腹を探らないかぎり、乳を出さないので、搾乳は仔馬を押さえておく係と、二人がかりでやる。

馬乳を集めるための小屋が、繁殖をなす牧には作られていた。

「ではチンカイ殿、私はこれで」

ケシュアが立ちあがり、二人にむかって拝礼して建物の方へ歩いていった。

「怪我人と病人を分けて収容したい、と言われまして」

チンカイが、軽い口調で言った。

チンカイとはここで会うことになっていたので、姿を見つけたケシュアが、馬乳酒を持って出てきたのだろう。

「新しい棟を建てろ、ということだな」

「しばらくは、無理ですよ。寝台もいくつか余っている、という話だし」

「戦が一度あれば、怪我人で溢《あふ》れ返るぞ」

「あるのですか、近々戦が？」

「それがわからないのだ。敵さえも、定かではない、と言っていい」

チンカイが、ちょっと首を振った。

「戦になった場合、城内にはいまの人数がいるだけだ。できるかぎり、三つの砦で食い止めるつもりだが」

「殿は、近々アウラガへ戻られませんかね」

「魚児濼に滞陣されているというのは、春になってまた金国に進攻するのを、隠しておられないということだ」

「それは、わかっています。魚児濼に滞陣されている間に、アウラガに一時帰還されないだろうかと思ったのです」

「わからんな、そこのところは」

鎮海城の問題は、こちらで解決すべきだ、とダイルは考えていた。援軍が必要な情況になれば、アウラガの本営は迅速に判断し、送れるだけの兵を出すはずだ。

とにかく、領土の広さに較べて、兵力は決定的に少なかった。その上、遠征なのである。国を守ることを、チンギスはまったく考えていないのではないか、とさえ思える。

チンカイとは、十日に一度、ここで会う。お互いに与え合う情報がなにもなくても、会って束《つか》の間《ま》でも話をしよう、というのが二人の意思だった。

二刻ほど話し、チンカイとは違う道から、ダイルは砦へ戻った。

ヤクが現われたのは、数日後だった。

「獰綺夷が、兵を集めると思う。その前に徹底した間諜《かんちょう》狩をやり、狗眼は五名の犠牲を出しました。潜入している者は、全員、引き揚げさせることに」

「五名も」

「かなり調べあげられていたので、それに気づかなかった私は、知らぬ間に老い、衰えていたのだろうと思います」

　狗眼は、死をもって働くという一団ではなかった。むしろ、死ぬことを避けながら、任務を遂行する。死者が五名というのは、驚くべき数と言ってよかった。

「獰綺夷は来るのだな」

「正確な兵力を見きわめる前に、引き揚げさせたので、三万を超えるかと。それも、大きく超えるかも知れません」

「わかった」

「陽山寨《ようさんさい》から来ている軍に寄ってきました。鳩《はと》を、十羽全部、放ったところで」

　鳩は、何日か後に、陽山寨に戻り、スブタイに危急を知らせる。余裕があれば、スブタイは援軍を送ってくるだろう。

　本営は、それを後から知ることになる。そして本格的な援軍の準備をはじめる。

　スブタイが援軍を出すと思い定めて、その到着まで鎮海城を守り抜くのが、ダイルのやるべきことだった。

「俺の想定は、当たったよ、ヤク」

「私の想定も、当たっていると思うな。もっとも、想定などせずに、事実だけを見きわめるのが、狗眼の仕事なのですが」

　三万を大きく超える動員は、口にすれば馬鹿げていると思われるので、言わなかっただけだ。

「もうひとつの想定も、当たるかもしれん。いやな想定だから、口にしなかったのだが」

「私が言ってみます、ダイル殿。西夏と西遼が、一時的に組んだ。西遼が動く時、西夏も動いて、スブタイ軍を釘付けにする、という想定ではないのかな」

「連合はできないだろうが、金国はその動きをじっと見ていて、自らも動く」

「ぞっとするような想定ですね、ダイル殿」

ヤクが、口もとだけで笑った。

その笑顔が、いつもよりずっと硬い、とダイルは感じた。

二

この戦をどう終熄《しゅうそく》させるかは、文官が考えなければならないことだった。

耶律楚材《やりつそざい》は、ほとんど丞相府《じょうしょうふ》で暮らしているようなものだった。

福興《ふくこう》は、宮廷からそれほど離れていない屋敷にいて、参内するか丞相府に来るか、その日にならなければわからなかった。

丞相府の執務室に福興が入ると、耶律楚材は執務が終るのを待ち、話しに行った。福興も、耶律楚材を待っている気配がいつもある。

戦を終らせるにしろ、こちらが有利な展開が必要だった。追いつめられた状態で終熄を図れば、どうしても降伏に近いものになる。そしていまの帝は、それを恐れていた。降伏と自らの死が、重なって見えるらしいのだ。

チンギス・カンは、全軍を撤退させたというかたちで、打ち勝ったと高琪《こうき》などは言っていた。軍の総師《そうすい》として、高琪がふさわしいのかどうかは、わからない。ただ、いま高琪が総師であることは、民に対してはわかりやすいことだろう。

先の帝を弑逆《しぎやく》した胡沙虎《こさこ》を、討ち果しているのである。

「モンゴル軍の兵站《へいたん》がどうなっていたのか、少しずつわかってきました。わが国の商いの中で、物資を動かしていたのです。軍の口を養うどころか、その商いは利さえ生んでいたのです。敵ながら、瞠目《どうもく》すべきやり方と言わざるを得ません」

「遠からず、チンギス・カンはまた侵攻してくる。その時、兵站を叩き潰していられるのかな」

「これまでの兵站はです、丞相。次の侵攻の時、モンゴル軍が同じ兵站のやり方をするとは思えないのです」

「私も、そう思うよ、耶律楚材」

「いくつもある兵站線の内の、三本を切ってしまったのは、逆の効果になったのかもしれません、丞相」

「仕方がないさ。文官が考え得る、最上のことだった、と私は思う。次の侵攻でも、兵は食わねばならない。兵站線を探り、それを切るのは、勝敗に関わる大事なことに変りはないぞ」

「草原で、ただ遊牧をなしている蛮族、と見る者はいまだ多いのです。魚兒濼《ダライ・ノール》まで退《さ》がったことを、撤退と言い立てている者もいますし」

「そうだな」

耶律楚材はさらに続けようとして、愚痴をこぼせる相手を見つけただけなのではないかと、不意に自分を振り返った。

情ない、と思わず口から出しそうになった。忙しい日が続き、眠る時を削って仕事をしている。ほかに代る者がいないからそうしているのだが、それは丞相である福興も変りないはずだ。

完顔遠理《かんがんえんり》が求める兵は一万で、福興の意向はそれを五万に増やすことだった。完顔遠理は、はじめはその増強を拒んだ。兵の質を、率いている一万騎と揃《そろ》えられない、というのが理由だった。

結局、完顔遠理軍と同じ規模の騎馬隊を四つ作った。その指揮官を、完顔遠理が選ぶ。大きく言えば、完顔遠理の指揮下に入るということだ。

すぐに調練をはじめ、それは相当に厳しいもののようだ。指揮官に、ひとりとして将軍はおらず、四名とも二十代の若い将校だった。それだけでも、完顔遠理が思い描く軍に近づいたはずだ。馬もいいものを集め、武具も新しいものを補給した。

それだけのことを整えるだけで、耶律楚材は疲労困憊した。モンゴル軍に負け続けて、金軍が受けた傷は、耶律楚材が考えていたよりずっと大きかったのだ。

軍の規模からいうと、余力はまだあるはずだった。それがどこも余裕がなくなってしまっているのは、負け続けたせいだと思えた。軍にとっては、負けるということは、耶律楚材の想像以上に、大きかったのだろう。

動きのいい部分を、選び出した。それは完顔遠理と四名の将校がやったことだった。

そのあたりから、完顔遠理は、五万騎が自分の軍である、ということを受け入れたようだ、と耶律楚材は思っていた。

いま、軍の統轄は福興が選んだ比較的若い将軍たちに委ねられ、その上に福興がいるというかたちだった。

つまり福興は、いやいやながらも、軍の総師の地位を引き受けなければならなくなったのだ。福興のその地位に関して、ほんとうはどこがどうなっているのかわからず、ただ成行《なりゆき》に任せられた。高琪の不満は大きかったが、名目の総師でそこそこの満足は得ているようだった。あとは、福興がどう捌《さば》くかである。

耶律楚材は、潰《つい》えかかった軍を支え、政事を立て直すことに力を注いだ。そのためには、税がきちんと集まることだった。

役人の組織だけは驚くほどしぶとく、不正をなす者を処断するというだけで、国庫はいくらか潤いはじめている。

新帝の吾睹補《ウトップ》は、即位してからもその臆病《おくびょう》さを隠さないが、先帝の衛紹王《えいしょうおう》ほど、浪費をするわけでもなかった。

「完顔遠理将軍が、陛下に召し出されて、二日後に来られます」

「陛下は、儀礼的な言葉をかけられるだけだろう。目的は、高琪将軍が、一度遠理の頭を抑えようということだろうな」

完顔遠理が、たやすく頭を抑えられるとは思えなかった。ただ、高琪を嗤《わら》い、なにもかも放り出すのではないか、という懸念はあった。福興は、それを心配しているようではない。

「朝廷の中も、少しずつ整ってきた。高琪将軍はこのところ、禁軍総帥と名乗りはじめている。陛下がなにも言われないので、それでいいという雰囲気が宮中にある」

「なにもかもが、いい加減ですね。ただ地方に及ぶまで、役人の組織はしっかりしていて、不正もなくなってきています」

「潰れかけた国で、役人だけがしっかりしている。この国は、どういう人たちによって大きくなってきたのだろうな」

「役人がしっかりしていれば、すぐに立て直せるということです、丞相」

「まったくだ。努力とは別のところで、国は強靭《きようじん》なのだな」

役人は、決められたことをただやる。こういう事態では、それが大きな力になるのだと、耶律楚材ははじめて知ったような気分だった。眼を離しさえしなければ、不正がはびこることはない。

不正の処断をなし得たのは、燕京《えんけい》とその周辺の城郭《まち》だけである。

モンゴル軍に陥《おと》された城郭も、少なくなかった。そこには、役人を統轄する立場の人間が数人ずつ残されていた。ただ軍はいないので、その気になれば奪還は難しくない。

一度陥された城郭は、防御の部分が破壊されていて、立て直すのには何年もかかりそうだった。金国軍はいる場合もあるが、一度降伏していた。その立て直しは、防御の立て直しより難しいかもしれない。

耶律楚材は、近隣の三十ほどの城郭を自分で回り、役所のありようを確かめると、部下を五名ずつ残してきた。それで、税の道は回復したのだ。

全国の城郭の税が正常に納められれば、この国はどれほど豊かなのかと思う。遠い地方の税が入ってくるのは、これからなので、国庫はまだいくらか潤うだろう。

モンゴル軍が、十万で攻めてきて暴れ回っても、その痕跡が残っていない方が、まだまだ多い。チンギス・カンが想像したより、この国はずっと広大なのだ。

ただ、チンギス・カンが侵攻を諦めるという気配はなかった。

ひと冬を、北の湖のほとりで過ごし、充分に兵馬を休ませ、また攻めてくる。完顔遠理の五万騎が、それに対抗できるほど、精強に仕上がるのだろうか。

戦は兵力だけではない、とはこれまでの戦を見て、痛いほどわかっている。

それでも、どこかで兵力を求めることがあった。地方の軍を組織し直せるか、義勇軍を集められるか。そういうことしか、頭に浮かばない日がある。そして翌日、ひどい自己嫌悪に襲われるのだ。

福興が、宮中の話をはじめた。

高琪に、あるいは福興につく廷臣。かつては衛紹王に忠節を誓い、胡沙虎が実権を握るとそれに靡《なび》き、そしていま、二人のどちらかを選ぼうとしている。

福興は軍人ではないが、いつでも死んでやるという開き直ったところがあり、それで高琪と正対できているのかもしれない。戦以外の能力の違いは、較べてみるだけでも馬鹿げていた。

「丞相、私も耐えているのですから」

「耐えるさ。しかし、お互いに、愚痴をこぼし合える相手を見つけた、と思わないか？」

「私は、先の帝に申しつけられて、福興様を探したのです。陛下はまた、なにか私に御下命をくださるかもしれません」

「ないな。耶律楚材という文官がいたということは、誰かに言われないかぎり思い出されもしないであろうな」

「やはり、そうですか」

「だから、私とおまえは、二人だけだ」

福興が笑った。家族は、滄州《そうしゅう》に残してきたのだという。燕京に呼び寄せないのは、この国の一年先について、確信が持てないからだろう。

福興は宮中の、耶律楚材は文官の、他人にはあまり言えない愚痴をこぼし合った。

「夕めしをともにしようか、耶律楚材」

「お断りします」

「なんだと」

「それは、宮中で食することになるのですよね。陛下が私のことを思い出されることがなく、高琪将軍が文官としての私に眼をつけることもなく、無難に通りすぎてしまいたいのです」

「そうか。宮中以外では、あまり口にできないものばかりなのだが」

「せいぜい、私を羨《うらやま》しがらせてください、丞相。うまいものを食いたいという思いは、実はあまりないのですが」

「酒は?」

「それはもう、食するより飲むという方ですね。いまは、眠るために器一杯を飲むだけなのですが」

「それだけの量で眠れるのか。羨しい話だ」

「いつか福興様とむき合って、反吐《へど》を吐くほど飲んでみたいものです」

「そこまで飲もうという気には、多分、なれないだろうと思う」

「チンギス・カンを討ち果したらですよ」

「なるほど。それなら、浴びるほど飲んでもいい」

チンギス・カンを討つということが、耶律楚材の頭の中では、無理なことではなかった。チンギス・カンの首が飛ぶ様子が、はっきりと見えたりするのだ。

しかしそれは、勝負にもならず呆気《あつけ》なく負けるかもしれない、という恐怖の裏返しに違いなかった。

十万を孤立させ、兵站を切る。そして完顔遠理の軍が、くり返し攻撃をかける。

それほどうまく行くはずはないが、実戦の経験のない耶律楚材には、戦が単純な図式でしか頭に入ってこない。

しばらく、福興と愚痴の応酬をした。愚痴は本音に近いとも言えるが、吐き出してしまうと、どうでもいいことのように思えてくる。

福興が宮中へ帰ったので、耶律楚材も丞相府を出て、食堂が並んだ区域へ足をむけた。

店へ近づくと、希希《きき》の姿が見えた。近づいてくる耶律楚材には気づかず、肉の皿を運んでいる。

このあたりでは、希希の父親がやっている店が、最も繁盛していた。

「あっ、楚材さん」

希希が気づいて、声をあげる。

この店に来ることができるのは、三、四日に一度というところだった。丞相府でやるべきことを片付けると、店が閉っている時刻になっていることが多い。

希希は、隅の小さな卓に、耶律楚材を座らせた。ここは二人の間で、耶律楚材の席ということになっている。ここに誰か座っている時は、店は満席ということだった。

なにも註文《ちゅうもん》せず、ただ待っていれば、希希がその日に食べさせたいものを、勝手に運んでくる。酒はいつも、器一杯しか出されなかった。

宮中で働いている下級の役人だと、希希は思っているようだ。耶律楚材がそう名乗ったわけではなく、ただ訂正していないだけのことだった。

しばらくすると、野菜と肉を煮たものが運ばれてきた。耶律楚材は、饅頭《マントウ》を千切り、それに汁を吸いこませて口に入れた。それを見て、希希は笑っている。希希が教えてくれた食べ方なのだ。中央の席にいた七名の客が、立ちあがって出ていった。それで、店の中はがらんとした感じになった。

耶律楚材は、器一杯の酒を、ちびちびと飲んだ。肉を口に入れ、次には野菜に箸《はし》をのばす。交互に食えというのも、希希に言われたことだった。

ひと皿の料理を食べてしまうと、残っている酒を、舐《な》めるようにして飲んだ。それもすぐになくなった。

耶律楚材は、卓に銭を置き、腰をあげて店を出た。

店の脇の暗がりから、希希が声をかけてきた。暗がりで口吸いをし、乳房を揉《も》んだ。今夜はこれで終りだ、ということだった。

その方が、耶律楚材は気持が楽だった。希希の父親が博奕《ばくち》を打ちに行く夜は、家に連れていかれる。そこで、裸になって抱き合う。二人がひとつになる、という言い方を希希はするが、それは束の間で、すぐに熱がさめるから、耶律楚材はあまり好きではなかった。口吸いの方が、熱は持続している。

希希から離れると、耶律楚材は来た道を戻り、丞相府の中にある居室へ入った。すぐには眠れず、卓に置かれた書類を、四刻ほど読んでから、寝台に横たわった。

百騎を率いて、完顔遠理が中央の道を進み、宮廷の前に馬を並べた。

耶律楚材は、福興に従って、それを眺めていた。

完顔遠理は、大広間で帝に拝謁《はいえつ》した。

帝は、型通りの労《ねぎら》いの言葉をかけると、すぐに退室した。

次に、高琪の軍営への呼び出しがあり、完顔遠理は馬に乗り直し、部下も連れて軍営の前へ行った。

福興とともに歩いた耶律楚材は、軍営の前で、騎馬隊が整列するのを見ていた。

完顔遠理が、軍営の建物に入っていく。

入口の部屋は、将校たちが集まったりするところだ。高琪と福興が、並んで腰を降ろしていた。いるのは、高琪の部下の将軍や将校が十四名と、文官が二名で、部屋の両脇に並んで立っていた。耶律楚材は、文官のそばに立った。

「完顔遠理、軍は仕上がったのか？」

高琪が、いきなり言った。完顔遠理は、拝礼していた顔をあげ、高琪を見つめた。表情はほとんどない、と耶律楚材は思った。

「仕上がるわけがありません」

「なんと」

「元帥閣下、よくおわかりのはずですが、調練を重ね、これでいいというところはありません。開戦の前夜まで、調練は続くということです」

「仕上がるという、言葉が悪かったのか。そこそこに、出来上がってはいるのだな」

「いまお預かりしている五万騎は、相当の力をお見せできると思います。前の戦では一万騎だけでした。これだけの大軍をお預けいただいたのに、無様な戦はお見せできません」

「よい。それでこそ、前線指揮官である。金軍は、次の戦では、反転してモンゴル軍を逐うぐらいはしなければならん。おまえに預けた五万騎以外に、わが幕下の将軍を五名出し、十五万の軍でモンゴル軍にぶつかろう。それについて、おまえに指揮権を預ける」

「元帥閣下、ありがとうございます。モンゴル軍を北に逐い、金国の再興を果した勲功を、元帥閣下のものにしたいと、命を懸ける所存であります」

「とにかく、モンゴル軍を北に打ち払え。できることなら、チンギス・カンの首を奪《と》り、ここへ持ってこい」

「必ず。命のあるかぎり、元帥閣下のために働くことを、ここに誓って申しあげます」

「完顔遠理、勝利の暁には、おまえは私の下にいる、金軍最高の将軍となることを、約しよう。最後の一兵になるまで、力を尽して闘え」

「元帥閣下、閣下が大将軍として歴史に名を残されるか、この完顔遠理が死ぬか、二つにひとつであります」

「見上げた覚悟だ。本官は、陛下をお守りしてここで待とう。おまえが戦に必要だと思うものは、できるかぎり届けよう。それは丞相たる福興殿にお願いできる」

そばに座っていた福興が、何度か小さく頷《うなず》いた。一瞬だけ耶律楚材と眼が合ったが、それからは、頑《かたくな》にこちらに眼をむけようとしなかった。

耶律楚材は、眼を閉じた。完顔遠理が、勝つために自らを曲げようとしている。

勝つことが悪いとは、誰にも言えない。

しかし耶律楚材は、なにか不服なものをも感じた。男が、これまでの生き方を、たやすく変えてもいいのか。それによって得られる勝利に、どれほどの意味があるのか。

完顔遠理は、自分を曲げて、勝利を求めている。それによって高琪という、許し難いような軍人に、勝利という大きな欺瞞《ぎまん》を贈ろうとしているのではないのか。

ただ勝てばいいというのが、正しいとは耶律楚材にはどうしても思えなかった。完顔遠理は、なにか失ってはならないものを、捨ててしまったのではないのか。それとも、大人になって、自分が動きやすい情況を作ろうとしているのか。

完顔遠理は、勝とうが負けようが、自分の戦をひたすらやり続けるべきだ。小賢《こざか》しいことをやるより、その方がずっと勝機も摑めるという気がする。

完顔遠理は、懐《ふところ》の中から書状を取り出し、高琪に差し出した。

高琪は頷き、受け取ってその場で開いた。その場で言えないので、書状にして渡しただろうに、と耶律楚材は考えた。無神経ぶりが、いかにも高琪という男を示していた。

高琪が、頷き、書状を畳んだ。

「任せておけ、完顔遠理。ただ、軍費が出るのかどうかは、丞相に諮《はか》らねばならん」

「政事は、すべて戦にむかって動いているぞ、高琪将軍。軍費についても、よほどのことがないかぎり、出せるはずだ。今年より来年、来年よりその翌年。税を集める仕組みは、全土で動くようになっていく。そうなれば、この国はモンゴル国などと較べものにならないほど、強大なのだ」

「まさしく。軍については、完顔遠理がおります」

「俺は、元帥閣下のために、働きます。国のためと口にするのはたやすいのですが、俺には見えにくいのです。元帥閣下の軍として闘うことが、国のために闘うことになる、と思っております」

「よかろう。今夜は、宴《うたげ》だ」

「閣下、ありがとうございます。ただ、俺は営地に帰ります。ひと時でも、軍から離れているのが、不安でならないのです」

「おまえのような、豪傑にして、そんなことを感じるものか。それでは、宴は戦捷《せんしょう》の時としよう」

完顔遠理は、拝礼して出ていった。

高琪はこの場に関心を失ったようで、福興に頭を下げると、奥へ消えた。

丞相府まで、福興とともに歩いた。

「あの書状には、なにが書かれていたのでしょう、丞相」

「口で言えばいいことだが、高琪のような男には、ああいうふうに勿体《もったい》ぶった方が、よく効く」

完顔遠理が燕京へ来る前に、福興とは連絡し合ったのだろう。軍本営での殊勝な態度も、あらかじめ二人の間では決められていたのかもしれない。

「北にいる軍を五万、会寧府《かいねいふ》に集める。さも、会寧府を守るがごとくな。そしてその軍はひそかに西にむかう。大興安嶺《だいこうあんれい》の山なみを越え、モンゴル領に進攻する」

「そういうことですか」

「喜んで、高琪は乗った。失敗すれば完顔遠理のせいで、成功すれば、すべて自分の手柄になる。それでいいのだ。完顔遠理は、あくまでチンギス・カンと闘おうとしているのだからな」

大興安嶺の裏側には、カサルの軍がいるはずだった。場合によれば、その軍だけでも釘付けにできればいい、と考えているのかもしれない。

極秘の軍の動きを共有することで、高琪は闘っている気分になるに違いない。

「私ができるのは、モンゴル軍の兵站を調べあげて、それを断つことだけですね」

「そうだ」

丞相府の居室に入ると、耶律楚材はすぐに仕事をはじめた。

三

髭《ひげ》が白くなっていた。

よく見ると、髪にも白いものが混じっている。

歳を重ねたのだな、と言いそうになり、チンギスは口を噤《つぐ》んだ。

ボオルチュが歳をとることなど、チンギスの思慮の外にあった。チンギスより、いくつか若い。

魚兒濼《ダライ・ノール》の陣に、ジェルメが来た。次にはクビライ・ノヤンとチラウンが来た。二人と入れ替るように、ボオルチュが現われたのだ。

「李敬芳《りけいほう》の法が、完成しつつあることは、すでにお知らせし、概要を書いたものも、お届けしましたが」

「俺には、言うことはなにもない。あとはカチウンとおまえが、最後の詰めをやればいいだけのことだ」

湖のほとりに、卓と椅子が置かれ、チンギスが行くと天幕を張られるところがある。

従者も遠ざけ、そこでボオルチュとむき合っていた。

午《ひる》近くにそこに行き、ボオルチュとともに昼食をとり、夕方まで喋ることが、すでに三日続いていた。

ボオルチュは、語ることをほとんど語り終えている。チンギスは、ただ聞くだけだった。ボオルチュに戦の話をしても、本人が苦しむだけだ。自分がわからないことについて、たとえ眠らなくてもわかろうとするのが、ボオルチュだった。

「カチウンは、ここまで法に打ちこんできたのだ」

「殿、もう李敬芳という名なのです」

「わかっている」

カチウンは、中華の法の長所と欠点を、これでもかというほど、調べあげた。モンゴル国の法を創りあげる時、それはある程度の力を持っただろうが、独自の法が作りあげられつつある。

中華の歴史を考えると、モンゴル国の歴史は、砂のひと粒にすぎなかった。それでも、長い中華の歴史は重く、敬意を払うには充分だった。カチウンという名から李敬芳に戻った経緯を、チンギスはよく憶《おぼ》えていない。

カチウンは、弟の名だった。母のホエルンが討たれかけた時、身代りになって死んだ。母にはよほどの思い入れがあったようで、自分が育てている孤児の中からひとり選び出して、身代りで死んだ息子の名を与えたのだった。

その名が、肩に重くのしかかってきたのは、チンギスにも理解できることだった。それで、李敬芳という昔の名を遣いはじめたのかもしれない。

詳しいいきさつは忘れてしまったが、母が認めた資質ではあるのだ。

「ボオルチュ、テムルンの具合はどうなのだ？」

妹のテムルンは、母についている期間が長かった。そして、ボオルチュと恋をした。

「起きあがれないことも多いのですが、下女が交替でついているので、不足はないようです。それよりボロルタイが、必要以上に心配するようで」

「母と息子だからな。ボロルタイは、いくつになった？」

「十二歳です。私が十二歳のころよりずっと豪胆で、十歳を超えたころより、泣くこともなくなったようです」

「おまえの息子がな」

「私は、いい家庭を持てたと思っています。そのために、殿の義弟にならなければならなかったのが、唯一運に恵まれなかったことなのですが」

「俺の系譜に加わってきて、嘆いているのはおまえばかりではない」

「ダイル殿も、そうですが」

「ダイルの情報は、アウラガ府には入っているのだろう」

「鎮海城の情報ですね。私の想定を遥かに超えるものを、チンカイは作りあげました。アウラガ府からの出費は、ほとんどなくです。銀を稼ぎながら、人を集め築城をなす、あのやり方は見事なものでした」

「ボオルチュに、褒《ほ》められるほどなのか」

「西域の諸国については、逆に大きな脅威となることで、西遼などは動きはじめています」

西遼の中は、帝位の簒奪などがあり、乱れている。そういう乱れを収束させるために、外敵を求めるというのは、あり得ることだった。

ただ、西遼の帝位を簒奪したグチュルクは、軍人としてはまったく評価できない。帝としても同じようなものだろう。

「ダイル殿が、鎮海城の守備軍を編制され、防備をかためておられるようですが、兵力は不足気味です」

「どこもそうだ」

領土は、急激に大きくなった。領土を基本にして兵力を構成することは、まだ充分にできていない。守らなければならない国境線はあまりに長く、四囲は敵と言ってもいい。その上、十万の遠征軍だ、と幕僚たちが考えているのはよくわかる。

「モンゴル国は、戦をやめてはならん。いまの国土をしっかり守り抜いて、民が豊かな国になってはならん。それが、戦で領土を拡《ひろ》げた者の宿命だ」

「それですと、殿、いつまでも戦をやめられません」

「俺が、やめると思うか、ボオルチュ」

「闘うことが、生きることであられますからなあ」

ボオルチュは、チンギスと過ごす時間が、たまらないほど愉《たの》しいようだ。口うるさいが、チンギスも愉しい。

「ボオルチュ、俺は海というものを、はじめて見た。陸地は海に囲まれていて、従ってかぎりがあり、思い描けないような無限ではない」

「私も、海を見てみたかったです」

「おまえは人探しの旅をずいぶんとした。その過程で、見たであろうが」

「私が見てみたいのは、殿の海です。そばで一緒に見ていたいのです」

「いずれ、見ているさ」

ボオルチュが、頷いて笑った。

大家帳や湖のそばに、兵の姿は見えない。工兵隊の仕事で、湖から流れ出る川を堰《せ》きとめ、そこそこの池をひとつ作ってある。軍に必要な水は、そこから取っているようだ。

そろそろ、戦をはじめるころだった。兵馬は、充分に休んだ。武器、武具の補修も終えている。

大家帳から十里ほど離れたところに、鍛冶場を五つ作ってあり、そこで大抵のことはやる。近くで掘り出した石炭で、骸炭《がいたん》（コークス）も作っている。

「ボオルチュ、いま最もつらいのは、誰だ？」

「さあ、スブタイ将軍か、チンカイ。私はそう思いますが」

スブタイは、西夏を相手にするだけなら、もはや大きな負担はかからない。

チンカイは、あれほどの規模の城を築くのなら、西にいる部族の相当の部分と、なんらかのかたちで繋《つな》がっておくべきだった。先走りして、謙謙州という北に離れ過ぎた地と、物流をなすための道の建設に執心した。

謙謙州は、そこを領地とするジョチが、対応に当たってもよかったのだ。謙謙州には製鉄所が二カ所築かれ、鎮海城の鍛冶場にかなりの鉄塊が運びこまれることになっている。

しかしチンギスは、そういうことを口に出しては言わなかった。チンギスが言うと、絶対的なものになってしまい、そしてそれが正しいのかどうか、判断もできないからだった。

それぞれの場所で、苦労しながらもやり遂げる。それをはじめから示したのは、ボオルチュだった。

ジェルメもクビライ・ノヤンもチラウンも、しばらく会わない間に、はっとするほど老けていた。自分もそうなのか、という気もする。

魚兒濼から西へ十里。丘が三つあり、そこを駈け登り駈け降り、馬脚を落とさず往復する。それで、馬は充分に駈ける。チンギスも、かなり躰《からだ》を動かすことになる。

滞陣中の日課だった。はじめは、陣中を駈けることを考えたが、それでは周囲に気を遣わせてしまう。陣の外にむかって十里駈ける時は、麾下《きか》の二百騎がついてくるだけだった。

馬を駈けさせることは各軍でやっているが、西の三つの丘は、チンギスだけが遣うことになっている。

ボオルチュと、駈けた。ボオルチュは、衰えを見せない。日ごろ、アウラガ府の建物に籠《こも》りきりになっているとは、とても思えなかった。周囲には内緒で、日に二、三刻は駈けているのかもしれなかった。

「アウラガには、これからも人が増え続けます。宿屋だけでも、十数軒できているのですから」

十里西へ駈けると、半刻馬を休ませる。そして復路の十里を駈ける。

休憩の時は、馬体の手入れをするでもなく、ただ立っているだけだから、話をするにはいい時なのかもしれない。

「西から、鎮海城、カラコルム、アウラガというふうに、人の多い地域が領土の中に三カ所あれば、物流の道はずいぶんと作りやすくなります。西からの物流も、南からのものも。かつてなかったほどの広大な国が、物流が活発になるだけ、狭いものになると言ってもいいのです」

「ボオルチュ、轟交賈《ごうこうこ》の道は、どうなると思う？」

「消えるものは消えて、われらの道がそれと入れ替ります。そうやって、道は新しくなるのでしょう。消えない轟交賈の道も、当然、多くあるのですが」

「出来あがったものは、すぐになくなり、新しいものと入れ替るのか」

「一部分は、確かにそう言えます」

「ボオルチュ、不安なことはなにかあるか？」

「殿より先に、私が死んでしまうことです」

「なるほど」

「感心しないでください。殿より先に死ぬと考えると、不安で、眠れなくなります」

「おまえの眠れないは、信じないぞ」

「そうですよね。いつも殿より先に眠ってしまうのが、私でしたから」

「まあいいさ。おまえのその頭は、眠らないと働かないようだしな」

チンギスより長生きがしたい、とボオルチュは考えている。チンギスの生涯の果てまで、見きわめようと思っているのだ。

それはいかにもボオルチュらしく、見られてもいい、とチンギスは思った。

休憩が終り、復路に入った。

往路とは、多少道筋を変えてある。

馬は、駈け登る時より、駈け降りる時の動きだった。それだけは、馬は調教をはじめる時から、叩きこまれている。

大家帳に戻ると、ジョチとトルイが待っていた。

トルイは、魚児濼でひと月ほど傷を癒すと、回復した。チンギスは、アウラガへの帰還を命じたが、頑として聞こうとしなかった。

ふだんならば、そんなことは許さない。許したのは、トルイに対しては、いろいろと後ろめたいものがあるからだ。

父である自分の身代りになって、トルイは躰を投げ出した。心配して営地で受け入れるという使者を寄越したボルテには、合わせる顔がない。

しかし、通常の指揮権はトルイには与えず、ジョチの下に置いた。実戦にむかう時は、ジョチが判断して、指揮権を与える場合もある。

二万騎の遊軍は、その兵力以上の働きをしてきた。これから再度、金国へ進攻する時も、その役割を変えようとは考えていなかった。

ジョチの判断力が、この進攻の中で、完成に近いものに育ってきた。同時に、ジョチは自分にむかった時に、肚《はら》を据えられるようになった、とチンギスは感じていた。

トルイはそれに頼っているところがあるが、長兄と末弟という間柄なのだ。頼ることは、むしろいいと思えた。

「明日、ボオルチュがアウラガへ帰る。四人で、めしを食って飲もう」

「おう、叔父貴はもう帰ってしまわれるのですか」

「お二人とも、御母堂に伝えたいことがあったら、承ろう」

「なにも。俺らの顔を見て、元気そうだと思った、と言っていただければ」

「俺も弟も、母上には書簡を託しましたよ。俺は、家族の方にも」

ジョチが言う。トルイは、まだ妻帯していなかった。

従者たちが、大家帳のそばに焚火《たきび》を二つ作り、卓を出して食事の準備をはじめた。そこへ出ていく前に、チンギスはソルタホーンから一日の報告を受けた。

この陣中にいるかぎり、チンギスはソルタホーンから解放されている。馬を駈けさせる時も、別のことをやっているようだ。

ソルタホーンが、全軍の状態に眼を配っているので、チンギスはのんびりしていられる、というところがあった。

チンギスは、よく『史記本紀』を読んだ。

かつて、大同府《だいどうふ》にいた時、蕭源基《しようげんき》の馬車の御者をしながら、音読した。眼を閉じて聞いている蕭源基が、時々、読み方を修正する。そうやって、あのころテムジンであったチンギスは、どういう書でも、ほぼ完璧に読みこなせるようになった。

滞陣中に書を読むのははじめてで、もしかすると眠れるかと思ったが、いつもと変りなく、時々、ソルタホーンが送りこんできた女を抱いた。

一時的にアウラガへ帰ろうと思えば、できないことではなかったが、結局、魚児濼の居心地のよさから出なかった。

ボルテは、チンギスの妻であり、その上で自分の人生を持っている。ボルテが妻であることは、産んだ子供をすべてチンギスの子としていることで、いまは内外に示していた。ボルテが産んだ子以外は、チンギスの子供に加えられることはない。

実際、自分にほかに子がいるかどうかも、チンギスは知らなかった。名も知れず抱いた女が、子を産んだことは考えられる。そしてそれについて、充分なことではなくても、必要なことはソルタホーンが手を回してやっているだろう、という気がする。

だから、抱いた女のことを、チンギスは考えるどころか、憶えてさえいないことが多かった。名を訊き、言葉を交わすようになってから、ふと思い出す女は出てきた。しかし、それをソルタホーンに言ってみたことは、一度もなかった。

笑い声があがった。ボオルチュが、ジョチの幼いころの話をしている。

息子たちと、ともに暮らしたという思い出は、それほど多くない。戦塵《せんじん》にまみれ、営地にいることがあまりなかったのだ。四人の息子ともに、そうだった。

弟たちの方が、ともに生きてきたという思いが強い。

カサルやテムゲの話になると、息子二人は声を大きくした。チンギスが父親の役目を果せなかった分だけ、二人が代りをしていたということはあるだろう。

あのころ、チンギスの一家はまだ小さく、肩を寄せ合って生きていた。

食事を終えると、ジョチとトルイは自陣へ帰っていった。

チンギスは、焚火のそばに椅子を運ばせた。ボオルチュも、そばへ来る。

「そろそろ、出撃ですか、殿」

「わかるのか」

「二人の話をただ笑って聞いておられるだけで、別のことを考えている、という顔でしたので」

「ジョチとトルイは、五日後の進発だな。本隊は、十日後。騎馬隊三万が行く。ボレウの歩兵部隊は、後続となる」

「それも決めておられたのに、なにか考えなければならないことがあるのですか」

「まったく、おまえはうるさいな。俺は、兵站のことを考えていたのだよ」

「これまで、兵站はうまくいっていなかったのですか？」

「切られかけた。多く用意したもののうち、数本が切られた。たったそれだけかと思うだろうが、モンゴル軍の兵站のありようを摑まれたということだからな。短い間に、ほとんど切られることになっただろう」

「それほどの部隊が、いたのですね」

「精鋭ではない。城郭の守兵などが、追い散らされて、さまよっていた。それをまとめて、兵力にしたようだ。切るための最初の動きは、兵ですらなかった。ただ、地を這《は》い回って、こちらの兵站の実態を摑んだ」

「すると、同じような兵站では、また切られてしまうということですね」

「新しい兵站も、摑まれるかもしれん。金国内に、密かな兵糧の蓄えがある。これは、動きはしないので、摑まれることはない。見つけられたとしても、次に繋がりはしない」

「それなら」

「気になるのだ。誰か、思いきりのいい男がいるということで、それは狗眼に探らせている」

「また、人ですね。殿の気持を動かすのは、いつも人です」

「完顔遠理も、俺は幕下に加えたい」

ボオルチュには、心の中のことを、いくらでも語れる。語りたいと思う時、この男は大抵そばにいる。

「ひと息で、大木を倒されますか？」

ボオルチュが、話の方向をちょっとだけ変えた。

「大木が枯れれば、いずれ朽ち果て、倒れる。そこは無理をせず、待てばいいのだ」

「そうですね。よく考えると、殿は機を待つのが、とてもうまいのだと思います。これまでも、急ごうとせずに機を摑まれました」

篝《かがり》もそばに運ばれているので、ボオルチュの顔には翳《かげ》りがなく、どこか暢気《のんき》なものに見えた。

丁寧に、馬を扱ってくれた。

四

鞍《くら》を降ろして、手入れもきちんとやると言う。アサンの紹介だから、タュビアンはそれを信じた。

アサンとは、大同府で別れた。

開封府《かいほうふ》へむかうアサンと、燕京へ行きたいタュビアンは、城郭を出ると別の道を進んだ。巡礼の旅より楽なはずだと言いながら、アサンは笑って、燕京のこの厩《うまや》を紹介してくれたのだ。

それから、歩いて近くの宿に行った。

馬は厩に預けてあると言うと、誰かがすぐに調べに行ったようだ。そして、どういう部屋を望むか訊かれ、値だけを言うと、二階の端の部屋をあてがわれたのだった。

一階の、建物の外にある風呂を遣った。ほかに誰もいなかったので、大きな浴槽がタュビアンひとりのものだった。

剣は浴槽のそばへ持ってきたし、銀七粒は袋に入れたまま、不自由な方の脚に縛りつけていた。銀三十粒で、砂金の小袋ひとつだった。

この銀は、西夏の旅の途中で、木の実を擂《す》り潰した粉を、乾かしたものを手に入れ、大同府の市場の、薬を扱う男に売って得た。

その粉は、極端に数が少なく、ごく限られた地域で、限られた季節にだけ作れるというものらしかった。

多分、契丹《きったん》人だろうが、老人が箱から銭を大量に出して買っていた。タュビアンは、その農家を訪ね、見せてくれと頼んだが、もうひとつまみも残っていなかった。

三つ先の集落の、男の兄のところには、まだあるという。開封府から買いに来る薬屋がいて、それが約定の日からひと月経っても、到着しないのだという。

三つ先の集落で、タュビアンは一刻以上値の交渉をし、革袋に入ったひと抱えの粉を、銀ひと粒で買った。

大同府の市場の、薬を扱う老人は、是非売ってくれと言った。タュビアンは、銀十粒から交渉した。五粒になれば上等だと思っていたが、七粒で話がついた。

路銀としてジャカ・ガンボに渡されていた銀ひと粒が、七倍になった。

アサンはすべてを見ていたようだが、なにも言わなかった。運がよくてできたことだ、とタュビアンは思った。

風呂を出て部屋に戻ると、タュビアンは今日あったことを、帳面に書いた。それから宿の食堂で食事をし、部屋の寝台に横たわった。

この宿は厩と繋がっていて、つまりは轟交賈と呼ばれるところや、アサンと繋がっているのだろう。

翌朝、宿の主人から、大まかな燕京の地図を貰った。一日では歩き回れないほど、広く入り組んでいるようだ。

タュビアンは、一番大きな市場にむかった。

食料を売る区域、着る物を売る区域、雑貨を売る区域。杖を売っていたので、一本買った。それで、歩くのはずいぶん楽になった。

小さな食堂で、饅頭と肉を、昼食に食った。どこにも、食い物がある。人が動き回っている。いま、モンゴル国との戦の最中のはずだが、市場の近辺に、そういう気配はなかった。

宮殿があり、軍営もあるようだから、そちらの方には、緊張感があるのかもしれない。

夕刻、宿に帰ると沐浴《もくよく》し、新しい服を着て、食堂街に行った。

よさそうだと感じた店に入り、隅の席に座ろうとすると、女が来て別の席に案内した。

勧められた肉の料理を頼み、饅頭のほかに、器一杯の酒も頼んだ。

隅の席に、男がひとりやってきて、座った。女は止めようとせず、酒を一杯運んで行った。なにも註文していないように見えたが、しばらくすると、女は料理をひと皿、運んできて卓に置き、なにか親しげに喋った。客に対するもの言いとは感じられなかったが、言葉までは聞き取れない。

タュビアンは、皿に残った肉の汁を、二つ目の饅頭にしみこませて口に入れた。

翌日も、市場へ行った。歩き回り、昼食を市場のそばの食堂で済ませると、厩から馬を曳《ひ》き出し、城外で駈けさせた。

城外にもまだ人家があるので、ほんとうに駈けさせたのは、五里ほど進み、街道をはずれてからだった。

二刻、原野を駆けた。

城門の近くの木立のところまで戻り、一度、鞍を降ろし、馬体を鞣《なめ》した革で拭《ぬぐ》った。蹄《ひづめ》も調べた。まだ爪を切る必要はなさそうだ。

駆けさせたら、手入れをしてやるのだとは、馬に乗りはじめた時から、ジャカ・ガンボに叩きこまれたことだった。秣《まぐさ》は、しっかりと与えられているようだ。

再び鞍を載せた時、三騎が近づいてきた。

同じ原野を駆けていたが、タュビアンは無視していた。馬の乗り方など、タュビアンの方がずっと上だったのだ。

「少し、話ができないか」

ひとりが言った。昨夜、食堂にいた男だ。偶然出会ったとは思えず、タュビアンは佩《は》いた剣の柄《つか》に手をやった。もう一方の手では、鞍の脇につけた杖を引き出した。

「燕京で、なにをしているか、知りたいのだ。きのうも今日も、市場を歩き回っていたな」

「市場を歩くのが、燕京では咎められることなのか?」

「咎めてはいない。訊いているだけだ」

「馬の上から、咎めるような口調で、名乗りもせずに」

「手荒な真似はしたくない」

三騎の背後に、五人が現われ、馬の前へ出てきた。三騎の男たちより、ずっと荒々しく、剣呑《けんのん》な感じがある。

賊徒だとは思えなかった。しかし、自分にとって友好的な人間たちでもない、とタュビアンは判断した。

逃げられるか。自分の脚では無理だが、馬に乗ればなんとかなるかもしれない。

幸い、鞍は載せている。左足を鐙《あぶみ》にかけ、両腕で躰を引き上げ、左脚を踏ん張る。右足で、地を蹴ることができない分、通常の乗り方よりも遅れる。

しかし、ほとんど変らない速さで跨《また》がることができるように、訓練はくり返してきたのだ。できると思った時、タュビアンは鞍に手をかけ、左足で鐙を踏んでいた。跨がった。声が聞えた。馬首を回し、三騎の方へむかって駈けた。通り抜けた。さらに駈けようとした時、藪《やぶ》のかげから、五名が出てきて棒を突き出した。停まった馬の腹を、さらに蹴ることはしなかった。

「引き摺《ず》り降ろせ」

声が聞えた。憎らしいほどの周到さだ、とタュビアンは思った。

地に転がっていた。

座らされた。三人も馬を降りている。

「どこの誰だか、まず言って貰おう」

「役人ではないな」

「そんなことは、関係ない。おまえに訊きたいことがあるのだ」

「賊徒でもない。名乗ろうとしない、臆病者ではあるが」

「私は、耶律楚材という。丞相府で仕事をしている」

「俺は、タュビアン。カシュガルの、ジランという長のもとにいる。商いを学ぶために、旅をしてきている」

「カシュガルなら、西遼の西の端だな。モンゴル国を通って、旅をしてきたのか？」

「天山《てんざん》山系の南の道から、西夏へ入り、大同府を通って、燕京に入った」

泊っている宿を、タュビアンは伝えた。耶律楚材は、じっと見つめてきた。

「市場をうろついて、なにをしている？」

「物の流れを見ている。決まっているだろう。燕京では、市場を見て歩くことさえ、禁じられているのか？」

「おまえの動きが、あやしかったということだ、タュビアン」

「そんな動きをしたつもりは、ないね」

「肚が据《すわ》っているな。怖がっていない。大抵は、この状態になると、ふるえて許しを乞うものだが。おまえは、落ち着いている。そこも、あやしい」

「俺は、充分に怖がっている。それを顔や態度に出さない訓練をしているだけだ」

「なにゆえ、そのような訓練を」

「商いは、戦だ。いや、決闘と言うのかな。恐怖を見せれば、それだけで負ける」

「ふむ」

耶律楚材が、腕を組んで、ちょっと首を動かした。

「おまえは、商いの資金を、どれぐらい持っている？」

「おう。銀七粒だよ。それも、ひと粒から増やした七粒だよ」

タュビアンは、胸を張った。

「砂金の小袋七つではないのか？」

「おう、砂金がひと袋でもあれば、俺の商いは規模が大きなものになる。小袋七つなら、俺は燕京の市場ごと買うな」

「銀七粒を、見せてくれるか。心配しなくても、ただ見るだけだ」

タュビアンは、不自由な方の右脚の穿《は》きものをまくりあげ、縛りつけた銀の袋を見せた。鞍についた袋なども、調べられている。

「どうも、違うようだ」

しばらくして、耶律楚材が言った。

「なにが、どう違う？」

「兵糧を集めたりしている。いや直接集めることはないにしても、物を動かす中で、どこかでそれが兵糧となる。私は、そんな気がしているのだよ」

役人だとしても、かなり上位の役人なのかもしれない。そう感じるだけで、兵糧については意味がよくわからなかった。

「私は、戦の最中に、やらなければならないことを抱えている」

「俺は、戦には関心がない。戦がはじまれば、この城郭からも離れるね」

「馬も立派なものだし、見事に乗りこなす。それで商人と思えというのか」

「商人だから、仕方がない。俺は生まれつきこんな脚だから、馬は特に入念に稽古をしたのだ」

「カシュガルと言ったな」

「街からは離れた村だよ」

「轟交賈と呼ばれるところの、道が通っていないか？」

「ああ、村の男たちの半数は、そこで働いているよ。やることは、いくらでもあるようだ。だから村は、豊かだよ」

「おまえは、その村の生まれではないのか、タュビアン？」

「俺は、父親のような人と旅をしていて、ジラン様の屋敷に世話になった。そして、気に入られたのかもしれない。商いを学ばせて貰っているのだ」

「私の眼が、過敏になっているのかもしれん。しかし、まだ完全に疑念を払ったわけではない」

「だから、なんの疑念だか、言ってくれないか。兵糧がどうといっても、軍のものを扱う気などないよ」

「立て、タュビアン。馬から引き摺り降ろしたりして、悪かった」

タュビアンは立ちあがり、服の土を払った。鼻を近づけてきた馬の、首筋に掌《てのひら》を当てる。平気だよ、と小声で囁《ささや》く。

「馬を大事にしているのだな。乗り方が見事だというだけでなく」

「父のような人は、もともと草原の民で、馬に乗って戦をしていたんだ。草原にいたくなくなったので、西への旅をしていた」

「草原の民は、馬は自分と一体だ、と思うそうだな」

「俺は、そこまでではない、という気がする。しかしこの脚だから、こいつは俺にずいぶんとやさしくしてくれる」

「そこから引き摺り降ろして、馬に心配をかけたことは、謝らなければならないだろう。今夜、昨夜《ゆうべ》の食堂で会おう。もう少し、話をしたいしな」

疑念は残っていても、害意があるという感じではなかった。

いやらしいほど周到だし、昨夜、食堂にいた自分もちゃんと見ている。もう少しこの男を知ってみたい、とタュビアンは思った。

「いいよ、ええと、耶律楚材殿か。あの店の、あの席は、あんたのものか」

「よく見ているな。希希が、そう決めたのだが、まあ私の席ということになっている。だから、今夜は違う席さ。あそこは、私ひとりの時だけだ」

男たちが木立の中に消えて行き、馬に乗っていた三名だけが残った。

「その脚なのに、馬の乗り方は立派だ。剣を佩いているが、それは杖ではないのだろう？」

「杖は、持っているよ」

どこかで、刺激しようとしている。怒らせる気だ、とタュビアンは思った。

「こんな脚だから、懸命に腕を磨いて、役に立つものとして、剣を佩いている」

「ほう、自信があるのか」

「強くはないが、まともに遣うことはできる。杖は杖で、別に持つさ」

「ふうん。私は、剣も馬もまるで駄目なのだがな。この男は、私の知るかぎり、剣の腕では随一なのだ。やってみないか？」

「殺し合いをしろ、と言っているのか」

「そうだな。剣じゃそうなっちまうな。その杖でやってみろよ。こいつには、棒を持たせる。おまえも棒の方がよければ」

タュビアンは杖を放り出し、手を出した。棒が渡される。耶律楚材ともうひとりが退がり、背の高い男がむかい合って棒を構えた。

ジャカ・ガンボと稽古をする時と、同じぐらいの長さの棒だ。タュビアンは、右手でぶらさげるようにして、ただ持った。

棒が、振り降ろされてきた。それを下から撥《は》ね上げ、左手を添えると、相手の棒を巻き落とした。ちょっとびっくりしたような表情で、男はタュビアンを見つめ、それから棒を拾った。構え合う。相手が踏みこんでくるまで、タュビアンは動かなかった。棒が横薙《よこな》ぎに来た時、一歩だけ踏みこみ、棒を受け、返して相手の胴を打った。

「うおっ、強い。俺は勝てない」

自分が強いと、タュビアンは思ったことがなかった。ジャカ・ガンボと立合うことしか、経験していないのだ。そして、いつも打ち倒される。

ただ、少々のことは恐れなくなっていた。

「強いのか。おかしなやつだ。ますます関心を持ってしまったぞ。希希の店で待っているからな」

耶律楚材は、そう言い捨てて、自分の馬の方へ歩いていった。

タュビアンは、城門まで馬に乗り、それから手綱《たづな》を引いて厩へ歩いた。夕刻近くになり、人出が多かったのだ。

食堂へ行くのに、剣を佩くかどうか、ちょっと迷った。剣をはずし、革の帯だけにした。ジランの屋敷で、剣を佩いていることは、まずない。遠出をする時、剣を佩く習慣がついたのは、ジャカ・ガンボに稽古をつけられるようになってからだ。

剣は、ジャカ・ガンボがくれた。どこかで買ったのだろうが、訊きそびれている。旅だから、剣を佩いた。どこへ行っても、はずすことはしなかった。ジランの村から遠く離れている、という思いがそうさせた。

脚を引き摺りながら、剣を佩いている姿は、いささか異様なのかもしれない。市場で、耶律楚材の眼にとまった。食堂でも見られた。そして腕試しまでされた。

杖で充分だった。というより、杖の方が役に立つ。

杖をついて、タュビアンは食堂に行った。

耶律楚材は先に来ていて、酒の器がひとつ、卓に置かれていた。

「飲むだろう、タュビアン」

耶律楚材が、笑った。笑顔は意外に幼く、人懐っこさが滲《にじ》み出してきた。思っていたより、若いのかもしれない。

希希という女が、酒を運んできた。耶律楚材が、料理をいくつか註文した。

「私はおまえを、モンゴル軍の兵站に関わる者ではないか、と疑った。物資を買い漁るのではないかと思って見ていたが、買ったのはその杖一本だ」

「物資とは、兵糧のことを言っているのか？」

「そうとは限らないところが、モンゴル軍の兵站の厄介さだ。物の売買をくり返す。それがある時、兵糧になっている」

「それは、商いで銭を膨らませながら、最後に兵糧を調達する、ということか？」

「商いを学ぶ旅をしているだけあって、理解が早いな。しかし、それだけではない。複雑な経路を辿《たど》って、羊三百頭、牛二百頭がいる牧に行き着く。家畜の市で、それが売られる。ただ、羊百頭、牛五十頭が、どこかに消えている」

「それが、兵糧か」

「ひとつの例にすぎない。入り組んだものが、途中で兵糧に繋がっている。すべてそんな具合で、モンゴル軍の兵站を断つには、この国の物流を止めなければならないのだ」

「そうか、考えてあるわけだ」

「私は、兵站を断てと丞相に命じられ、地を這い回って、三本ほどを断った。信じられないような、巧妙さだったな。モンゴル軍は、越冬のために一度退《ひ》いたが、そろそろまた侵攻してくるころだ。兵站が前のままとは、どうしても思えない。しかし、新しいものはなにも見つけられない」

「それで、俺のような旅人に眼をむけたわけか」

「言うなよ」

料理が運ばれてきた。

焼いた牛の肉が、箸でつまめるように、小さく切り分けてあった。それから、数種類の煮た野菜が、別の皿に盛ってあった。

両方とも、味は悪くなかった。

耶律楚材は、味には関心なさそうに、箸の先で肉を刺して、口に運んでいる。

「それで、こういう話を俺にした理由は?」

「ただ、見ていて欲しい。戦の勝敗を、私が生きていたら、詳しく話して欲しい」

なにか、的のはずれたことを、タュビアンは聞いているような気分だった。

戦になれば、戦闘が起きている地域から離れる。それは恥ずかしいことではなく、商人ならあたり前だった。利が生まれるのは、ぎりぎり、開戦までだろう。

「なにを言っているのかな、私は」

「自分の力が及ばないものに、むき合わなければならない。そう言っている。そして、俺のように、ただ愚痴を吐ける相手がいて、よかったと思っている」

「まったく、そうだ。同じ場に立っている相手に、愚痴をこぼしていると思っても、ほんとうに愚痴にはなっていないのだな。どこかで、自分をとり繕っている」

「今日、言葉を交わしたばかりだ。愚痴というのは、あまりに性急すぎないか」

「私は、戦で死ぬかもしれない。軍人ではないが、モンゴル軍の兵站を断とうとし続けてきた張本人であるし」

　だからと言って、耶律楚材が死ぬのを怖がっている、とはタュビアンには感じられなかった。誰もが怖いと思う程度には、怖いのだろう。

「虫がいい人だな、耶律楚材殿は」

「殿はいらない。呼び捨てでいい。それでおまえ、モンゴル軍が侵攻してくるまで、ここにいるだろう？」

「さあな、商いが動かなくなったら」

「それも、見て学べることだ。どんなふうな時、どんなふうに動かなくなるか、そばで見ればいいのだ」

「それを見るのは、いいような気もする」

「それを見る機会が、何度もあるわけではない、と私は思うな」

　自分で心の内で決めた旅程は、燕京で終りだった。ここでしばらく過ごし、物の動きをよく見たら、ジランの屋敷に帰る。ジャカ・ガンボとの家もある。

　自分がなにをやりたいか、決めたわけではなかった。決める必要もないのだ、と思っている。ほんとうにやりたいことは、必ず見えてくるだろう、という気がする。

　もうすぐ、二十歳に達する。十一歳からジランの屋敷にいたのだ。そこに、ジャカ・ガンボが現われた。それからは、時がずいぶんと早くすぎた。

「実はな、タュビアン。私には、友だちがいない。同じ歳頃の者はみんな、まだ下級の役人だ。

私は代々の文官の家柄で、先の帝のそばに若くしてついた。それでも下級の文官だが、燕京の中で混乱が続く間に、丞相の片腕のようになってしまった」

自分にも、友だちはいない、とタュビアンは思った。欲しいと思ったこともない。

燕京にしばらく留《とど》まれば、耶律楚材が友だと思えることが、あるのだろうか。

肉を食ってしまうと、希希が笑ってそばに来て、二杯目の酒を置いた。

五

山羊《やぎ》の髭は蓄えて、新しく出すことをしなかった。

相当の量を出したので、値が下がりはじめている。山羊の髭の布を欲しがる、西域諸国の貴族の数は、かぎられていた。

量が少ないから高値がつき、それは黒貂《くろてん》の毛皮と似ていた。

手持ちの砂金に余裕があるので、利が少なくても確実だ、という商いができた。チンカイには、その方が性に合っていた。百名ほどの商いの隊を編成すると、あとはただ待っていればいいのだ。

石で作った数珠《じゅず》も、方々で売れるようになった。同じ大きさの石を作る工房も、ようやくやり方を摑んだようで、かなりの数が、売り物として回されてくるようになった。

謙謙州から運びこまれる鉄塊は、徐々に量が増えてきた。城外の川のそばに、鍛冶場が十ほど作られている。

鉄塊は骸炭と一緒に運ばれてくるので、鍛冶場では常に仕事をしていられる。さまざまな鉄器が、充分に商いになるほど作られている。鎮海城と謙謙州を結ぶ道が、拡幅整備されたのが大きい。

チンカイは、多忙だった。

鎮海城を中心にして、壮大な集落を作る。五、六万の民がいて、職人の数も五千に達する。それを作りあげるには、さらに数年が必要だろう。

兵糧や武器などを蓄えるだけなら、たやすい。そしてすぐに尽きる。

ここで作られる物が大量にあり、それを動かして商いも成り立っていく。つまり鎮海城は、ひとつの国のような姿になる。

まだ建設をはじめたころ、ここが敵に襲われたら、とにかく民をすべて避難させようと、チンカイは考えていた。同じ状態にまで、人が育つのは至難だから、いまいる人間を守るべきだ、と考えたのだ。

いまは、民だけでなく、城も守りたかった。それだけ、心血を注いできたのだ。

守兵は、もともと一千いた。それをダイルが引き受け、新たに一千も徴募し、さらに一千騎をスブタイが送ってきた。

三千の守兵は、その数をまったく増やしていない。それで戦が起きた時、兵力は充分なのか。軍人ではない自分に、わかるわけがないと思いこむ努力をした。

守兵の三千は、ダイルが指揮している。小さな隊の隊長はいて、一千の軍の指揮官もいるが、三千の全軍をまとめることができるのは、ダイルだけだろう。

鎮海城の建設をはじめたばかりのころ、職人たちをどう動かせればいいかわからず、かなり無駄なことをやった。職人が言うことを聞かなかったわけではなく、細かいところの意思疎通が、チンカイの言葉ではうまくできなかっただけだった。

そういうことを、自分がやることで教えてくれたのが、ダイルだった。

チンギス・カンの一族に連なり、年齢から言うと、アウラガ近辺の営地を動かなくて当たり前だった。

それがここまでやってきて、職人たちとともに働き、工事が進捗しはじめると、離れたところに砦を三つ築き、守備軍の指揮をはじめたのだ。

戦になれば、城が攻められるまでは、ひたすら耐え、攻められたら、あらゆる方法で闘う。その先になにがあるかは、もう考えなかった。鎮海城は、逃げずに守り抜いてこそ、存在の意味があるのではないのか。

武器は用意した。剣ではなく、槍《やり》や戟《げき》のように、柄《え》の長いものが多い。弓矢は、相当な分量が備えられ、矢を射る調練も少しずつ進めている。

敵が攻めてきたら、城壁の上に柵を載せ、そこから矢を射かける。

もともと、闘うための城砦《じょうさい》ではないので、城壁などもそれほど高くない。数カ所に、丸太を組んで、見張りのための櫓《やぐら》を立ててあるのが、砦らしく見えるぐらいだ。

城外の家も、あまり密着させず、間隔を置いて建ててあった。それが、戦の時に有利なのかどうかは、わからなかった。

延焼を防ぐための空地を、いくつも作らせたのはダイルだった。

はじめのころからチンギス・カンの近くにいた人間は、後から加わった者とはどこか違っていた。自分の仕事だけをやるというのではなく、やることがすべて仕事という感じがある。

いや、ボオルチュやダイルは、仕事をしているという感じすらない。

チンカイは、従者を二名連れただけで、養方所に続く道を登っていった。

五日に一度は、ここへ来る。

養方所がきちんと動いているかどうか、見なければならなかった。ついでに、しばしば腹痛がしたり、息が苦しくなったりするのを診て貰う。

ケシュアには、気持の問題だと言われた。それでも、薬は出してくれる。

薬方所も、アウラガから薬師《くすし》がひとり来て、充実していた。薬草そのものは、近辺の村の人間が集めてくる。

養方所と薬方所を合わせて、いまは八十名ほどが働いている。病人と怪我人の棟が分けられるし、集会所を兼ねた食堂も作られていた。

「ほんとに、立派なものになってきましたよ。兄に見せたかったと思います。医師の見習いの者も、成長しています。経験という点では、充分な環境にいますし」

アイラは、小肥《こぶと》りでやさしげな眼差しをしていて、怪我人や病人の世話をする若い女たちを束ねている。

三日に一度、集会所で十数名を相手に、さまざまなことを教えているというが、チンカイはそれを見たことがない。

ケシュアは、時々、東屋に出てきて、半刻ほどぼんやりとしている。

病人を前にした時のケシュアは、明晰《めいせき》で、強い眼差しをしていて、東屋にいるのは別人のように見える。

白い服を身につけていた。毎日、洗ったものに替えるらしく、それが汚れているのを見たことがない。

約束の時刻になり、チンカイはケシュアの部屋の前に立った。

一度、人が並んでいるところを、無視して平然とケシュアの部屋に入った。そういうことは、してはならないのだ、と強い口調で注意された。それ以来、従者を使いに出して、時刻を訊くようになった。

名を呼ばれ、チンカイは部屋に入った。

ケシュアは腰かけていて、両脇に若い見習いの医師が二人立っていた。

いつもの会話だった。実際に、時々、腹が痛む。息が苦しくなる。そして処方された薬を飲むと、飲まない時よりそれが早く収まるような気がする。

「薬は効いているような気がするが、治りはしないのだな」

「だから、いつも言っていますす。気持が、腹痛を起こし、気道にもなにか悪戯《いたずら》をするのです。寝ていれば収まるはずですが、忙しい方ですからね」

処方する薬を、きちんと説明する。チンカイが頷くのも、いつもと同じだ。

「ところで、なにか困ったことはないか。戦が近いかもしれず、みんな浮足立ってはいるが」

「困ったことは、ありません。実によくしていただいていると、いつも思っています。ここの民は、幸福です」

「ところが、場合によっては、戦闘がここにも及ぶ。その場合は、逃げて貰わなければならない」

「なにがあろうと、私はここを動きません、チンカイ殿」

「もし敵が迫ったらの話だ。危険なのは、わかるだろう。早目に逃げて、手間をかけさせないでくれ」

「ここにいます。動かせない病人もいるのですから」

気負った表情でもなく、それがかえって、本気で動かない気だと、チンカイに思わせた。

ケシュアの顔を、チンカイはしばらく見つめていた。口のあたりに、意志の線とも言うべきものが見えて、それがチンカイには眩《まぶ》しかった。

「われわれも、ここに残ります」

若い見習いのひとりが言った。もうひとりも頷いている。

「おまえたちは、戦場へ行け」

チンカイは、二人を怒鳴りつけた。

「いいか、戦場では、怪我人が多く出る。すぐ手当てをすれば、死ななくて済むような怪我人も、少なくない。近くにいる兵がやることが多いが、医術のことなどなにも知らぬ者ばかりだ」

二人の表情が、強張《こわば》った。

「おまえたちは戦場で、怪我人の手当てだ。ひとりでも二人でも、死なずに済む者を作ってくれ。医師として、それは本望ではないのか」

「私たちは、まだ見習いです。ケシュア先生の手伝いが、唯一できることです」

「ここに残ると言った。それは、死ぬ覚悟ができている、ということだろう。見習いであろうがなんであろうが、とにかく必要と思われる物を担いで、戦がはじまったら、総指揮官のダイル殿のところへ行け」

チンカイは、立ちあがった。

「闘うのは、われわれの本分ではありません」

「誰も、闘えとは言っていない。怪我人の手当てだ」

ケシュアを見て、ちょっと大きく息を吐いた。わざわざ嫌われるようなことを言っているのは、わかっていた。しかし、ここへ残ると言った時の、二人のしたり顔に、チンカイは腹を立てていた。

「構わないな、ケシュア殿。死ぬことがないとは言えんが、指揮官たちは、できるかぎり安全な場所を選んでくれるはずだ」

ケシュアが、立ちあがった。怒っているだろうと思ったが、口もとはかすかに笑っているように見えた。

「チンカイ殿、私も行きたいと思います」

「女であるあなたを、指揮官たちも兵も受け入れない。それに、ここを動けないのだろう。二人を借りるだけにしておく」

「想像もしないことまで経験し、学んでくるのでしょうね。羨しい、と思いますよ」

皮肉ではなく、本気で言っているようだ、とチンカイは思った。次の言葉が見つからず、チンカイはケシュアに背をむけ、部屋を出た。

従者が、馬のそばで待っていた。チンカイは、黙って馬に跳び乗った。

二騎が、慌ててついてくる。

戦はどうなるのか。敵が大軍であったら、援軍が来るのか。いまのモンゴル軍に、すぐに援軍を出す余裕があるのか。

十万が金国に進攻していて、いま残っている軍は、カサルの三万騎で、大興安嶺の麓近くに展開している。ほかには、アウラガの南に、チンギス・カンの二男のチャガタイと三男のウゲディが、それぞれ五千騎ずつ率いているのと、西夏を押さえるかたちで陽山寨を中心にして、スブタイの軍の二万がいた。

全国に召集をかければ、あと五万騎ぐらいは集まるはずだが、遊牧がおろそかになりかねない。すると、援軍の兵力はどこにもない、ということなのか。

そんなことを考えて駈けている間に、砦が見えてきた。三つ並んだ砦の真中である。

ダイルはそこにいるはずで、会うために駈けてきたのか、とチンカイは思った。養方所を駈け出して、どこかに行こうと思っていたわけではない。いつもなら、城内の本営に帰るだけだった。

見張り櫓から、チンカイの姿は容易に確認できたようで、近づくと柵の一カ所があけられた。砦の入口で、兵に馬を預けた。

ここに来るのは二度目だが、前よりずっと緊迫感が漂い、兵は動き回っていた。

「これはこれは、総帥のお出ましか。それも二騎しか供を連れずに」

「総帥などと、言わないでください、ダイル殿。私は、さまざまなことが心配になって、ここへ来たのです。しばしば会っているくせに、どうしてもダイル殿に会いたくなったのです」

ダイルは、本営の小屋の前で、胡床《こしょう》に腰を降ろし、石酪《せきらく》をしゃぶっていた。

「いい勘をしているぞ、チンカイ」

胃の腑《ふ》を、刃物で突き刺されたような気分だった。思わず腹を押さえ、ダイルの次の言葉を待った。石酪をしゃぶる音だけが、耳障りに伝わってきた。

胡床が置かれたので、チンカイはダイルとむき合って腰を降ろした。

「いつから、はじまるのですか？」

「すでに、獰綺夷のもとに集結した軍が、姿を現わした」

「あの男を、討つ機会はなかったのですか？」

「軍が見えてくるまで、敵ではない。このあたりの小さな氏族は、そうやって接し、味方につけもした」

「あの男は、平然とした表情で、山羊の髭を多く出したのです」

「やつに必要なのは、山羊の髭ではなく、グチュルクの髭の方だろう。いや、首を欲しがっているのか」

「ならば」

「めぐり合わせさ。いまのところ、獰綺夷はグチュルクを帝として扱っているそうだ」

敵の敵は味方というような、単純な図式ではないのだろう。

ダイルが、革袋から石酪を一片出し、差し出した。チンカイは、それを口に入れた。その方が、余計なことを喋らなくても済む。

「いま、獰綺夷の集落の背後に集結しつつある軍は、二日後に進発だろう。全軍で、三万」

「三万、と言われましたか？」

「三万、こちらは三千だ。開戦から五日後に、結着はつく、と俺は思っている」

口の中の石酪を、チンカイは硬いまま吞《の》みこんだ。胸の中を通り、胃の腑へ降りていった。ダイルは、平然としゃぶり続けている。

「陳双脚《ちんそうきゃく》殿へ、援軍の要請を。街道の兵を集めれば、かなりの兵力に」

「やつらは、街道を守るのが任務だ。鎮海城を攻める敵の相手をするのは、俺の任務ということになる」

「十倍の敵です、ダイル殿」

「戦を、数だけで考えるな。鎮海城近辺はこちらの領分で、やつらは攻めてくる、というかたちになる。それが、金国における殿の戦と違うところさ」

「それにしても」

「俺は、鎮海城を守る。心配するな。必ず守り抜いてみせる」

開戦から五日で結着、とダイルは言った。

どういう戦のありようが、ダイルの頭の中に描かれているのか。

獰綺夷の領地の位置を考えると、兵站を断つなどということは、多分、無意味だろう。断てるほど、長い兵站線にはならない。

戦のことは、軍人に任せるしかない。しかし、ダイルは軍人なのか。これまで、軍人であったことがあるのか。

斥候《せっこう》なのか、馬が二頭疾駆して、砦内に入ってきた。

「狗眼の者たちが、獰綺夷の統《す》べる地から、引き揚げた。追及が厳しくなり、五名死んだのだ」

「戦に入る時を、知られたくないのですね。密かに、進軍を開始するかもしれません」

「俺は、指揮系統が二つあることを、知られまいとしているのだ、と思っている。獰綺夷の集めた軍と、虎思斡耳朶《フスオルド》から来た軍の二つがあるからな」

「私は、もう行きます、ダイル殿」

ここにいても、不安が募るばかりだろう。

ダイルの副官に、養方所の医師の話を通し、チンカイは馬に乗った。

砦から離れると、躰にまとわりついていた熱のようなものが、消えた。

ぎりぎりになるまで、この熱を城中へ持ちこむのはやめよう、とチンカイは思った。

風を見る

一

海門寨《かいもんさい》の港には、自然の岸壁のようなものがあり、大きな船が二艘《そう》は繋げる。

いま、石積みをして、それをもう二艘分延ばす工事がなされていた。

小さな船を舫《もや》う場は、組んだ丸太に竹を載せて、ある深さのところまで海上に出してある。そこに船首から繋ぐと、漁船などが二十艘は繋げた。

トーリオは、礼忠館《れいちゅうかん》へ行くついでに、毎日それを見て回った。

石積みはなかなか進まず、四角に切った巨大な石を、丸太の上を転がして運び、岸壁の先端から海底に沈めた。まず、石を切ることができるということから、トーリオには新鮮な驚きだった。

潮が引いた時、五、六人が子供の頭ほどの石を抱えて、潜る。大きな石と石の隙間に、それを入れるのだ。

屋敷から礼忠館までは、馬で来る。父のタルグダイが、いい馬を選んでくれた。乗り方も教えてくれたが、いつまで経っても、父のようには乗れない。父は片腕で、誰よりも見事に乗りこなすのだ。

母のラシャーンが馬に乗るのは、父と一緒の時だけだった。礼忠館にひとりで行く時は、御者が操る二頭立ての馬車である。

「トーリオ殿、舫いを取ってくれ」

李央《りおう》の声が聞えた。トーリオは竹の船着場へ走り、小船から李央が投げた舫い綱を取った。ひとりが艫《とも》で櫓《ろ》を遣っている。海門寨の湾に入ってくる時は、帆を降ろし、櫓を遣う。その方が、小回りが利くからだ。

「新しい帆は、しっかり試したぞ」

東山《とうざん》の造船所から、李央がこの小船を運んできた時、帆がひと組ついていた。もう少し大きな新しい帆を、李央は作らせたのだ。

「速いぞ。帆の大きさがちょっと違うだけで、驚くほど速くなる。船に名をつけると言っていたな。早風《はやかぜ》でどうだ、トーリオ殿」

「それはいい名ですよ、李央殿。明日、父を乗せる時は、早風と呼びます」

「馬忠《ばちゆう》様が乗られるのは、やはり気が重いな。礼賢《れいけん》様なら、まだ話ができるのだが。滅多に表に出られないが、潮陽《ちようよう》の横暴な商人を、私兵ごと斬って捨てられた、と聞いた」

「そんなことも、あったようですね。とにかく逃げないでくださいよ。父が言ってくれたので、母も俺が早風に乗ることを許したのですから」

「こわいんだよ、俺は馬忠様が」

屋敷を出ると、馬忠と礼賢だった。そう名乗っているということで、別に不思議はなかった。礼忠館は、ウネと鄭孫《ていそん》が差配している。ウネは家令と呼ばれて、当たり前だという顔をしている。そして父を、殿、と呼んでいる。母は、奥方様である。

理解できないこともあるが、それが日々の不快になるわけではなかった。トーリオは、満ち足りて暮らしている。

「馬忠様は、トーリオ殿に、剣の稽古をつけるのだろう？」

「いくらやっても、俺はかないません。一日に数刻は、俺の腕ぐらいの丸太を、振り回しているんです。それに、あの馬の乗り方を見てくださいよ」

「まったくだ。片腕とは思えないよな」

「とにかく、四刻ぐらいは乗るつもりですからね。逃げないでくださいよ」

「逃げるかよ。首を飛ばされちまう」

李央が、降ろした帆をはずしはじめたので、トーリオも乗り移って手伝った。

小船と言っても、六人は乗れるのだ。

礼忠館で買った船だが、ほかの者も乗せている。帆の操り方を身につければ、大きな船でも役に立つ。これに熱心に乗る者のうちの一部は、水師《すいし》になるのだろう。

礼忠館は、潮州《ちょうしゅう》だけでなく、周囲の数州を含めても、最も大きな商館なのだという。

それでも母は、他の商人を支配しているわけではなかった。決まったものを払えば、誰でも順番で船を遣うことができる。払う額を決めるのは、礼忠館の寄り合い所に集まる商人たちで、ほかのこともそこでの話し合いで決まる。

礼忠館が大きくなったのは、母の才覚だろう。それを扶《たす》けている、ウネと鄭孫も、すぐれたものを持っているはずだ。

「なあ、トーリオ殿。東山の造船所には、新しい船を註文してある。一艘は、もうできかかっている。礼忠館船隊は、あっという間にでかくなる。人も増える」

礼忠館船隊は、商いとはまったく別に存在していて、どんな商人にも雇われる、ということになっているらしい。それは、ウネが説明してくれたことだ。

船隊を差配する人間が必要で、それは李央だと、母の中では決まっているようだ。船の数は、十艘にも二十艘にも増えていくのではないか、とトーリオは感じていた。

海門寨のある湾の西側に、広大な土地が整備されつつある。そこには、大規模な交易市場が作られるようだ。

そこも、礼忠館が単独で作るのではなく、潮州の商人を中心とした、三十名ほどが銀を出し合っているのだという。

平らな土地があるだけで、まだどういうものができるのかは、わからない。母はその市場の土地ではなく、そこへ通じる三本の道のことを気にしているようだった。

「トーリオ殿は、まだ帰らないのか？」

「海老を獲《と》る漁師の船が、もうそろそろ帰ってくるはずです。活きた海老を持って、帰ろうと思っています」

「おい、馬忠様は、活きた海老も食われるのか？」

李央は、気味の悪そうな顔をしている。

「活きた海老もうまいのですが、なんと言っても舌がとろけるのは、人間の頭の中だそうです」

「つまり脳ってやつか、おい」

父が、それを食ったことがある、と言ったわけではない。李央をちょっとだけ驚かせるために、トーリオがとっさに考えたことだ。

「勘弁してくれよな」

李央は、明日の出航の時刻を確認して、去っていった。

水夫《かこ》たちのために建てられた、長屋に住んでいる。並の水夫でも、ひとりが好きなら、小さな家を借りられる。

潮陽の城郭《まち》にいる母親は病で、李央の稼ぎがあるので、手厚い暮らしの中にいるらしい。李央はそれを語ったことはないが、かわいがっている部下が喋ったりする。

漁師の船が、一艘戻ってきた。

トーリオは、深い笊《ざる》に買った海老を入れると、礼忠館へ駈け戻り、馬に跨がると屋敷にむかった。人が少なくなると、馬を駈けさせる。

屋敷の厨房に持っていった時も、海老は元気で生きていた。

厩へ戻り、鞍を降ろして、馬の手入れをした。藁《わら》で躰を拭ってやるし、蹄も調べた。馬を与えられた時から、これだけはやることを約束させられた。

いまでは、やらないと落ち着かず、手入れが終ってから、鼻面に掌を当て、その日に考えたことを語ったりした。馬は、じっとトーリオを見る。悲しい眼だと、よく思った。

ある時、トーリオが語ったことを、馬が聞いてくれた、と感じた。そうとしか思えなかった。その時から、手綱を遣ったり、腹を蹴ったりしなくても、ほんのちょっとした動きで、トーリオが行きたい方へむかった。

それでも、父のように乗りこなせない。父は、乗っているのではなく、馬と一体になっているのだ。

「お風呂だそうですよ、トーリオ様」

部屋にいると、下女が声をかけてきた。

躰が冷えていたので、ありがたかった。それに、楼台の端の風呂が、以前より大きなものに換えられていた。

トーリオが裸で飛び出していくと、母が海にむかって立っていた。陽《ひ》が落ちるころで、海面は黒々として見える。

トーリオは、風呂に飛びこんだ。父の顔が、ぽつんと湯から出ている。

母の背中は、大きかった。臀《しり》はもっと大きく、腿《もも》も臑《すね》も太く、なぜか足首だけが細かった。細く見えるだけで、引き締まっている、と言うのかもしれない。

トーリオは、父と並んで湯から首を出し、暮れていく空を見あげた。巣に帰るのか、鳥が横切っていく。

「なにか獲れていたか？」

「海老を買ってきましたよ、父上。活きのいいのを、笊に一杯」

「お腹が減ったのですか、あなた？」

母が、海を見たまま言った。

「とてもいいことだと思います。しっかり食べると、命の力が衰えることはありません」

「老いぼれだ、俺は」

「あなたは、まだ若いのです。十日に一度は、私を抱かれるし」

男が女を抱くというのが、どういうことかトーリオはおぼろだがわかっていた。父が母を抱いているというのが、好ましいことのように思える。

ただ、父は痩《や》せて、鶴に似てきた。それを母に言うと、長生きの証しだ、と教えてくれた。

父は老いているが、母が老いているのかどうか、よくわからない。肥っているからか、肌には張りがある。若い娘の躰つきではないが、老婆の躰とも程遠いのだと思った。

「トーリオは、海で危ない目に遭ったりはしていませんか？」

母がこちらをむき、湯に入ってきた。なにか、躰に打ち寄せてくるものがある。湯が大きく動いたのだ。

「母上が考えられるようなことは、なにもしていませんよ」

「私は、なにも考えていない。おまえが、早く商いについて学んでくれればいい、と願うだけです。鄭孫はよく褒めていますが、私は認めていない」

商いについても、本気で学んでいた。訊いたことについては、鄭孫は即座に答えてくれる。ただ、商いを銭勘定だけとは思いたくなかった。

母の商いは、銭勘定だけではない。

違うものがあるのは見えていたが、それがなにかはわからなかった。

母の銭勘定は、きわめて厳しいという気がする。そして海門寨の最大の商人であるが、それを権力と結びつけることはなかった。すべてにおいて、公平な人間だ、とトーリオは思っていた。

「おまえが海に夢中になっている間に、世の中は動いて、見知らぬものになってしまうのですよ。少しぐらい遊ぶのはいいけれど」

「よせ、ラシャーン」

父が言った。

「トーリオが、海に魅入られているだけだと、俺は思わないぞ。厩へ行って、トーリオの馬を見てみろ。トーリオしか乗せない、という顔をしている。わかるな。俺が、そんなふうに馬を認めた」

「そうなのですか。私は、見落としていたのですね。そういえば、トーリオの乗りっぷりは見事なものです」

「馬も船も同じだ、と思ってやれ」

母は、大きな掌で湯を掬《すく》い、顔を洗った。それからトーリオの方へ寄ってきて、顔に手をのばした。腿のあたりが膝に触れ、トーリオはどぎまぎした。さらに腿が押しつけられる。見た目はやわらかそうなのに、意外に硬かった。

顔を、両掌で包まれた。

「あなた、この子はまだ女を知りませんよ」

「わざわざ言うことではない。放っておけば、そのうち自分でなんとかする」

「こんなのは、父親の責任ではないのですか、あなた」

「俺に、女をあてがえと言うのか」

「やめてください、父上も母上も。俺は、自分のことは、自分で決めます。なんであろうと、親に頼るのはやめます」

「いい心がけですよ、トーリオ。私は、余計なことを考えすぎるのかもしれません」

母の大きな乳房が、湯の中で浮いていた。周囲が暗くなりはじめているのに、それだけが白く、違うもののように見えた。

「トーリオは、おまえのいい跡継ぎになるぞ、ラシャーン。俺の跡継ぎになど、なりようもないのだから、黙って見ていればいい。駄目なら、首を飛ばしてしまえ。ソルガフの息子だというから子にしたのだが、血の繋がりがあるわけではない」

「ひどいことを言われます、父上は。母上、なんとか言ってください」

「いや、その通りですよ。血の繋がりはない。しかし、心の繋がりはあるのです」

「その方がいやですよ。心の繋がりというのは、決して裏切れないと思います」

父と母が、同時に笑い声をあげた。

なぜ笑われたのか、トーリオにはよくわからなかった。

下女が、篝《かがり》を運んできた。二つの篝の中で、湯の表面が、歪《ゆが》んだ鏡のように光を照り返した。

「そういえば、トーリオ。夜中に船が安全に入港することはできますか？」

「できます、母上」

「ほう、そうかい。みんな、危険なことはせずに、明るい時に入港すべきだ、と言っていたがね」

「李央殿にも、訊かれましたか？」

「いや、李央には訊いていないよ」

「俺は、李央殿から教えられました。灯が二つあれば、その線上を進めばいいのです。だから方向を合わせて、二つ大きな篝があればいいのですよ」

「なんとなく、わかる気がする」

父が言った。しばらく考えて、母も頷いた。

「夜中に入港しなければならない理由が、あるのですか、母上？」

「時を節約しようと思えば」

「李央殿に訊かれればいいのですよ。しっかり潮流と風を読めば、信じられないほど時を縮められます」

「わかった。それについては、すべておまえが学んでおいておくれ」

「いまよりも、もっと海に出ていいのですか？」

「礼忠館船隊を作りなさい。最低でも、十艘の船隊を。それで、国の物流のかなりの部分を、担うことができますからね」

父が、笑い続けていた。

「トーリオ、母上が、十艘の船隊を認めてくださったぞ」

「船を増やすためには、物の動きが必要です、父上」

今度は、母が笑いはじめた。なぜ笑われているのか、トーリオにはわからなかった。

風呂から出ると、トーリオはしばらくひとりで風に当たった。海は、闇の底にある。まだ月が出ていないので、その闇は重たかった。

新しい服を着て、食堂へ行った。

父も母も、酒を飲みながら、生の海老を食っていた。殻ははずしてあるが、身だけでも時々動いた。トーリオも、醤《ひしお》をつけて口に入れた。

生の魚介は、父が好きなのでよく出され、トーリオも馴《な》れていた。たまに肉が食いたくなると、厨房の料理人に頼めばいいのだ。

住んでいるのは大きな屋敷で、そこにいる間は絹の服を着て、使用人も多くいるので、不自由はなにもなかった。

それでもトーリオは、船の狭い船艙《せんそう》で寝るのが好きだったし、毎日同じものしか出ない、船の飯も好きだった。

野菜を食い、粥《かゆ》をかきこんで、トーリオの食事は終りだった。父と母は、まだ酒を飲んでいる。海老も、いつの間にか蒸《む》したものになっていた。

「沼で獲れる蟹《かに》を買いたい、と厨房で言っていますよ、あなた」

「おう、あれはいい。ただ、食いにくい」

「私が、全部身をほぐします」

それから二人で、タルバガンの料理の話をはじめた。時々話に出るその動物を、トーリオは見たことがない。なんとなく兎《うさぎ》に似ているのだろう、と思うだけだ。

こうなると、二人にとってトーリオはいないも同然だった。

部屋へ戻り、しばらく書を読んでから、寝台に入った。

翌日は、父と轡《くつわ》を並べて海門寨の船着場まで行った。

すでに、李央が早風に乗って待っていた。

船着場を離れて、湾の中央に進むまで、帆は上げない。李央以外に三人乗っていて、両舷《りょうげん》と艫の櫓を遣う。

李央と二人で乗る時は、艫の櫓だけで、交替で漕《こ》ぐようにしていた。

「思ったより、速いのだな」

気持よさそうに、父が言った。帆は二枚上げてあり、潮流に逆らっているから、それほど速いとは言えない。帰りは潮流に乗るが、左右に斜めに切り上がりながら、風も生かす。

そういう帆と船の操り方を、トーリオはようやく覚えたところだった。

トーリオは艫に立ち、舵《かじ》のための櫓を遣った。父がそばへ来る。片腕だからあまり動き回らせたくないが、揺れる船の上で、父の躰はちょっと驚くほど安定していた。

「そうやっていると、水師だな、トーリオ」

「船がどんなふうに動くのか、これで学ぶのです。海についても」

「おまえは、賢く育ったよ。商いについても、鄭孫が驚くほどの学び方をした。俺もラシャーンも、おまえがこんなふうに成長して、喜んでいるよ」

「自分が成長しているのかどうか、よくわかりません」

「してるさ。風邪をひいて、熱にうかされているおまえを見たのが、最初だった。いまはどこかに行ってしまっているが、ソルガフ家の家令という男が、連れていた」

「よく憶えていないんですよ」

あの老人との旅が、ひどく惨めでつらかったのは、肌のどこかにしみついていた。だから、銀《かね》の力は信じる。

「思い切り、海とむかい合うといい。商いについては、ラシャーンが深いところまで教えてくれる。おまえはそれを理解して、ラシャーンを喜ばせるだろう」

「母上は、たやすいことでは喜ばれません」

「俺もだぞ、トーリオ」

「えっ」

「おまえはもう、十五歳になる。そう思おう」

　この両親に引き取られた時、自分が何歳なのか、トーリオはよくわかっていなかった。二人が、年齢を決めてくれた。それによると、今年で十五歳だった。

「おまえがさまざまに学んだのは、どこかに貰われた子だという、気後れもあったからかもしれん。暴れたりしながら、どこかでいい子であり続けようとしてきた」

「俺は自然に学び、自然に成長してきたのだと思います、父上」

「おまえの自然は、いい子だということだな。そして、立派に育っている。鄭孫もウネも、おまえを自慢にしているぞ」

「父上は、そして母上は？」

「ラシャーンは、喜んでいる。これから、いろいろと教えようとするだろう。しかし、俺はどこか不満なのだ」

　いくらか腰を入れて漕ぎすぎ、舳先《へさき》に立った李央が、修正の合図を出してきた。気を鎮めて、トーリオは櫓を遣った。

「おまえは立派に成長し、さまざまなものを身につけた。ただ、ひとつだけ育っていないものがある」

「なにが育っていないのか、はっきり言ってください、父上」

「玉だ」

「なんの玉ですか？」

「金玉。おまえの金玉は、熱にうかされていたころから、少しも育っていない。羊の糞《ふん》ぐらいのままだ。李央などという、金玉が縮みあがった男を敬ったりするな。李央の金玉を元に戻すのも、おまえの仕事だ。さまざまなことを教えようとするだろうが、それは鄭孫が商いを教えるのと変りない。よいか、李央は、どこまでもおまえの使用人だ。そう思って、大きく構えろ」

金玉が、小さすぎるのか。金玉が大きくなるような日々を、用心深く避けてきたのか。

不意に、トーリオは涙が溢れ出すのを感じた。自分は、この父を愛している。そしてそれ以上に、父に愛されている。

「父上、俺の金玉は、これから育ちます」

「どれほどに？」

「船上で、母上が出された糞《くそ》ぐらいに」

「それはいい、トーリオ」

父の笑い声は、風の音を圧するほどだった。舳先の李央が、ふりむいた。

「男同士だ、トーリオ」

「はい」

「だから、なにも言う必要はない。俺が死ぬまでおまえを見ているのも、俺の勝手なのだからな」

「父上は、死なれませんよ」

「この歳まで生きて、俺は人生を二度生きたのだ。おまえの金玉の成長以外、望むことはなにもない」

李央が、右手を横に突き出した。舳先を右にむけろということだ。トーリオは、櫓を深く入れた。

二

なにかが、近づいてくる。それが敵だというのはわかっているので、なにか、などと考えるのはやめよう、とダイルは思った。

問題は、どれほどの敵が、どういうかたちで攻めこんでくるか、ということだ。

三つの砦は、すでに戦闘態勢をとっている。考え得るかぎりの防備は、整えたのだ。

それぞれの砦に、七百近い守兵がいる。

鎮海城《ちんかいじょう》の武器倉に、厖大《ぼうだい》な量の弓矢があった。直接攻められることになったら、チンカイは闘うつもりだ。以前は、人を守るために逃げると言っていたが、人も城も守るという考え方に変ったようだ。

鳩を放ってスブタイに危急を知らせたのは、三日前だった。そろそろ、陽山寨《ようさんさい》に到着している鳩もいるだろう。すぐに援軍が出せるかどうかは、知りようもない。即座にスブタイが援軍を組織して進発させれば、五日で到着する。ダイルは、五日間はここを守り抜いて、鎮海城に敵をむかわせないつもりだった。

ぎりぎりの事態だった。不測のなにかが起きれば、それで潰える。たとえ小さなことでも、潰える。

一千騎で来ていたスブタイの部下が、三日前に鳩を放ったのは、いい判断だった。これも、ぎりぎりであろう。ダイルは早すぎると思ったが、こういう時の判断が、自分はいつも甘い。

しかし、スブタイは援軍を出せるのか。数カ月前から、雪を衝《つ》いて西夏軍が不気味に動いているようだ。

金軍も、騎馬隊を整え、歩兵も集めはじめている。連合しているわけではなくても、それぞれの動きを細かく見つめ、自分の動きを決めているのかもしれない。

西の部族と西遼の動きは、それを見ていたと考えると頷ける。

つまり、どこも手一杯なのだ。

最も東にいるカサルの軍には余裕があるが、会寧府に数万の金軍が集結している、という情報もある。もしそうなら、大興安嶺の山なみを越えて、いつでもモンゴル領に侵攻してくるということで、カサルも手一杯になる。

ダイルは、それ以上、援軍について考えるのをやめた。とにかく、五日だ。

三つ並んだ、真中の砦にダイルはいる。騎馬隊の一千は離れていて、攻撃が厳しいところの敵を、崩すことになっていた。

「見事な防御ですな、ダイル殿」

ヤクの声だった。

「私でさえ、教えられていなかったら、かかったかもしれませんよ」

砦のまわりには、思いつくかぎりの罠が仕掛けてあり、外へ通じる道が、二本作ってあるだけだ。

罠にかかったとして、最も大きなもので十数名、小さなもので一名、殺せるぐらいだろう。全体から見ると、わずかな数だ。

砦をかためるだけかためてしまうと、あとはやることがなく、周囲に罠を作った。部下と一緒に智恵を出し合ったが、高が知れていた。

戦としての罠は、埋伏とか奇襲とか、そういうものを言う。もともと軍人ではないダイルには、知識も経験もなかった。

「陽山寨のスブタイへの連絡が、鳩とはな。俺たちは、ずいぶんと通信網を作ってきたつもりだったが、それ以上に、領土は広くなっていたのだな」

「鎮海城が、おかしな位置にあるのですよ、ダイル殿。謙謙州《ケムケムジユート》をやがてとりこむことを考えれば、絶好の場所ではあるのですが」

「おまえも俺も、歳をとった。通信の拠点をもっと作ろう、という根気もなくなった」

「私はともかく、ダイル殿は忙しすぎましたね。逃げるようにして、この地へ来られた」

「実際、逃げてきたのさ」

「ならば、虎の毛皮の上で酒でも飲んでいればいいものを」

虎の毛皮は、ダイルのわずかな贅沢のひとつだった。片手の指で数えられるほどしか、贅沢はしていないが、それでも気後れはあった。

「狗眼《くがん》は、もう若い者の時代だろう。おまえが頭領を退こうとしないから、力を出しきれていないのではないか」

「そうかもしれませんね。しかし、私は退きませんよ」

「なぜだ。なにが、おまえをそうさせる？」

「面白いのですよ」

「戦がか」

「いや、チンギス・カンという人が。近すぎて、ダイル殿は気づいていないのです。あなたも、私と同じはずです」

チンギス・カンが面白い。そんなことが考えられるのか。テムジンのころは、どこまで大きくなるのか、面白がっているところがあったかもしれない。それも、若いテムジンのころだ。いまは、測りきれない。気づくと、心の中にいる。それはすさまじいことだ。そばにいるのではなく、心の中にいるのだ。

「ダイル殿、力攻めで来ますよ」

「なるほど。虎思斡耳朶《フスオルド》の方が、指揮権を握ったか」

「獰綺夷《どうきい》は、狡猾《こうかつ》な男です。まず、グチュルクの部下の指揮下に入り、犠牲を出してみせる。力攻めを主張したのは、グチュルクの側近です。負けて、指揮権を放棄し、あとは獰綺夷の軍になります」

「城や砦を攻めるのに、力任せじゃいかんよ。それにしても、おまえは自分で敵の軍の中に潜入したのか」

「そういうことで、私の技を凌《しの》ぐ者が、まだ狗眼には現われていないのです」

「これみよがしに、技を見せて」

「歳ですからね。若い者に、こんな技があったのか、と見せてやらなければなりません。ダイル殿も、どこかに同じような気持があるのでは、と思っているのですが」

「俺は、死に場所を求めているだけだ」

「自分に言い聞かせる言葉としては、美しいものですよ」

「おい、ヤク」

「私をたしなめるより、数日の防御を考えられた方が」

「俺が、いつまでも防御をしていると思っているのか。二日、この中で耐える。それから俺は、外へ出るよ」

「外への道は、二本だけなのでしょう?」

「敵は、一本だとしか思っていない。獰綺夷は見抜くかもしれないが、多分、知らぬ顔を決めこむだろう」

「そうですか。そこまで見通して、いまを迎えておられるのですね」

「虎の毛皮の上で、これ以上はないというほど、考え抜いた」

「私も、もう一度、敵の中に潜入してみようと思います」

「無理をしないでくれよ、ヤク」

「まだ死にたくはありません。山中の狗眼の集落が、五百名ほどに増えているのです。殿から頂戴するもので、豊かな暮らしむきなのです。薬草などを採って売ることもしていますし、生業《なりわい》の笊なども売れています」

「そこでしばらく、長として慕われながら、のんびり暮らしたいのだな」

「狗眼の仕事そのものは、長男が指揮することになります。そこそこに力をつけておりますし、二男の補佐もあります。しかしまだ、ぎりぎりのところでは、不満を感じてしまうのですよ」

「父上が亡くなられて、おまえが長になったのは、ずいぶんと若いころだったのだな」

「長男のいまの歳よりも、いくつも若かったのです」

「見事な御父上であったよな」

「一族で、知る者も少なくなりました」

「いずれ忘れられる。そういうものだ。早く消えてしまいたいと、俺はよく思う」

ダイルが言うと、ヤクが口もとだけで笑った。

大軍が接近したのは、夕刻だった。

三つの砦に、それぞれ一万がいて、大きな輪を作っている。まだ、罠が仕掛けてあるところまで、進んできてはいない。

点々と篝が見えた。五里の距離がある二つの砦も、同じように篝を焚《た》いているのか、夜空がいくらか明るい。

翌朝になると、攻囲の輪はかなり縮まってきていた。

方々で、混乱が起きている。それは罠が作動したからで、落とし穴に六、七名が落ちるのも見えた。

それでも、全体から見ると小さな混乱だった。士気に多少関りがあるようで、罠が作動するたびに、こちらの兵たちが歓声をあげている。そういう混乱も、ほぼ半日で終り、楯《たて》に身を隠した敵の兵たちの、呼び交わす声まで聞えてきた。

矢は、厖大に備えてあった。用意したもののほかに、鎮海城の武器倉からも運んできてある。それでもダイルは、矢を射ることは禁じ、砦を囲った壁の上に、短槍《たんそう》を持った兵たちを並べた。梯子《はしご》がかけられる。大きな鉤《かぎ》がついた綱を投げられる。綱は切り、梯子を登ってくる敵は、槍で突き落とした。

その攻防で、陽が落ちた。ダイル自身は、壁の上には出ず、砦の中央にいて報告だけを受けた。火矢が射こまれてくる。中央の建物に火がつく。燃えあがりかけたが、消した。燃えるものがあるとわかったのか、火矢はそこに集中してきて、執拗《しつよう》に続いた。

火矢を射こんできているあたりを狙わせて、矢を浴びせさせた。頭上から矢が降りそそぐというかたちになったので、しばらくして、敵は後退し、矢の射程の外に出た。

まだ夜が明ける前に、敵から混乱の気配が伝わってきた。かなり大きく乱れ、一部は陣を崩し潰走《かいそう》しかかっている、と見張り櫓《やぐら》から報告が入った。

ダイルは動かなかった。ムカリが奇襲をかけ、敵の中を駈け回った。そうだろうということは、見当がついた。雷光隊百騎では、いつまでも敵中に留まるわけにはいかない。ひとしきり混乱の気配は続いたが、やがてそれは終り、事態を収拾させようとしているのか、敵の動きだけになった。

見張り櫓からは、まだ次々に報告が入ってくるが、ダイルを動かすものはなかった。

夜が明けた。

砦の門に通じる道は、きのう一日で把握されたらしく、丸太を載せた輜重《しちょう》が数台並んでいた。それで突っこみ、門を突き破ろうというのだろう。

櫓に登るのは、はじめてだった。なにか、ひどくいやな気分がくり返し襲ってきて、思わず櫓へ駈け、登ってしまったのだ。

櫓の上から、蝟集《いしゅう》した敵が見えた。

外に出る道は、どこにもないとしか思えない。前衛では、矢避《やよ》けの大きな楯に隠れて、兵が座りこんでいる。そういうものが見えるだけで、ダイルの心を騒がせるものは、なにも見つからない。

しばらく、眺めていた。

なにか、運ばれてくるのが見えた。ダイルは、櫓の手すりを、思わず摑んだ。兵を断ち割るようにして進んできたそれは、前衛のところまでくると、組んだ丸太にぶらさげられた。

ダイルは、一度眼を閉じた。

ヤクの屍体《したい》だった。着ているものは全部剝《は》ぎ取られ、それで逆に人形がぶらさがっているようにも見えた。

降ろせよ、ダイルは呟《つぶや》いた。もう死んでいるじゃないか。

丸太が揺らされた。手首を縛った縄で吊りさげられたヤクの躰は、頼りなく動いている。命の動きではなかった。ただ物にすぎないものが、揺れ動いている。

ダイルは、櫓から降りた。自分が櫓に登ったのを見計らって、ヤクの屍体を持ってきたのかもしれない、とダイルは思った。

ヤクのほんとうの顔を知っているのは自分だけで、その存在すらも、ほとんどの者は知らないのだ。

だから兵たちの間に、大きな動揺が走ることはなかった。

「攻撃です。正面から押し出しています」

櫓からの報告が入った。

「石だ。とにかく、石だ。その後に、射手を控えさせろ。楯が石で砕けたところに、矢を射こみ続けろ」

砦内で、兵が駈け回りはじめる。人間の頭ほどの石が大量に用意してあったが、城壁の上に置かれているのは、その一部だけだ。

砦が揺らぐ。なにかがぶつかってきた、という感じだった。実際に揺れていなくても、敵の勢いでそう感じるのかもしれない。

石は、まだ落とされない。機を見るのは、城壁の指揮をしている将校だ。

喊声《かんせい》が、砦内にも響き伝わってきた。

壁上の将校の剣が、頭上に翳《かざ》され、振り降ろされた。外の声が、喊声ではなく、叫喚になっている。

射手が前に出て、矢を射こみはじめた。叫喚が大きくなる。ひとりが五矢ほど射たところで、将校の剣がまた動いた。犠牲に耐えられず、敵は後退したようだ。

将校から伝令が出されてきて、戦況の報告を受けた。ダイルが想像した通りで、石には相当の効果があったようだ。

そういう攻撃が、六度続いた。楯で身を庇《かば》いながら、梯子を登ってくる敵もいて、砦内の斬り合いがはじまった。わずか半刻で、百ほどを倒したようだ。

陽が落ちてきた。

ようやく、敵は退がりはじめていた。

指揮をしていた将校が、井戸から水を汲《く》み続ける指示をし、石を壁上に運ばせ、ダイルのもとに駈けてきた。

「執拗な攻撃でした。五隊で入れ替りながらの攻撃に、こちらは常に全兵力で対さなければなりません。あれだけあった石も、いつまでもつかわかりません」

「あれだけの敵を、打ち返している。ほかの二つも、同じだろう」

「雷光隊が駈け回ってくれたので、敵もあまり休めなかったと思います」

ムカリは、替え馬を持っている。鎮海城とここの間にある牧には、二千頭の馬がいた。

スブタイの部下の一千騎は、敵の騎馬隊三千を相手に、一歩も退かず押し合っていたという。

しかし、騎馬隊の地獄は、これからはじまる。

「見張り櫓の上の竿《さお》に、布をあげろ」

将校の顔が、ちょっと歪んだ。それから直立し、踵《きびす》を返すと駈け去った。

櫓の竿に、白い布が揚げられた。

その夜、ダイルはもう一本の道を、単騎で駈けて、砦を離れた。敵の意表は衝いたらしく、騎馬隊が追ってくるまで、いくらか間があった。

追いすがってきた二十騎ほどが、いきなりすべて突き落とされた。

「馬の脚は、もう落としても大丈夫です、ダイル殿」

トム・ホトガの声だった。

ゆっくりと、闇の中を駈けた。

次々に、騎馬隊が現われ、後ろに続いた。一千騎に達している。

「このまま、突っこみますか？」

今度は、ムカリの声だった。

「先鋒《せんぽう》、雷光隊。敵の騎馬隊が乱れたところに、一千騎で突っこむ。とにかく、一騎でも減らしておこう」

斥候が出されていて、騎馬隊の位置を報告してきた。三千頭の馬は、すべて鞍を載せたままで、臨戦態勢にあるようだった。

「行け、ムカリ。俺はここで待つ」

「自分の歳を、考えてくださいよ」

ムカリが、軽口を叩いて駈け去った。

馬に枚《ばい》を銜《ふく》ませ、四里ほど闇の中を歩いた。

丘の頂の手前で、じっと待った。争闘の気配が伝わってくる。ひとしきり続き、馬蹄の響きだけになった。

隣の丘を、雷光隊が駈けて行く。いまにも追いつきそうに、敵の騎馬隊が駈けていた。およそ二千騎。闇の中で、ダイルはそう読んだ。

二千騎が駈け過ぎてから、ダイルは乗馬を命じた。

ムカリが反転したようで、敵は束の間、乱れた。それを立て直してくるのと、ダイルの一千騎が突っこむのが、同時だった。

月の明り。敵の騎馬隊は、こちらをむこうとしている。ダイルは、剣も抜かなかった。若い者が抜くだろう。そう思いながら、駈けることに専心した。

敵を蹴散らしながら、駈け抜け、反転した。

ムカリが、敵のむこう側に回っていた。挟撃のかたちだが、敵は二倍だった。

ぶつかる。月の光。剣の白いきらめき。ダイルは、はじめて剣を抜いた。二騎を、払い落とす。

敵は潰走していたが、ムカリが追撃を止《や》めた。

「歩兵に、迎え撃たれることになります」

「そうだな」

「五、六百は、減らしたと思います。それで、いまはよしとしてください」

五里ほど駈け、ダイルは休憩を命じた。

一度鞍を降ろして、馬体を拭ってやる。疾駆すると、馬は相当な汗をかくのだ。

小川がある場所で、馬に水を飲ませることはできた。塩も、舐めさせる。遊牧の民の馬の扱いが、最も正しいとダイルは思っていた。みんな、馬は自分の一部だと思っている。

チンギス・カンが、馬にサルヒという名をつけていた。草原に吹く風。いい名だが、ある時からつけなくなった。馬は兵と同じように、よく死ぬ。名をつけると、死がいっそう重いものになるからだろう、とダイルは思っていた。

「ほんとうに、砦から出てこられたのですね」

「俺が役に立つとは思っていないが、大将がどこにいるかは、大事なことだろう」

「敵も、獰綺夷が大将になったようです。虎思斡耳朶の軍も、それを受け入れたようですね」

「どこで仕入れた情報だ、ムカリ？」

「ヤク殿の息子から」

老人とは別のところで、すでに狗眼は動いていたのかもしれない。そしてヤクには、好きなように振舞わせていた、ということか。

自分の気ままも、若い者たちは黙認して、受け入れてくれているのかもしれない。

「ムカリ、俺は夜明け前まで、横になる」

「眠ってくださいよ、ダイル殿」

「ヤクの息子の名は、なんという？」

「長男がサムラ、二男がタエンです」

サムラには、どこかで引き合わされた。記憶の底を手繰《たぐ》れば会ったと出てくるが、名は憶えていなかった。

眼を閉じた。これからどうやって闘うのか、何通りもの予測を、頭の中に並べた。

夜が明けると、騎馬隊の全員を前にして、ダイルは言った。

「闘いが、はじまる」

「眠らないで、闘い続けるぞ。眠るのは、死ぬ時だけだ。俺の下に来た。その不運を嚙《か》みしめながら、闘え」

ムカリとトム・ホトガが、笑っている。それが見えるので、ダイルの言葉を正面から捉えた者はいないようだった。

三日、砦に耐え抜かせるために、砦外にいる騎馬隊は、眠らないで闘うしかなかった。三日眠れなかったとしても、死にはしない、とダイルは思った。

三

通信網で、替え馬の仕度を頼んだ。

駅と駅の間に、大抵は大小の牧を作ってある。そもそも実際に駅を作ったのがダイルとヤクだったから、馬を無駄なく扱うということは、徹底して考えられていた。

スブタイは、自分が五千騎しか率いていないことを、時々恥じていた。恥じながら、鎮海城にむかって駈けた。

本来なら、西夏軍に痛撃を与え、しばらく立ち直れないようにして、一万から一万五千を率いて鎮海城の援護に駈けつけるつもりだった。

西夏軍が、五万、集結していた。二万五千ずつ山を背後に展開し、いつでも陽山寨を攻められる、という構えを取っていた。しかし、こちらが撃破に動くと、山中に誘いこもうとする。放っておけばいいようなものだが、鎮海城に軍を出さなければならない。もともと、援軍一千騎は送ってある。

三万から四万の敵が動き出した、と鳩の通信が知らせてきた。

昼夜兼行でひた駈けて、五日かかる。一万五千騎は、陽山寨の防御に回さざるを得なかった。

鎮海城防備軍の指揮官は、ダイルである。生粋の軍人ではない。というより、戦の指揮の経験は、ほとんどないはずだ。ただ、草原で闘われた戦のほとんどに関わっていて、如実に見ている。裏のことまで知っているだろう。

若い将校しかおらず、兵の掌握という点においては、ダイルに勝る者はいないのだろう。

数日は、単独で守り抜かなければならず、一戦の勇猛さではないものが求められる。

馬上では、そんなことを考えた。丸一日駈けていると、さまざまなものが脳裡《のうり》に去来する。途中に作られた牧で、馬を替える。その時、四刻だけ兵たちに眠ることを許した。あとはひた駈けている。一昼夜駈けると、馬は潰れる寸前になる。本能ゆえに、放っておけば死ぬまで駈ける。スブタイが最も注意を払わなければならないのは、馬の状態で、兵の状態ではなかった。兵に死ぬ者が出ても、それは仕方がないと思った。死にそうだから残るというのは、スブタイの軍では許していない。

前方十里にまで、斥候を出している。異状は報告されてこない。ただ斥候は苛烈な任務になり、戻ってきた兵が、馬に乗ったまま死んでいたこともあった。

四日、駈け続けた。鎮海城の戦況がどうなっているのか、まったく伝わってこない。防御に全力を尽しているのだ、とスブタイは自分に言い聞かせた。

最後に馬を替え、さらにもう一頭、引き馬を連れた。ハドが、部下に命じ、最後の駅に一万頭を集めさせたのだ。

一頭の馬も潰すことなく、ここまで来た。あとは、引き馬が戦に耐えられる力を、失わないようにすることだった。

陽山寨は、副官に任せた。一万騎を寨外の原野に展開させ、五千が寨内で守っている。五万の攻撃を受けても、ひと月は耐えられるはずだ。

スブタイは、陽山寨のことを頭の片隅に押しやった。

五名、元気な馬を二頭つけて、斥候に出した。

鎮海城の戦況は、わずかでも知らなければならない。

夜を徹して駈け、周囲が明るくなったころ、斥候の最初の一騎が戻ってきた。

「間断なく、戦が続いているようです。砦はひどい状態だと予想されますが、陥《お》ちてはいません。外壁が二重に作ってあったらしく、外側は崩れていますが、内側はまだ保《も》っています。三つともです」

三つの砦が攻囲を受けているというのは、鎮海城はまだ無事だということだ。

「騎馬隊は、三百は確認しましたが、まだいるはずです。敵も、数百しか」

スブタイは、将校を五名選び、それぞれに九百騎ずつつけた。自分は、五百騎を率い、全体の戦況を見きわめて動く。

二騎目の斥候が戻ってきた。

「騎馬隊、四百です。二隊に分かれています」

ダイルの指揮と雷光隊。スブタイは、そう判断した。

「攻囲の敵は、昼夜、騎馬隊の攻撃を受け、相当の犠牲を出しているようです。それでも、砦内から外へ出て攻撃する力が、味方にも残っていません」

ぎりぎりのところだろう。それでも、砦は陥ちていないし、騎馬隊もいる。

三騎目と四騎目が、一緒に戻ってきた。それぞれの砦の情況と、騎馬隊の容子を知らせてくる。

中央の砦が陥ちかかっていて、内側から打って出る気配だという。圧倒的な兵力差があるので、打って出れば、わずかな間に、殲滅《せんめつ》させられるだろう。

「引き馬に、乗り換える」

鞍を降ろし、載せる。すぐに態勢は整った。

最後の斥候が戻ってきた。

「ムカリ将軍と会えました。全軍、疲弊のきわみにあるそうです。あと一刻を耐えられない兵が、多くいるそうです」

犠牲のかなりの部分は、敵に討たれたのではなく、疲労で倒れたのかもしれない。

「行くぞ。六隊に分かれたまま進む」

戦場では、指揮の将校が情況を見て、分散したまま動いたり、ひとつにまとまったりする。その調練はうんざりするほどやっていて、どの軍よりもうまくなっている。

若いころに、玄翁《げんおう》の騎馬隊の動きを、骨の髄《ずい》にまでしみこませた。自分の軍を抱えていても、あの動きが頭から消えることはない。

三刻、駈けた。

戦場。丘の下。近づいてくる。先鋒が突っこみ、次の一千騎は別の方向へむかった。騎馬隊の勝負は、これでつく、とスブタイは思った。

中央の砦も、まだ陥ちず、味方の兵が外へ打って出ることもしていない。

スブタイは、攻囲の兵を馬蹄で蹴散らすようにして駈けた。強硬な抵抗は一部分だけで、そこを残して、ほかは算を乱しはじめている。内側から、数百の兵が飛び出してくる。

強硬な部分が、それで崩れ、敵が潰走しはじめる。

「追撃せよ。討ちに討て。馬が潰れるというところで、休息し、戻れ」

部下が、敵の歩兵を追い散らしはじめる。砦外に出てきた味方の兵は、座りこんだり横たわったりして、立っている者はほとんどいなかった。戦場はもう、収拾の段階に入っている。

「騎馬隊は一千二百ほどで、一千騎は殲滅させせました」

最初に派遣した一千騎のうち、まだ二、三百は生きているようだ。どれも限界を超えているのは、顔を見ただけでわかった。

全員が、闘いながら死んでいるのも同然だった、と思える。

ただ、馬は労《いたわ》っていた。馬も、限界を超えているのかもしれない。

スブタイは、床几《しょうぎ》をいくつか並べた。部下が、天幕を張る。

ムカリが、ダイルと並んでやってきた。

「到着が遅れました、ダイル殿」

「なんの。俺の予想より、半日は早かったと思う。多くの兵を死なせたが、鎮海城は守り抜けた」

ダイルは、しっかりと喋っていた。

ただ、あり得ないと思うほど、憔悴《しょうすい》していた。疲れ切った顔というより、死者の顔そのものだった。

スブタイは、ダイルを床几にかけさせ、肩に突き立った矢を、押しこんで反対側に鏃《やじり》を出し、折って抜いた。

傷は数えきれないほどあり、それを布で巻いているので、躰だけは肥ったように見える。差し出された水を、ダイルはゆっくりと飲んだ。腹には傷がなさそうだったので、スブタイは水を認めたのだ。

「ダイル殿に、実戦をさせることになってしまったのですね」

「年寄の冷水であったのかな。思った以上に、俺は老いぼれていたよ」

二頭立ての馬車が走ってきた。

「スブタイ将軍。医者だ。まず、ダイル殿を診て貰おう」

チンカイが、女と男を二人、馬車に乗せてきた。

若い男は、天幕の下に、脚の長い寝台を素速く組み立てた。

「ダイル殿」

女が言う。医師らしい、とスブタイは思った。

「俺の手当てより、兵たちの手当ての方を先に」

「年齢の順です。おひとりだけ、突出した老人であられますよ」

「ひどいことを言うなあ。そんなのでは、誰も嫁に貰ってくれんぞ、ケシュア」

若い男二人とムカリが、素速くダイルの具足をとった。ムカリが、ダイルの躰を抱きかかえて、寝台に運んだ。

ケシュアと呼ばれた女が、刃物でダイルの軍袍を切り裂いた。湯が沸かされている。スブタイは、寝台の方から眼をそらした。

「ケシュアは、腕のいい医師です、スブタイ将軍」

声を潜めるようにして、チンカイが言った。

医師でどうなるものでもない、とスブタイは思った。命の力というようなものが、間違いなくある。その力が、ダイルに残っているかどうか。

「敵は、西遼軍だけではなかったのだな、ムカリ」

「そうなのですよ、スブタイ将軍。ダイル殿は、はじめからそれを見きわめていた、と思います。獰綺夷という族長で、これは地を這い続けるような、粘り強い戦をする、いやなやつでした」

「歩兵が、蛇のように絡みついてくる、というやつか」

「まさしく。いくら騎馬隊で攻めても、中央はびくともしないのです。ダイル殿は、多少、意地になられたところがあります」

戦というのは、ある意味では、馴れだとも言える。ダイルがいくらか意地になったのなら、その馴れがなかったからだ。長く闘ってきた軍人は、力を抜いてもいいところと、ここだけは日頃の力以上を出すところと、勘のようなもので、無意識に遣い分けている。

「それにしても、モンゴル国は、四囲に敵を抱えすぎですね」

チンカイが言った。

自分の軍は西夏軍とむき合っているが、金軍にも複雑な動きがある、という知らせはスブタイにも入っていた。

アウラガ府と陽山寨の通信網は実に緻密で、駅を辿って、あるいは鳩が飛んで、毎日のようになにかを知らせ合っている。その通信網は、ダイルと狗眼のヤクが作りあげたものだ。大きく西へのびなかったのは、ダイルもヤクも老いたからだろう。

ヤクが死んだ。それを、誰も口にしようとしていない。屍体を晒《さら》していたというから、ダイルひとりを刺激しようとしたのかもしれない。

兵糧が配られていた。焚火も、方々に見えた。

追撃と掃討に入っている騎馬隊が戻るのは、陽が落ちてからだろう。ここには、スブタイの指揮する五百騎と、ダイルが指揮していた騎馬隊がいるだけだった。

手当てに、二刻ほどがかかった。

「見事に縫われています」

ダイルを覗きこんできたチンカイが、嬉しそうに言った。ムカリは、なにも言わない。スブタイも、鞍を降ろされた馬が、秣《まぐさ》を与えられている、縄張りの馬囲いの方を見ていた。

「養方所に、ダイル殿を運びます」

ケシュアが来て、そう言った。

「運ぶなどとは、大袈裟ではないのか、ケシュア殿」

「養方所に運びます、チンカイ殿」

「私には、きわめて元気に見えるが。いや、きわめてというのはないか」

「普通の人なら、とうに死んでいます」

「そうなのか」

「援軍が来るまでと、命の力をふり絞っておられたのです。眼が、穏やかになっています。運びますよ」

「本人は、なんと言っているのだ」

「チンカイ殿、医師の私が、運ぶと言っているのです」

「頼む」

スブタイが言い、ムカリも頭を下げた。チンカイの顔色がさめたものになった。

「それほどに」

チンカイの言葉には答えず、若い二人の男に命じ、馬車の荷台を整えさせた。

「なんだ、なんなのだ」

チンカイが、叫ぶように声をあげる。

「戦をやっていると、稀《まれ》にだが見ることがある。死者がなお生きて、闘うのをな」

言って、スブタイは眼を閉じた。

ムカリが、大興安嶺の山なみの東側にいる、金軍の話をはじめた。山なみを越えて侵攻してきたとしても、西側の山裾には、カサル軍が展開している。

だから本気で攻める気はないだろうが、カサル軍はそこから動かせない。スブタイも、陽山寨を離れるのは、ひと月が限界だった。

結局、チンギス・カンは、以前と同じように、十万の兵力で金国に進攻するしかない。

ダイルが持ちあげられ、馬車の荷台に載せられた。

去って行く馬車の方を、スブタイは見なかった。

「なんなのですか、お二人とも。まさか、ダイル殿が死ぬなどとは言わないでしょうね」

「言わないさ」

ムカリが空を仰いだ。

「すでに死んでいる。そういうことだよ」

「なにを言うのです。生きたダイル殿が、さっきまで喋っていたではありませんか」

「もういい、チンカイ。二日、三日の時はある。それで、ダイル殿の命の力は尽きる。それまでに、話をするぐらいはできるはずだ」

言いながら、スブタイは玄翁を思い出していた。死ぬはずがない時から、自分がテムジンとの戦場で死ぬだろうことを、知っていたような気配があった。

あの時、玄翁は死んでいたのだろうか。

それについて、玄翁となにも言葉を交わさなかった。いまは、後悔が残っているだけだ。

あの時の自分は、死と生の境を、明瞭なものとして理解していた。間に、不分明なものがあるとは、考えてさえいなかったことだ。

「食いませんか、スブタイ将軍」

ムカリが言い、眼の前に出された焼いた肉を、スブタイはしばらく見つめた。

その夜、スブタイは先に派遣していた一千騎の、生き残りとともに過ごした。

そういう時、兵たちは言いたいことを言っていいと決めてある。代表するようにして、三人の兵が喋ったが、ほとんどはダイルの容体を気にするものだった。

ダイルはかなりの犠牲を出す戦をしたが、ほとんどの局面で、先頭に立って闘ったのだという。先頭に立つ指揮官を、兵が嫌うことはない。

将校たちは、生き残った者の中では、ダイルの傷が最も深いということを、恥じていた。ダイルが回復したら、西方守備軍を作らせて欲しい、という要望もあった。

謙謙州も含めて、西の地はチンギス・カンの長男のジョチが任されることになっている。軍は西方守備軍という性格を当然持ち、もともと軍人ではないダイルが、果すべき役割は見えない。

そこまで考えて、スブタイはどうにもならない寂寞《せきばく》とした思いに包まれた。

掃討に出ていた騎馬隊が、数百単位ごとに戻ってきた。

兵たちは、すぐに馬の手入れに入り、それから兵糧をとって眠ることを許された。

五名の将校だけが来て、陽山寨を進発して以後のことを、話し合った。馬を潰さずによく駈けた。ダイルは、予想したより半日も早かったと言ったが、予想した日づけでさえ、守れるかどうか微妙なものだったのだ。兵の全員が、進発した時から実戦に入っている、というつもりになっていた。

翌朝、スブタイはひとりで、養方所の建物に行った。

最も奥の部屋に、ダイルは寝かされていた。顔色も悪くなく、表情は穏やかだった。

「もうすぐだよ、スブタイ」

なにも言えず、スブタイはうつむいた。

働く女たちを差配しているらしい、アイラという女がそばに来て立った。

「陽山寨の近辺にある酒場が、前よりももっと繁盛しはじめました。兵たちが飲みに行くわけではないのですが、周辺の集落に家が増えましてね」

「泥胞子《でいほうし》の、妓楼《ぎろう》も新しくなったろう」

「そちらの方へは、非番の兵が時々行くようですよ」

「スブタイ、俺は虎の毛皮を持っているのだが、それをおまえにやる。ヤクに渡すつもりだったが、先に死んじまった」

スブタイは頷き、奥歯を嚙みしめた。

ダイルが、スブタイを見て笑った。スブタイは、奥歯を嚙みしめ続けた。

「俺は、生きて生きて生きた。そして、面白かったよ。生きることが、こんなに面白かったのだと、いまにしてしみじみ思う」

スブタイは、ダイルの手を握った。ひと粒だけ、手の甲に水が落ちた。

その日の夜に、ダイルは静かに死んだ。

知らせに来たのはチンカイで、虎の毛皮を持ってきた。

「こんなことが、あるのですね」

それ以上のことをチンカイは言わず、ただ涙を流していた。

翌朝、スブタイは二千騎を残して、陽山寨にむかった。

たとえ西夏軍が数万で攻めていようと、副官が指揮する一万五千騎は、陽山寨一帯を守り抜いているはずだった。

二度目の夜営の時、ひとりで腰を降ろしていたスブタイのそばに、兵がひとり座った。

「サムラと申します」

囁くような声だが、はっきりと耳に届いた。

「今後、狗眼は俺が率います」

「そうか、ヤク殿の息子だな」

「殿とボオルチュ様には、父より一度引き合わされております」

「これからは、サムラが表に出るということだな」

「名を持った、ということです。これまでは、父だけが名を持っておりました」

「よろしくな。俺は、もう寝る」

「はい」

声が、耳に遠かった。そう思った時、サムラの姿は、闇の中に消えていた。

四

歩兵が進発したので、魚兒濼《ダライ・ノール》の周辺は静かになった。

チンギスは、宮帳《オルド》と呼ばれるようになった、大きな家帳《ゲル》の奥の部屋にいることが多くなった。

これまでは、大きいと言っても、安直な幕舎だった。

この宮帳は、牛車でどこへでも運ばれるようだ。そんなことを命じたりすることはなかったが、周囲がそう決めた。

テムゲ、ボロクル、ジェベがそれぞれに率いる一万騎は、十里ほどの距離を置いて駐屯し、冬を越した。

ジョチの一万騎は、まだ冬の間に南へむかい、大同府も通り過ぎた。トルイの一万騎は、それより二十日遅れて進発した。大同府の南で、遊軍二万が展開するかたちだったが、まだ戦闘は起きていない。歩兵の五万が到着しても、金軍はじっと息を潜めているだろう。

三万騎の騎馬が到着しても、金軍が動かないことは考えられる。

五万騎を率いている完顔遠理《かんがんえんり》は、チンギスだけを見ているのだろう。

五万騎の中の一万騎は、間違いなく精強だが、あとの四万騎も、これまでの金軍にはいなかったような、統制のとれた騎馬隊になっているという。

金軍が自分しか見ていないのなら、急ぐことはないとチンギスは思った。戦機を摑むための小競り合いも、必要はない。チンギスが行けば、そこですぐに決戦がはじまる。

チンギスは、一日に四刻、馬を責めるだけで、あとは宮帳の奥の部屋にいるか、天幕を張った湖のそばの草地で、水面を眺めていたりした。

ダイルが、死んだ。

なにかあると、そればかりを考えている自分がいた。

ダイルは軍人ではないのに、西の鎮海城の守備軍を指揮し、虎思斡耳朶《フスオルド》や族長の軍と数日にわたって不眠不休の闘いをし、スブタイが五千騎で駈けつけるまで、鎮海城を守り抜いた。

西に兵力が足りないのはわかっていたが、チンギスは新たに召集をかけて兵を集めることは許さなかった。

まだ草が芽吹く前で、遊牧に苦労が多い時季だったのだ。若い男を数万召集するのは、その気になればできるが、遊牧に大きな犠牲を強いるのもわかった。

モンゴル国の力の根底にあるのは、交易でも製鉄でもなく、遊牧だった。

どれほど交易で利を上げようと、それは商いというものが生み出す、幻のような銀《かね》だった。なにかあれば、たとえば交易路を巻きこむ戦が起きれば、消えてしまう銀なのだ。

遊牧は、大地とともに生きるということだった。羊群は、大地に生かされている。羊群が草を食《は》みながら生きることで、大地はまた命の力をくり返し蘇《よみがえ》らせるのだ。

西に兵力が足りなければ、それはそこでなんとかしろ、とチンギスは思った。会寧府に金軍が集中し、大興安嶺の山なみを越え、モンゴル領に侵攻しそうな気配があったので、西の麓のカサル軍は動かせなかった。

情況に呼応するように、西夏でも軍が動き、陰山《いんざん》の北麓を制しているスブタイ軍を、釘付けにした。

西は、失って惜しいのは、鎮海城だけだった。それは、金国との戦がひと区切りつけば、いくらでも再建できることだったのだ。

西は西でなんとかしろというチンギスの考えを読み、なんとかしようとしたのが、軍人ではないダイルだった。

　前線の指揮を任せてもいいと思える将校がいたら、ダイルは間違いなくそうしただろう。戦場での争闘にたけてはいるが、全体の指揮を執らせるには、いささかの不安がある将校しかいなかったのだ。

　ダイルの死の報が届く前に、狗眼のヤクの死を知らされた。ヤクは、死に場所に立つ部下ではなかった。しぶとく生き延び、全体を俯瞰《ふかん》していても見えないものを、情報としてチンギスに伝えるのが任務だったのだ。

　ヤクの死を知らされた時、長くともに生きた、家族でも友でも部下でもない、同志を失ったような気分がこみあげた。

　西は西でなんとかしろ。そう思い、なんとかなった。ただ、ダイルを失った。

　ヤクの死は、たまたま西だったと思うほかはない。

　西を統轄しているのは軍ではなく、チンカイという文官だった。これから、西の守備軍はチンカイが創りあげていかなければならない。

　冬の間に、金国内での兵站は、二重三重のものとして整えた。たとえば、大同府郊外の農場では、自分たちがモンゴル軍のための穀物を、備蓄しているとは知らない。会寧府あたりの大商人が、飢饉《ききん》の時に備えているものだと、信じて疑っていない。ほかにも、そんな農場はあるだろう。

　チンギス自身は、あえてそれを知ろうとしていない。アウラガ府のどこかの部署が、各地にいる責任者たちを把握しているのだろう。その責任者たちも、兵糧の保管をしているとは思っていないかもしれない。

遺わなかったものは、市場に流し、利を得る。商品を動かしただけだ、と思っている者もいるに違いない。

牧に関しても、そうだった。それ以外にも、これが兵站に繋がるのか、というものが多くある。モンゴル軍の兵站のやり方を解析して、その一部を暴いた者がいた。その人間は、モンゴル軍の兵站が、前の戦のままだとは、決して考えないだろう。

戦は、長引かせない。金国は国としては大木だが、洞《ほら》だらけであり、枝の方は活発に見えても、幹は脆弱《ぜいじやく》になっている。

あるところまで攻めあげれば、幹はもう枝を支えきれなくなり、徐々に死ぬ。それでも立っているが、やがて朽ち、倒れる。

大国とは、そういうものだ。

国は朽ちるが、民は朽ちることはない。朽ちた国に代る、新しい国を作るのは、ある意味では民だと言っていいだろう。

「殿、よろしいですか?」

ソルタホーンが、声をかけてきた。

日に四刻の馬責めをするかぎり、うるさいことはなにも言わない。

「来たか」

「いま、表で控えております」

入口のそばの大きな部屋が、表と呼ばれていた。そこには、チンギスには無用の大きさと感じられる椅子が、ひとつだけ置いてある。それに座っていることはあまりなく、立って喋ることの方が多い。

ソルタホーンと、表に出て行った。

若者がひとり、拝礼していた。ソルタホーンが、名を言った。

「兵站部隊の指揮をせよ。失敗しても、めげずに挑め」

怪訝《けげん》な表情で、若者が眼をむけてきた。

「失敗などしない、と言いたいのだろう。しかし、相手の兵站を切るのは、戦の常道。切られたら、仕方がないと思っていい。敵にとって、自領での兵糧は、あまり価値がない。だから兵糧は捨て、兵の命を拾え」

「恐れながら、申し上げます」

若者が、不屈な眼をむけてくる。

「兵站部隊の兵の命を拾って、本隊の兵の命を捨てることになる、と思うのですが」

「本隊は、ある程度の兵糧は携行している。そう思え。いくばくかの、余裕は持っているのだとな」

輜重を曳き、まともな兵站をやるのに、これ以上はない、という評価をジェルメが下して、ここへ送ってきた。つまり、兵糧とともに死にかねない、という男らしい。

そういう男の指揮下の、兵站部隊が駈ける。兵站を切ることが、戦のすべてだと考えている金国の文官は、それを囮《おとり》と思うのか、本物だと思うのか。とにかく、その文官を悩ませることだった。

先の戦で、どういう男が、兵站をいくつか炙《あぶ》り出し、切ったのか、狗眼の者に徹底的に調べさせた。

丞相福興《ふくこう》の部下のひとりが、それをやったと推測できた。ただ、若い男だ。福興という、きわめて優秀だが、あるところでは保守的でもある男が、若すぎると思える部下に、そんなことを命じるだろうか、という気がした。

それを、確かめたかった。

とにかく、正しい兵站のやり方で、輜重を駈けさせる。それを囮と考えて看過するのか、本物の兵糧と見抜くのか、二度ぐらいで見えてくるとチンギスは思っていた。

一度目は、兵糧を捨ててしまってもいいのだ。ただ、この若者には、無駄なことに命を懸けさせることになりかねない。

簡単に兵糧を捨てれば、その男はおかしいと思うだろう。優秀な兵站部隊が、駈けていると思わせなければならないのだ。

そのあたりの微妙なやり取りはこちらでやっても、失いたくない人間のひとりだ、とジェルメが言ってきているのだ。

「兵糧に余裕があり、もう一度、試みることができる。はじめの移送で、成功して欲しい、と俺は思うがな」

「二度目があるので、部下の命を守れ、と言われているのでしょうか？」

「そういうことだ」

「わかりました。二度目の移送では、全員の兵に命を捨てさせます。ですから、一度目に成功しなければならないのだ、といま思っています」

「おい、おまえ」

「はっ」

「名は、なんといった？」

ソルタホーンが告げた名を、チンギスは憶えていたが、あえて訊いた。

「チェスラスです」

「チェスラス。生きて任務を全うせよ。そして、また会おう」

チェスラスが、拝礼する。頭をあげる前に、チンギスは表から奥へ行った。

夕食には、テムゲを呼んであった。

ダイルの死の知らせが入ってからも、会って喋ることはしていなかった。

夕刻、二十騎ほどの供回りで、テムゲはやってきた。

食事は、奥の居室に用意させた。

煮た羊の肉が、皿に載せて運ばれてきた。

「おう、これは」

すでに六度ほど火を入れているものだから、太い腿の骨も脆《もろ》くなっていて、音をたてて噛み砕ける。テムゲは、幼いころからそれが好きだった。

「俺も、そろそろ進発ですよね、兄上」

「あと数日、待て」

「兄上は？」

「俺は、ジェベの後ろを進む。後方にボロクル、その後方がおまえだ」

「二百騎だけで遅れて行くと言われたら、俺は止めようと思いました」

「俺だけ孤立して、完顔遠理に狙わせる。それも考えはしたが」

「狗眼で、ヤクから息子に、指揮が入れ替っているところです。思わぬことが、起きるかもしれません」

「ヤクの息子は、サムラというのだ。ヤクの若いころのように、窮屈ではないと思う」

「いずれ、俺も挨拶《あいさつ》を受けるのでしょうが」

「テムゲ、俺たちが到着したら、すぐに戦をはじめるぞ。決戦になるかもしれん」

テムゲが、肉を食い、脆くなった骨を齧《かじ》りながら頷いた。

歩兵部隊も工兵部隊も、城郭の中へ攻めこむことを考える。次に、内側から門を開き、待ち構えていた騎馬隊が突入する。勝負は、そこでつける。

しかしそれを、細かく言ってはいない。どこかに滞陣して、じっくりと構えるわけではない、ということを伝えてあるだけだ。

作戦はあまりにまともすぎて、凡庸とさえ言われるだろう。兵站もそうだ。

完顔遠理は、単純なものを、単純に受け取ってみるだけの度量を、どこかで磨いてきたのか。あれかこれかと考え抜く男なら、この罠は見抜けない。

金国と長い戦を闘ってきたが、頭に残っている軍人は、完顔遠理だけだった。

チンギスは、骨のついた肉をとり、肉と一緒に骨を齧って砕いた。脆くなった骨が、口の中で肉と混ざり合う。

「西に厳しい戦線があることは、わかっていた。俺が考えるより、もっと厳しかったのだが」

「三万から四万の軍だった、と聞きました。それだけの軍が、虎思斡耳朶にいるわけはありませんよね」

「西遼の朝廷から離れた有力な族長が、かなりの兵力を擁して参戦したようだ」

「当然、義父はそれを知っていた、と思います。知って、自分で解決しようとしたのでしょう。盟友のヤク殿も、西にいたわけですし」

二人揃って死んだ。チンギスに、裏切られたような気分があるのは、そのせいかもしれない。

スブタイは、間に合ったのか。それとも遅れたのか。

「義父とは、兄弟のようにして育たれたのですよね、兄上」

「モンリクは、兄弟としては扱わなかった。チャラカ翁《おう》も」

「俺は、二人をよく憶えていません。チャラカ翁が、馬で駈けている姿が浮かぶだけで」

肉が、残り少なくなった。昔ほど、チンギスは食わなくなっている。

テムゲが、チンギスの器にも酒を注いだ。

強い酒である。弱い酒は、いつまでもだらだらと飲み続けてしまう。

「義父は、ただ死にたかっただけなのかもしれない、と俺は思いました。意味もなく死んでも、見苦しくならない。そんな歳になっていたという気がします」

「死ぬことを愉しんだ、という意味か？」

「よくわからないので、訊けるものなら訊いてみたいですよ」

「西へ行ったことを、アチやツェツェグは、逃げたと受け取っているのか」

テムゲは、一度、アウラガへ帰っていた。

アウラガの東に、カサルをはじめとする弟たちの領地がある。大興安嶺を越えてくる金軍に、備えるというかたちだが、それはいまカサルが一手に引き受けていた。

実際に、金軍の動きはある。それは牽制《けんせい》の動きだと、チンギスは考えていた。

もし金軍が大興安嶺を越えて侵攻してきたとしたら、カサルはさまざまな戦を想定していて、それをひとつひとつ試そうとするだろう。つまり、侵攻を愉しみにしている。

「兄上、母娘と義父の関係が、どんなものかは、俺にはわかりません。見ないようにしてきたのですから。義父が受けとめきれなかったものがあるとしたら、それはそのまま俺の頭上に移動してくる、ということです」

「おい、実戦の最中に、そんなことは考えるなよ」

「まったくです。もしかすると、義父は俺の楯になっていてくれたのかもしれません」

「おまえは、俺の弟さ。そこは、ダイルとは違うからな」

「つまり、義父よりも甘やかされていました。厳しい任務は与えられましたが、チンギス・カンの弟だと思っていれば、戦場はむしろ気楽な場所だったのですから」

「おまえのほんとうの戦場を、アウラガの狭い家帳の中にしたくはないな」

「俺たちは、遊牧民の男ですよね。いま、それを思い出しました。戦場は草原だと、思い定めればいいことです」

「いままで、思い定めていなかったのか？」

テムゲが、口もとだけで笑った。

この弟は、天真爛漫《てんしんらんまん》だった。母親の愛を一身に受け、チンギスにもあまり遠慮するところがなかった。それでも、母娘に対しては、いつか構えるような姿勢が見えてきた。

母娘には、虚栄心はほとんどない。養方所の改革をし、そこを女が働くことができる、大きな場所にしたいと思っている。

たとえば、戦場で大きな傷を負い、養方所で傷を縫う治療を受けた者は、それ以後は、養方所で働く女たちの世話になる。

母娘が考えているのが、なんなのか、チンギスにもテムゲにも、読めないところがあった。

数日が経ち、チンギスは進発の命令を出した。

ソルタホーンが選んだ丘の頂上で、駈けて行くジェベの軍を見た。

馬はいい。兵もいい。閲兵というかたちになっているので、通りすぎる時に、兵たちはみんなこちらへ顔をむける。

ずっと後方に、ボロクルの軍が集まっているのが見える。テムゲの軍は、見えない。

「この一万騎の後方から、われらは進みます」

「それはな」

「もう変えられません。変えれば混乱しますから」

「言わなくてもわかっていることだ。そう言おうとした」

「申し訳ありません」

ソルタホーンが、苦笑した。

「しばらく実戦を離れると、くどくなってしまうようです」

一刻ちょっとで、ジェベ軍は通りすぎた。二里ほどの距離をとって、チンギスと二百騎は駈けはじめた。

「ソルタホーン、わが軍の兵站を暴き出した男を、俺は捕えたい」

「燕京に入った時、そのあたりを一網打尽にする用意はしてあります」

「歴史が長く続いている地には、いそうもない男がいるものだ」

「福興の部下の若い文官らしい。できれば、福興も捕えよう、と思います」

ソルタホーンの頭の中には、負けるということがない。

いや、あるのか。負ければ死と。

五

南から、燕京へ攻め上《のぼ》ってくる。

遊軍二万は、そういう動きをしている、と完顔遠理は思った。

ただ、滄州にしばらく留まり、城郭を攻めて、蓄えられた兵糧を奪う、というつもりもあるのかもしれない。

魚兒濼《ダライ・ノール》を進発したチンギス・カンの本隊は、速くもなく遅くもない進軍で、南下してきていた。ほぼ同時に進発した兵站部隊は、同じ速さで進むことはできず、一時的に孤立したが、歩兵部隊に追いついた。

福興に呼ばれて、三度目の軍議だった。

歩兵を統轄している、十名の将軍、燕京城内の守備部隊一万の将軍と副官。文官も、十数名出席する。

禁軍の高琪《こうき》は、結果だけを伝えよと言い放ち、出てこない。なにか細かいことでさえ、押しつけられるのは面倒だ、と考えているのだろう。誰もが、高琪を敬う礼を取る。それでいいらしい。

「滄州が、攻められている。あれをなんとかすべきであろう」

福興が、めずらしく細かい意見を言った。いつもは、軍人の議論に、時々口を挟むだけだ。これまで、少々の城郭が陥されるのは、黙認してきた。

燕京近辺の城郭に蓄えた兵糧は、城外に運び出している。

「敵は、十万なのだ。昨年、撤退した時と、変りのない規模だ。もう、あれ以上増やすことは無理なのだろう」

歩兵一万五千を指揮する、老将軍が言った。

「そこらの城郭が陥されるのは、黙認していい。降伏すれば、危害は加えられない」

「滄州は」

「どこかの馬鹿が、抵抗しているのです、丞相。抵抗すれば、陥され、兵は討たれます」

福興は、腕を組んで聞いている。

死守せよ、という命令が、どこの城郭の守兵にも届いているはずだ。しかし、攻撃の構えを取られただけで、城門を開いてしまう場合も少なくない。

軍議の途中で、報告が入った。抵抗していた滄州が陥された、ということだった。城内に侵入されても闘った者が多くいたようで、犠牲は相当に出て、火もかけられていた。

やられたな。誰かが呟いた。あたり前のことが起きた、という口調だった。

散会したあと、完顔遠理は福興と話をしようと、執務室の方にむかった。軍の総指揮権は、福興にあるのだ。

止められた。腕に手をかけた耶律楚材《やりつそざい》が、じっと見つめてくる。

「滄州は、必要以上の抵抗をしたのです」

「どこかの馬鹿などと、俺には言えんな」

「丞相は、なにも言われませんが、こたえておられるのは確かです。いまは、そっとしておきたいのです」

「おい、耶律楚材、なんなのだ？」

耶律楚材が、じっと完顔遠理を見つめてきた。強張った表情が、ちょっと動いた。

「そうか、丞相は遠理将軍にも言っておられないのですね」

耶律楚材が、ちょっと顔をそむけた。

「滄州には、丞相の奥方と御子息がおられたのです」

肺腑《はいふ》を衝かれ、完顔遠理は口を閉じた。

必要以上の抵抗をしたのは、丞相の家族を守らなければならない、と思いつめた兵が多かったからなのか。

「騎馬隊は、しばらく燕京を離れる。多分、ぶつかったら睨《にら》み合いなどせず、すぐにはじまる、という気がする」

「いまは、全軍が燕京にむかっているように見えます。滄州を攻めた軍の半数は、北へむかったようですし、残りもすぐに追うと思います」

「敵の騎馬隊は五万だ。こちらも五万。一万が一万にあたる、という戦をやる。歩兵五万を、味方の十五万が止めてくれれば、動きようがいくつかある」

「そういうことは、明日の朝になってから、丞相にお伝えします。私は、モンゴル軍の兵站を潰す仕事を、続けなければなりませんので」

「それほどに、複雑なのか？」

「牧が二つ、穀物を扱う商人がひとり、物を動かす過程で、一部がモンゴル軍に流れる、という道を持っていました。あとどれほどあるか。十か二十か。とにかく、潰せるものは潰します。物が流れた時に、見つけやすくなりますから」

「わかった」

完顔遠理は、ちょっと頷き、踵を返した。

耶律楚材には、モンゴル軍の兵站をいくつか潰してきた実績がある。それは、誰もできなかったことだった。

耶律楚材がすでにいくつか潰したのなら、自分が兵站を断つことを考える必要はないだろう、と思った。

勝負は、多分切迫している。完顔遠理の気持のありようとしても、決戦前夜に近いようなものがあるという気がする。

十里ほど離れた、騎馬隊の駐屯地に戻る間、戦の展開がどうなるのか、と考え続けた。

騎馬隊同士の勝負。それに持ちこめたら、勝機はある。歩兵が戦場に出てくると、モンゴル軍は歩兵の陣を軸として実にうまく遣う。三倍の数で、モンゴル軍を釘づけにできるのか。たとえ三万四万の犠牲を出しても、ほんの数日、囲んでいられないか。

駐屯地に戻ると、五名の将軍たちが待っていた。軍議がどうなったかを、知りたがっている。

「騎馬隊の動きは、ここで決める。上からの指図は来ない」

「では、思うさま、闘えということですね」

「そうだ。そして勝敗は、すべてわれわれにかかっている」

幕舎に入ると、蕭治充《しょうじじゅう》が入ってきた。一万騎を指揮しているが、それを完顔遠理自身が動かす時は、副官をつとめる。

「兵糧と秣の配置は、終っております」

兵糧は、運ばない。蓄えた場所をいくつか作っておこうとした。

モンゴル軍の兵糧も、案外そんなものなのかもしれない。

「情報も、いくつか入りました。滄州を掃討していた軍も、北へむかいはじめました。二万騎が、こちらへむかっています」

北からの三万騎もこちらへむかっているが、進軍を歩兵に合わせて、やや速度を落としていた。いずれにしろ、三日のうちに、干戈《かんか》を交える距離になる。

「滄州は皆殺しだったという噂《うわさ》が、急速に拡がっています」

福興の妻子は、軍の中にいたわけではないだろうから、死んでいないことも考えられる。

これまで、抵抗した城郭が皆殺しに遭ったと言われていたが、指揮をした十人隊長あたりまでが、首を打たれ、晒されたぐらいだ。

皆殺しは、恐怖とともに囁かれていて、モンゴル軍の城攻めは、それだけやりやすくなっていた。

歩兵の動きが速くなった、と翌朝には報告が入った。夜のうちに、兵站部隊が運んでいた兵糧が、充分に補給された気配だった。まともに、ごく普通に、チンギス・カンは兵站をなしている。複雑な方法の中にこちらが迷いこむと読んで、そんな人を食った兵站をやったのか。

そして、歩兵はどこかを攻めるつもりなのか。

薊州《けいしゅう》か、あるいはもっと燕京に近いどこかの城郭か。

そこを、徹底して城砦化し、燕京とむき合う拠点にされると、かなり面倒なことになる。この分だと、兵糧の手当てはつけられそうなので、一年、二年の籠城はできるのかもしれない。

北からの歩兵が、どこへむかうのか。

方向を細かく解析すれば、薊州という線が出てくる。燕京の歩兵部隊の将軍たちも、同じように読んだらしく、東へむかって軍を動かしはじめていた。

翌日も、モンゴル軍の歩兵は薊州にむかっていた。そして騎馬隊は、完顔遠理の駐屯地にむかいはじめている。

騎馬と歩兵が、別々に戦をやる。いや、ここは自分を蹴散らして、それから歩兵の戦場に急行する気かもしれない、と完顔遠理は考えた。

勝負を急いでいる。湖の近くの越冬でも、兵の疲労は回復しなかったのか。

五人の将軍を呼んだ。

ともに将校という年齢だが、一万を指揮するので将軍である。戦が終っても、将軍のままでいられる者が、ひとりでもいるかどうか。

「はじめるぞ。めまぐるしい戦になる。動きは止めるな。それぞれが、自分が相手にすべき一万騎と、とことんやり合うのだ。無駄な犠牲は出すな。しかし、兵が死ぬことを恐れるな」

一軍から五軍に分けてあった。それをさらにいくつに分けるかは、現場で判断することになっている。とにかく、自分が相手にする一万騎を、そらさない。たえず、相手として、どこかで触れておく。できればぶつかり、一兵でも多く倒す。

「一軍、二軍は、南からあがってきている二万騎を。これは、遊軍として二万騎で動く時もあれば、一万騎ずつに分かれる時もある」

「結局は、二万騎になって、一気に勝負をつけようとする、と思います。一緒にならないように、動きます」

「それは、三軍、四軍、五軍も同じだ。俺は五軍の中にいる。旗はたえず出しておく。時には、それにも注意を払え。時にはだぞ。大事なのは、眼の前の敵だ」

全員で、掌を合わせ、声をあげた。

ほかの軍が進発してしまうまで、完顔遠理は幕舎の中で待った。

それぞれが、北と南にむかったが、いずれ見えるぐらいの距離にまで集まる。

「完顔遠理将軍」

「わかっている。いま、出て行くぞ」

完顔遠理は、兜《かぶと》を被《かぶ》り、麾下の二百騎が並んでいるところに出た。

「斥候は、もう出したか？」

「はい、北へ五十騎。五名で一隊です」

伝令の兵が百騎いる。伝令は、百騎を遣い果したとしても、近くにいる兵に命じればいいだけのことだ。

北へむかった。五里ほど進んだところで、敵を捕捉した斥候が戻ってきた。テムゲの軍だった。どこことも闘っていない。

ほかの二軍が、ボロクルとジェベの軍と、闘っているのだろう。

そしてチンギス・カンは、二千余騎を率い、三軍の中のどこかにいる。

チンギス・カンの麾下は自分で指揮している二百騎だが、遠くないところに必ず二千騎がいる。

完顔遠理は、待つような気分だった。

今度は、討ち洩《も》らさない。必ず、チンギス・カンの首を奪る。

テムゲが、いきなり攻めかかってきた。それも、全軍でだ。完顔遠理は、受けながら軍を二つに割り、両側から攻撃をかけた。掌の中から逃げる魚のように、テムゲ軍が擦《す》り抜けていく。追った。思ったところで、テムゲは反転してきた。今度は、正面からぶつかった。テムゲは、まだ勢いに乗れておらず、完顔遠理が押しこんだ。それでも、いなされる。

ぶつかっては離れることを、くり返した。ともに、乱れた部分はなく、時だけが過ぎた。

テムゲと、かなり離れた。駈け去るようにして、土煙の中に消えた。

「下馬。馬に塩を舐めさせろ。水をやれ。人間は飲むな。できるかぎり、馬を休ませる」

鞍を降ろすわけにはいかなかった。馬の首筋を、何度も撫《な》でた。

テムゲも、馬を休ませている。それを斥候が報告してきた。ボロクルとジェベの二軍は、ぶつかり合いをくり返しているのが、土煙でわかるという。

二刻、馬を休ませ、完顔遠理は乗馬を命じた。限界にはまだ遠かった馬は、しっかりと元気を取り戻していた。

南のぶつかり合いが、だいぶ近づいてきている。

テムゲもこちらにむかってきたので、完顔遠理は正面から受けた。モンゴル軍には、替え馬がある。五万騎すべてにだ。こちらの替え馬は、一万騎分で、隠してあるところは、完顔遠理と蕭治充だけが知っている。

ぶつかった。お互いに、少しずつ犠牲を出しはじめていた。斥候に第一に命じてあったのは、チンギス・カンの所在を探ることだった。斥候を八方に飛ばしても、発見できなかった。

蕭治充が、斥候の兵をひとり連れてきた。

「駈けながら、話せるな」

「歩兵が、燕京を攻めはじめました。投石機で、数百の石を打ちこみ、梯子を十ほどかけて、二百ほどが侵入しました」

報告は、そこまでだった。歩兵は、薊州の城郭にむかっていたが、工兵だけが燕京にむかい、石を打ちこみはじめた。

テムゲとぶつかる。あやうく、分断されるところだった。

次の斥候。城内に侵入した敵は一千。歩兵ではなく、工兵のようだ。そして、歩兵も到着しはじめていて、何カ所かに分かれて城壁の下にまで寄った。楯で、矢や落とされる石を防いでいた。

金軍歩兵は、姿もないという。行先は薊州と、信じきっているのかもしれない。城内の守兵が一万。数日の防御ぐらいは、難しくない。しかし、工兵とはいえ、一千が侵入している。

テムゲ。完顔遠理は剣を抜き、雄叫《おたけ》びをあげた。侵入しているのは、工兵なのだ。それほど苦労せず、複雑な機構になっている城門を、開けてしまうかもしれない。

テムゲ軍を、押して押しまくった。それから反転を命じ、燕京にむかって駈けた。テムゲが追いすがってくる。

「蕭治充、半数を割いて、テムゲに当てよ。二隊に分かれたと見せて、おまえは一度ぶつかったら離脱。替え馬のところまで、疾駆する」

新しい一騎に乗り、そして引き馬を連れていける。つまり、疾駆に疾駆を重ねられるということだ。

一万頭の馬を用意してある牧。到着までに、十騎ほどは馬を潰した。しかし、麾下のほとんどは、新しい馬に乗った。

燕京へ駈ける。二刻、疾駆した。潰れた馬を捨て、引き馬に乗った。

疾駆。なにかが、ぶつかった。敵。竜の図柄の旗。それを眼で捉えた時、完顔遠理の躰は宙に浮き、地に落ちた。馬が来る。剣が手になかった。完顔遠理は、敵の兵の脚にしがみつき、ぶらさがり、持ちあげるようにして馬から落とした。鞍に剣がつけられていたので、抜いた。一騎。すぐそこに迫っている。剣が弾き飛ばされ、返ってきた太刀で、脇から胸を斬り裂かれた。

馬から落ちる前に、火のような男の眼を見た。地に倒れたまま、起きあがることはできない。気づいた時、見えたのは木の枝だった。

次には、天幕が見えた。しばしば、水を口に流しこまれていることがはじめてわかった。

「降伏です、完顔遠理将軍」

蕭治充の声だった。完顔遠理は、風を見ていた。雲が、流れている。

「何日、経った？」

「三日です。ここまでは、モンゴル軍の手は届かないと思います。というより、降伏が決まり、モンゴル軍は燕京を離れました」

福興が、降伏を決めた。それは、なにを守るためだったのか。帝の命か、民の無事か。

斬られてから、時が経っている気がしなかった。眠った。眼醒《めざ》め、水だけでなく、饅頭《マントウ》をやわらかくしたものを、口に入れた。不意に、全身が熱くなった。

食い物は、躰の中で燃えるのだ、と思った。

「蕭治充、俺たちも、降伏したのか？」

「降伏したのは、燕京だけだと思います。騎馬も歩兵も、降伏はせず、しかし闘わず、散り散りになったようです」

饅頭と肉を食い、自分を斬ったのが誰だかわかるか、蕭治充に訊いた。

「チンギス・カンでした。俺が追いついた時、将軍が敵の馬を奪うのが見えました。そこに、ほとんど単騎のチンギス・カンが、襲いかかったのです。なにか、息を呑むような太刀遣いでした」

「そうか」

「単騎だったのは一瞬で、すぐに五、六騎がまわりにつき、さらに二百騎がいましたが、俺は二千騎ほどを連れていたので、チンギス・カンは駈け去りました。四百騎ほどに追わせたのですが、戻ってきません」

ほかに、二千騎が近くにいたはずだ。

それにしても、自分は罠にかかったのか。

燕京の戦とは別に、チンギス・カンは自分との闘い方を考えたのだろうか、と完顔遠理は想像した。

よくわからない。わかったところで、いまは動くこともできない。

「傷を縫ったのは？」

「俺です。正直、生き延びたのは、運です。そうとしか思えません」

水を飲んだ。食った。眼を閉じた。一瞬のような気がしたが、半日は経っていたらしい。そんなふうにして、数日が過ぎた。

「戻ってきた、だと」

「全軍ではないと思いますが、二万騎はいるという話です。はっきりはわからないのですが、帝と禁軍総帥が城外へ逃げ、それが降伏の約定に違反した、ということになったようです」

「誰かを調べに行かせているのか？」

「俺の部下を十名、送りこみました。六名が、帰ってきています。降伏の話をしたのは丞相で、城外に出ずに留まり、籠城する構えのようです」

「おまえは、どうするのだ？」

「完顔遠理将軍の命令を待っています。こわいのですが、待っていると思うと、少しは安心していられたのです。ひとりになって、どうすればいいのかわからず、不安で踏み出せません」

「できるさ。俺をこんなふうに匿い、モンゴル軍から逃げおおせている」

「俺の、上官でいてください、将軍。俺たちは闘ったので、降伏は認められないと思います。なにをするにしろ、俺には上官が必要なのです」

いい加減にしろという言葉を呑みこみ、待機と完顔遠理は言った。

ここにいるのは三百騎ほどで、あとは散っていた。どうせ怪我人なのだ、と完顔遠理は思った。

袂別《べいべつ》にあらず

一

魚兒濼《ダライ・ノール》に、石の家が建てられた。

湖を見降ろす場所に、ナルスが手際よく建てた。湖のむこうには、木立に囲まれた集落の屋根が見える。

はじめ、チンギスはこの建物で起居しようとは思わなかった。

暑い季節になってきて、思いのほか涼しいことに気づいた。家帳《ゲル》も、よく風が通る作りになっているが、石の家はひんやりとしていた。冬は冬で、薪《まき》を燃やせば暖かいのだという。

宮帳《オルド》から、四里ほど離れた、丘の上である。

ナルスは、これを手はじめに、十棟ほど建てるつもりらしい。ここはいわば、城郭《まち》のようなものだろう。

歩兵部隊は、二十里ほどのところに、幕舎を並べて駐屯していた。燕京を占領しているのはテムゲの一万騎で、城外にはボロクルとジェベの軍が駐屯していた。ジョチとトルイは、二万騎で北へむかった。燕京以北に、まだ金国軍がかなり残っていたからだ。それを掃討するために、カサルの三万騎が大興安嶺の山なみを東へむかって越え、金国軍のほとんどは、北と南からの挟撃の脅威の中にいる。

持ちこたえる軍はいないだろう、とチンギスは思っていた。

なにしろ、帝が禁軍を連れて、開封府に逃げたのだ。降伏の約定に違反しているので、チンギスは燕京を攻め、陥した。

降伏の約定を交わした福興《ふくこう》は、自分以外の人間の助命を願い、自裁した。

燕京を中心にして、旧金国領を統治しなければならない。その役を任せられる金国の文官で思い浮かぶのが、福興ひとりだった。

無駄な自己犠牲だと思ったが、滄州の城郭が陥された時、妻子が死んだのだという。滄州の抵抗は激しく、兵は全滅に近かった。民も数百の単位で死んでいる。

福興は、生きる気力を失っていたのだろう。金朝廷延命のために、命を投げ出したような降伏の交渉をし、チンギスもそれを受け入れた。しかし、救おうと狂奔した帝は、あっさりと福興を捨てて、開封府に逃れたのだ。

捕えた文官の中に、耶律楚材《やりつそざい》という者がいて、それが先年の戦で、モンゴル軍の兵站をいくつか切った男だった。

すぐに会うことはせず、いまは燕京の牢《ろう》に入れてある。テムゲが、そしてもうすぐ二百名の部下を連れて入城するボオルチュが、耶律楚材をしっかりと見きわめる。

金帝が放棄したかたちの、河水《かすい》以北の旧金国領は広大で、統治を考えた時、さすがにボオルチュは部下だけ送ることはしなかった。

草原は、草が伸びている。羊群がそれを食むが、干し草作りもはじまっていた。

春のはじめに芽吹き、伸びかけた草は、とうに羊群が食んでいるが、また伸びて、秋の終りに羊群がまた食む。

干し草は、羊群が冬を越すためのものではない。すべてが、軍馬に供されるものだ。

遊牧の越冬は、厳しいものだった。とにかく、雪の下の草を探し続ける。年によっては、雪の下に残った草が少なく、羊の死が頻出することもあった。羊は死ぬが、人は石酪などで、なんとか命を繋ぐ。

羊が肥えていく時の遊牧も、微妙に難しいものがある。羊の躰が求めている草をよく見きわめて、食わせていかなければならないのだ。

そのやり方など、チンギスはとうに忘れていた。

遊牧の民を見るたびに、どこか心に痛みがあるのは、自分の姿が情ないからだろう。遊牧の民の小さな長が、草の食ませ方を忘れてしまっている。

忸怩《じくじ》たる思いというより、情なさだった。

ほんとうの遊牧の民として生きたのは、人生のわずかな部分に過ぎなくなっている。

「殿、気に入られましたね、ついに」

ナルスの声が聞えた。

チンギスは絹の着物のまま、石の上に直《じか》に横たわっていた。

「石は、躰の熱を吸いとってくれる」

「暖めてもくれるのです、殿。床の下に数本の道を作り、そこに薪を燃やす熱を通すのです。石が、じわりと暖まり、なんとも言えませんよ」

「まあ、おまえの家の作り方は、認めてやってもいい。工兵としては、もうひとつなのだがな」

「殿は、工兵隊をお持ちになったのは、はじめてではありませんか。それなのに、まるで較べるような言い方です」

「俺の頭の中の工兵隊と、較べているのさ」

ナルスが、小さく首を振った。

「ところでボオルチュは、俺の居場所を各地に作るつもりらしい。宮帳ごとの移動がなくなるので、兵たちは助かるだろうが」

「ここも、そうです。なにがあっても、たやすく倒れはしません」

宮帳ごとの移動というのは、草原の中でさえ、苦しくなっていた。旧金国領の中にも、いくつか作るつもりでいるらしい。

そこを守る人間も、百名ほど置く。ほとんどが、戦で傷を負い、闘えなくなった兵たちだ。牧にも工房にも鉱山にも、そういう者がいる。

どんな場合でも無駄を省く、とボオルチュは言う。傷を負って闘えなくなった兵を、無駄だとチンギスは考えたことはないが、働く場所があるのは、どちらにとってもありがたいことだった。

「おまえはここを、半月もかけずに建てたのだな」

「そう見えたでしょうね。しかし殿、ここは去年の秋から建てはじめています」

そんな話は聞いていないし、ナルスは燕京攻めでも重要な役割を果している。

「石切りから、はじめるのです。それはもう細かい石から、二人の男でようやく持ちあげられるほどの石まで。何百通りもの石を数千集めるのです。半月というのは、それを組み立てている間だけのことです」

「なるほどな。細かいところまでよくできていると思ったが、そういうわけか」

それぞれが、自分の場でなにかをなす。それがあたり前のことになっていて、チンギスは時々、それに気づくだけだった。

湖から流れ出す河の下流域に、鍛冶場と工房が建てられている。それも、最近気づいたことだった。

ボオルチュは、すべてのことに眼を配っているのか。それは、できることなのか。

統治の仕組みは、うまくできあがっている。民が貧しくならないようにと思っていたが、間違いなく以前より豊かになっている。

統治の仕組みに心血を注いでいるのは、ボオルチュだった。部下の数は、すでに数千に達している。

　ボオルチュの悩みは、仕事を受け継がせてもいい、という部下がいないことだろう。優秀な部下はいるが、みんなそれぞれに細かい分野を得意としている。

　全体を見わたすというのは、口で言うほどたやすいことではないはずだ。

　燕京からの一行が、到着した。

　奇妙な一行だった。百五十名ほどで、牛車が一台、荷車が三台いた。そして、モンゴル軍の護衛は一騎もおらず、ものものしい警固の構えをとっていた五十騎は、すべて金軍の兵だった。

　一行の指揮は、耶律楚材がとっている。ボオルチュが、それを命じたのだろう。

　宮帳の広間で、チンギスは耶律楚材と会った。躰が細く、ひ弱な印象があるが、チンギスを見る眼は落ち着いていて、ほとんど動かなかった。

「耶律楚材、おまえは俘囚《ふしゅう》か？」

「俘囚ではございません」

「ほう」

「燕京では、俘囚でありました。燕京からこの地までの移動では、俘囚ではありません」

「理由を言ってみろ」

「使命を帯びた移動だったのです。俘囚が、使命を帯びるわけはありませんので」

「指揮下に、金国軍もいたな」

「五十騎です。ただ、金軍であるかどうかは、微妙なところです。哈敦《ハトン》公主の護衛でありますので、そのままモンゴル軍に加えられることになるかもしれません」

哈敦公主は、前の帝である衛紹王《えいしょうおう》の娘だった。福興との降伏交渉の中で、モンゴルに降嫁する、と決められたのだ。

ただあの交渉で成立した約定は、帝が開封府に逃亡した時点で、すべて破棄されたとも考えられる。

「降伏の約定を、俺がいま受け入れると思うのか?」

「約定を守って、哈敦公主はここまで来られたのです」

「あの約定は、金国の方が破ってきた」

「まだ約定は生きている、と思っている人間もおります。公主様をはじめとして」

「俺はな、金国の王であろうが役人であろうが、信用するのはやめたのだ。哈敦とかいう王女の首を、刎《は》ねてやろうか」

「それならば、私の首を先に」

「やらぬ、と思っているな」

「はい」

「その根拠は?」

「人を殺すのが、お好きではありません。兵の場合は容赦されませんが、民には寛大であられます」

「皆殺しをする、と言われている」

「私は、モンゴル軍に陥された、多くの城郭のことを、すべて調べました。皆殺しは、五つ。皆殺しが、ほんとうのことなら大変ですが、守兵の大将、将校、数人の兵を束ねる者まで、およそ二百名が首を打たれ、晒されています。これを二百もと言うか、たった二百と言うか、考え方はいろいろでしょう。しかし、二百なのです。二千でも二万でもなく、二百です」

皆殺しというのは、都合のいい言われようだった。抵抗すれば、闘えば、皆殺し。それで、闘おうとする城郭は、ずいぶんと減ったはずだ。

もともと、モンゴル族の中の、小さな氏族の長にすぎなかった。モンゴル族を統一するまでは、生き延びるために闘い続けた。その過程でいつか、闘うことは生きることだ、と思うようになったのかもしれない。

モンゴル族を統一し、草原をも統一した。それでも、戦をやめることはできなかった。生きることをやめるのと、同じだった。

「いつ、哈敦公主と会っていただけますか？」

「いつでもいいぞ。どういうことを聞かされているかはわからんが、どうせ北の蛮族の長だと思われているだろう」

「はい」

「おまえもか」

「私も、そう思っておりました。家を持たず、馬を愛し、家畜とともに暮らす部族であると。兵站を調べて、その考え方は変りました。金国より進んでいる部分を、多く持つ国だと思っております」

「阿《おもね》るな、耶律楚材」

「そういうことから、遠いところにいる人間です。使命を果し、俘囚の身に戻ったら、兵站を切った者として、処罰を受けるだろうと、覚悟しようと思います」

「覚悟もせず、俺の前に現われたのか」

「難しいことです。首を打たれると考えると、逃げたくなります」

「首は打たぬよ」

「覚悟など、やはりできません。私は、そういうところで生きてきた人間ではないのです。覚悟もしないまま罰を受けるのが、似合っているような気もいたします」

「俺の兵站を、切ったのだからな」

「はい」

「覚悟はできているではないか」

「自分の罪が、理解できているだけです」

「もういい、耶律楚材。哈敦公主と俺が会ったら、おまえの使命は終るのだろう」

耶律楚材が、深く拝礼した。

その頭が上がる前に、チンギスは腰をあげた。

哈敦公主がチンギスの居室へ来たのは、夜になってからだった。

夜に召し出せと言ったのは、ソルタホーンだった。

金国の民の中には、モンゴル国を認めたがらない者が少なくない。そういう者たちも、帝の娘がチンギスの側室に入る、ということで諦めるだろう。

その考えはチンギスにもわかり、夜に召し出して、三、四刻、話でもして過ごせばいい、と思ったのだ。

入ってきた哈敦公主を見て、チンギスは腰をあげそうになった。

「哈敦でございます。丞相とチンギス・カン様の話し合いで、嫁ぐことになり、ここへ参りました」

「確かに福興殿との交渉で、そういう話になっているが、公主は、そのままの意で受け取っておられるのか？」

「嫁いできたかと？」

「そうだ」

「戦に負け、俘囚同然の身だとは、理解して燕京を出発しました。ただ女として見栄のようなものがあり、はじめの御挨拶は、嫁いできたと言わせていただきました」

こういう声を、なんというのだろうか。軽く心を撫でてくるような、快い声だった。

チンギスは、哈敦公主にむけた視線を、横にずらした。

「挨拶は受けた。長い旅でお疲れであろう。燕京と同じというわけにはいかないが、整えるべきものは整えてある、と思う。ゆっくり休まれるがよい」

哈敦公主は、かすかに息を呑んだようだった。

拝礼し、居室から出ていく哈敦公主の背中を、チンギスは見つめていた。

もう一度、哈敦公主を召し出したのは、二日後だった。

秀麗だと感じたはずの顔立ちを、どうしても思い出せなくなった。髪飾りとか服とか、そういうものはなんとなく思い出せるのに、顔立ちだけ、寝台で転がるようにしても、思い出せないのだ。

入ってきた瞬間に、すべてを思い出した。眼差しも声も、唇の動きまで、鮮明に蘇った。

なにも言わず、チンギスは哈敦公主を寝台に押し倒した。

服に手をかける。ふるえていた。構わず、チンギスは服を剝ぎ取り、白すぎるほどの躰をしばらく眺め、膝に手をかけ、脚を押し拡げた。

貫いた瞬間に、哈敦公主は悲鳴に近い声をあげただけで、あとは息さえも押し殺しているように思えた。

自分を襲っている衝動が、チンギスには新鮮なものだった。驚きにも喜びにも似ていて、チンギスは声をあげていた。

汗にまみれて精を放つと、しばらく放心していた。

哈敦公主が起きあがり、身繕いをする気配があった。

なにか言葉をかけようと思ったが、考えている間に、哈敦公主は拝礼をして居室を出ていった。

寝台に散った破瓜《はか》の血に気づいたのは、しばらくしてからだった。

数日後、別の女が居室に現われた。

その女を、哈敦だと思いこもうとしながら抱いている自分に、チンギスは気づいた。それほど、印象的な躰だったのか。いや、躰はむしろ貧弱で、身を硬くして耐えていただけだった。

それでも、心のどこかに残っている。

なるほど、と女が出て行ってから、チンギスは呟いた。意外な陥穽《かんせい》に落ちかかっている、ということらしい。

翌日の夜、チンギスは哈敦公主を召し出した。

「俺と殺し合いをしようか、哈敦殿」

「どういう殺し合いなのでしょうか？」

「死にたくないか？」

「金国のために死ねと仰せならば、それは使命だと思っております」

「使命も金国も、どうでもいい。モンゴル国もな。俺とおまえが、男と女として殺し合うということだよ」

「そんな、恐ろしい」

「男と女は、そういうものではないのか」

「慈しみ合うものです、男と女は」

「それは殺し合いということだ」

哈敦が、チンギスを見つめてくる。哀しみが漂い出すような、眼の光だと思った。

「私は、チンギス様をお慕い申しあげます」

「まあいい」

チンギスは、ちょっと笑った。

「慈しみ合っていると思って、ある時、殺し合っていることに気づく。そんなものだろう」

自分が自分でなくなった時に、負ける。それはわかる。どこから、殺し合いになっていくのか。殺し合いと考えたのは、はじめてだった。ボルテとは、殺し合いなどと考えたことはない。支えられた。常に、助けられた。

いや、気がつかないうちに、殺し合っていたのか。そして、勝負はまだついていない、ということはあり得るのか。

「面白くなってきた。新鮮な気分だ」

哈敦は、どう対していいかわからない、という表情をしている。

「アウラガへも、行くことになる。望みを聞いておこうか」

「それほどの望みは、ございません。ただ、書見をさせていただきたいのです。書が手に入れば、と思っております」

「たやすいことだ。大同府にいる、泥胞子《でいほうし》という者に、望みの書を伝えよ。どんな書であろうと、手に入れて届けてくれる。いや、自らの書肆《しょし》に置いてあることの方が多いだろう」

「大同府の、泥胞子殿ですね」

身のまわりの世話は、何人かついているはずだ。燕京から連れてきた、下女たちもいる。

「よし、媾合《まぐわ》うぞ」

チンギスは、服を脱ぎ捨てた。

哈敦は、恥ずかしそうに、背をむけて裸になった。

翌朝、眼醒めると、従者を呼んで躰を拭《ふ》かせた。

以前は、こんなことはしなかった。湖か河か、とにかく素っ裸で飛びこみ、躰を洗ったものだった。

ここは、水が豊富だった。アウラガにも、ヘルレン河があり、水に困ることはない。

衣装を整え、大広間の方へ行った。

その日に挨拶する人間を、ソルタホーンが連れてくる。ひとりの時もあれば、三人四人ということもある。

二人、連れていた。

ひとりは、この地方の、大きな農場の主だった。もうひとりは、商人である。

二人とも、恐懼《きょうく》しているように見えた。

チンギスは、あらかじめ決められている言葉をかけた。十通りがあり、それを順番に言うので、眼の前にいる人間に、同じ言葉をかけることはなかった。

「俺は、哈敦と殺し合いをすることにした」

二人が退がると、残ったソルタホーンにチンギスは言った。

ソルタホーンは、具足を鳴らして直立した。

「これからは、恨みを抱いて殿の前に出る女性《にょしょう》も少なくないと思います。殺し合いというお気持を忘れないでいただけると、俺としてはありがたいことです」

モンゴル族の領地を拡げた時から、他領へ進攻しての征服戦は、はじまっていた。しかし、本格的な征服戦になってきたと思ったのは、ナイマン王国に進攻したころからだ。

これからは、さらに征服戦が増える。

その地方の王、有力者、氏族の長が、自らの子女を差し出すことも少なくないだろう。ソルタホーンが用意する女とは、明らかに質が違うものになってくるはずだ。

それでも、ソルタホーンは、殺し合いを違う意味で捉えていた。

自分にしかわからないことだ、とチンギスは思った。

二

三年以内に戻ると言ったのに、すでにその倍の歳月が過ぎようとしている。

別れは済ませた、とトクトアは言うだろう。三年の内に会いに来るというのは、マルガーシだけの思いだった。

それでも、六年が経ってしまった。自分にも、別れは済ませたという思いが、どこかにあったのではないのか。しばしば思い出しはしたが、会いに行かなければならないという、急迫した気分に襲われることはなかった。

わずかな間でも、旅に出ようと思ったのは、自分が抱えた理由ではなかった。

ジャラールッディーンが、事あるごとに挑発するような態度を取るようになった。南の、ゴール朝の領内にある、ホラズム国の砦城に届けられる兵糧を護衛した時、ゴール軍とぶつかって、首を奪られそうになった。

あの危機を救い出してから、マルガーシを認めないという態度を取るようになったのだ。あらゆる局面で、挑発的な言動をくり返すし、一度か二度は、無理なことを要求しようとした。そのたびに謝ってくるが、どこか表層的な態度だった。

旅に出ないか、と勧めたのは、テムル・メリクだった。ジャラールッディーンは、意地を張って、それを止めないかもしれない。その時は、ジャラールッディーンが自ら迎えに行くまで、戻らない。

テムル・メリクは真剣にそういうことを考えたようだが、マルガーシはどうでもいいと思った。人と人の繫がりは、なにがあろうと繫がり続けることもあれば、あっさりと切れてしまうこともある。

テムル・メリクに勧められた翌日に、マルガーシは身ひとつで旅に出た。行先がどこかを伝えるまで、テムル・メリクはマルガーシの腕を摑んで放さなかったので、そこでトクトアの山のことを伝えた。

そうでなかったら、トクトアのところに行こうと思ったかどうか、わからない。

すでに死んでいるかもしれない、という思いが強かった。必ず戻ると言ったマルガーシを、トクトアは三年は待っただろうか。

旅は、急ぐものではなかった。

トクトアが死んでいることを、確認に行くためだけの旅になりかねない、という思いもつきまとったのだ。

サマルカンドから東にむかい、天山の山なみを越え、さらに山地と森の中を進んだ。

樹上の小さなけものを弓で射落とし、肉を焼いて食らうのは、久しぶりのことだった。

猪《いのしし》を倒した時は、そのまま馬の尻に載せ、丸一日で行き合った小さな集落で、解体した。一頭の猪が村人を喜ばせ、マルガーシは歓待された。

トクトアの森がある山の裾野まで、ひと月ちょっとかかった。

マルガーシは、山の裾野に、丸一日いて、森の気を全身に浴びた。

その中に、トクトアの気配が感じられるかどうか。

わからなかった。精霊ではない、生きた人間の気は、かすかに感じる。しかし山には、猟師がいたりするのだ。大虎と闘って瀕死《ひんし》だったマルガーシを助けた、御影《スーデル》という猟師もそうだった。

御影は、大虎とむき合って、闘わないまま死んだ。

大虎が現われたら、トクトアは間違いなく闘うだろう。そして、勝てるとは思えなかった。

朝になり、マルガーシは手綱を持って駈けた。馬に乗っているより、その方が速い。馬の動きも、軽い。

夕刻になっても、マルガーシは駈け続けた。脚を停めたのは、夜更けだった。

傾斜がきつくなり、岩肌も増えたので、馬が脚を傷めかねなかった。

塩を舐めさせ、水を与え、秣《まぐさ》をひと摑み食わせた。

火は燃やさず、石酪を口に入れただけで、マルガーシは岩肌の上に横たわった。懐かしいような思いが、襲ってくる。陽の光を吸いこんだ岩には、どこか暖かさが残っているような気がした。

夜が明けると、歩きはじめ、二刻ほどで岩肌を抜けた。再び、森に入った。

人が歩いた痕跡を、マルガーシはいくつか見つけた。山裾からは、道がある。普通ではわからず、猟師も見分けることができないかもしれないが、トクトアのところで暮らせば、それが見えるようになる。

大きな樹木のかたちは、六年前とそれほど変っていない。それを、マルガーシはあたり前のこととして受け取った。森が生きてきた歳月に較べれば、六年などないも同然だった。

なにかが、動いた。オブラだろう、とマルガーシは思った。こちらが気づくような動き方をする。狼らしくないのか。あらゆる方法で群を守ろうとする、狼らしい狼なのか。

生きていれば、オブラは立派な大人だろう。

かすかに、気配が伝わってきた。

気配は二つだった。オブラともうひとつ。トクトアなのか。機敏に動く気配だった。

「停まれ」

声が聞えた。

「この先に、なんの用件がある」

「人に、会いに来た」

「ここには、俺ひとりしかいない。そしてこれ以上、近づいて欲しくない」

「トクトア殿に、会いたいのだ」

「すでに、亡くなられた」

「そうか」

そんな気はしていたのだ。マルガーシは、小さく頷いた。

「トクトア殿が、暮らしておられたところに、行きたいのだが」

「そこではいま、俺が暮らしている」

「客をひとり、迎えてくれないか？」

「名を訊こう」

「マルガーシという」

「やはり、マルガーシ殿か」

ふっと、気配が緩んだ。

それが歩けという合図だと思い、マルガーシは前へ出た。

一刻、歩いた。

トクトアが暮らしていた場所に、入った。どこまでがトクトアの場所かは決まっていたわけではないが、小川を越えた。そこからは、トクトアの場所だ。

狼が、近づいてくる。

「オブラか？」

狼は一度牙を剝《む》き、それから尻を見せて歩きはじめた。気安く名を呼ぶな、と言われたような気がした。しかしオブラは、マルガーシを憶えているようだ。

横に渡した丸太に、縄で縛った肉がぶら下げられているのは、以前と変りない。

洞穴と繫がった建物が、しっかりしたものになっていた。丸太を組んで壁にしてあり、屋根には木の皮が葺《ふ》かれている。大雪にも耐えそうな作りだ。

「俺がマルガーシだと、わかったような言い方をされましたが」

「その黒貂の帽子だ。お父上が被っておられたものと、同じだよ」

「父を、御存知なのですか？」

「俺は、アインガという。ジャムカ殿は、俺の最後の盟友であった。俺にとってはそうだというだけで、ジャムカ殿にとっては、いないも同じ男になったよ」

「メルキト族の族長であられますね」

「族長だった。それが、チンギス・カンに下った。下って幕下の将軍になり、三戦した。そこで負傷し、隠退を申し出て、許された。それで、トクトア殿のもとに来た。迷惑がられたがね」

「トクトア殿は、いつ？」

「三年前だ。俺がここへ転がりこんで、すぐだった。病ではないぞ。大虎と闘って、勝ったが、それを毛皮にして干すのを眺められながら、死なれた。雄々《おお》しいものだった」

「信じられませんね、俺には。俺がここを出る時、すでに老いておられた」

「俺が来た時は、老いておられたなどというものではなかった。食い物も、オブラが獲ってくる、というほどであった。それが、大虎が近くに現われ、若い者のように立って闘われたのだ」

「そして、勝ったのですね」

「思い出しても、躰がふるえるほどだよ。見ていた俺は、小便を垂れ流していた」

アインガの話が、ほんとうだとは思えなかった。闘ったのは、アインガなのかもしれない。

それでも、トクトアが闘って勝ったと思い定めよう、とマルガーシは思った。

オブラが、藪の中で、なにかと戯れているようだった。

「仔狼が」

「俺は、トクトア殿から、ここの狼の、不思議な系譜を聞いた。ダルドがオブラを連れてきて、オブラはまた女を作り、自分の息子をここに連れてきた。仔狼の名は、当然、ダルドだな」

「不思議ですよね、狼は人と暮らせないと言われているのに」

「人とは暮らせないさ。トクトア殿も俺も、狼だということだよ。多分、マルガーシ殿もな」

「オブラは、俺を憶えていたようなのです」

「憶えているさ。ふらりと家出をした若い者が、いまごろになって戻ってきた。せめて、トクトア殿の死に間に合えば、褒めてもやれるのに、と思っているよ」

「いまは、アインガ殿が、群を率いておられるのですね」

「オブラは、働き者だ。狩では、じっと待つ俺の方へ、必ずいい獲物を追いこんでくる」

「ダルドはものぐさだと、トクトア殿は言われていましたよ」

「トクトア殿が、ここで狼と暮らしておられる。俺にとっては、羨しいと言っていいほどのことだったな」

「そしていま、御自分が」

「座らないか。そして、なにか食おう」

アインガが、建物の戸を開いた。

奥に、巨大な虎の皮が敷いてあり、そのそばに寝台があった。

「大虎だな」

マルガーシが見るかぎり、傷らしい傷はなかった。ただ、毛並みが多少凹《へこ》んで見えるところが、三カ所あった。

「槍で、倒されたのですね」

「強弓《ごうきゆう》で鉄の矢が、腹に射こまれた。それから、鬼神のごとき槍であった。止《とど》めの槍は、心の臓を貫いていたよ」

手前の建物の中の、卓と椅子があるところを、アインガが指さした。

「アインガ殿が」

トクトアが闘ったとは、どうしても思えなかった。しかし、アインガひとりで倒したのか。明らかにする必要などない。トクトアが倒した虎として、いまここにあるだけでいい。

煙に晒した熊の肉を、薄く削《そ》ぐように切ったものが、木の皿に載せて出された。酒も強いものだったが、なにから造ったのか、マルガーシにはわからなかった。

「外の岩」

熊肉を噛みながら、アインガが言った。

「割れていますね、見事に。ここで最初に俺の胸を衝いたのは、あの岩でした。トクトア殿が、打ち割られたのでしょうか。それとも、アインガ殿が」

「俺でも、トクトア殿でもない」

「どこの手練《てだ》れが」

「ジャムカ殿の息子が、打ち割った」

「俺には、割れませんでしたよ。ひと冬、打ち続けたのに」

「マルガーシ殿が去って数日後、悲鳴のようなものがあがり、もう耐えられないと言うように、二つに割れたのだそうだ」

にわかには信じられないが、岩が二つに割れていることは確かだった。

「ジャムカの息子、とトクトア殿はよく言った。俺は、会いたかったよ。トクトア殿とはまた違う思いを、俺はジャムカ殿に対して抱いていた」

「アインガ殿の話も、されていましたよ」

「俺は、駄目な後継だった。トクトア殿のように大きな視野を持てず、足もとばかり見つめていた」

トクトアは、さまざまな狩について、戦と重ね合わせて語った。その中には、多分、アインガの戦もあったのだろう。

「できれば、しばらくここに置いていただけませんか？」

「どれぐらい？」

「さあ。冬が来るまでか、冬が来てそれを越すまでか」

「好きにしてくれ。ここは、もともとはトクトア殿の住《すま》いだ。俺もマルガーシ殿も、トクトア一家の者と言ってもいい」

マルガーシは、頷いた。

酒を飲むと、アインガは無口になった。それが、アインガの酔いなのだろう。

マルガーシは、割れた岩を抱くようなかたちで、幕舎を張ろうとした。小さな幕しかなかったが、アインガが毛皮をひと抱え持ってきた。丸太も、数本くれた。

天幕にして、壁を毛皮で作ると、ゆったりと起居できる広さになった。

トクトアがいた時より、道具がいくらか増えている。鉄で、いろいろなものが作られていた。鍛冶の道具は、マルガーシが里に降りて手に入れたものだった。鉄塊は増えているので、アインガも時には里に降りるのだろう。

肉を食った。煙に晒したり、陽に干したりした肉が、かなりある。

「狩に出ませんか、アインガ殿。もう大虎はいないようですが、熊ぐらいはいるかもしれません」

「そうだな。しばらくはひとり増えるわけだからな」

アインガは多分、無駄な肉は一切作るまいとしているのだろう。

そういうことを、きちんとやってしまう自分が、疎《うと》ましいのかもしれない。戦も、愚直だったのだろう。そして、語って欲しいとマルガーシが望めば、愚直に語ってくれるかもしれない。

「ジャムカ殿は、巻狩の名手だった。そんな話をしたことがあるよ。まあ、二人で巻狩は無理だが」

その夜、自分の寝床に入る前に、マルガーシは、二つに割れた岩に挨拶をした。

久しぶりだよ。山の下は、面白くてつまらなかった。そんなものだったよ。俺がここにいる間に、割れる姿を見せてくれなかったのは、意地のようなものかな。

ずいぶんと、語った。岩を通して、自分と語っていたのだと、いまはわかる。それでも岩と語ったということが、たまらなく懐かしかった。

そしていまも、岩と語れる。

トクトア殿は、どのようにして亡くなったのだ。最後になにを見て、なにを言ったのか。三年と言ったことを、憶えていただろうか。三年経っても来ることはなく、がっかりしながら死んでいったのだろうか。それとも、自分のことなど、もう忘れてしまっていたのか。

六年の間、俺は父を思い出さないようにしていたし、同じようにトクトア殿のことも忘れたと思いこんで、それでいいと感じながら生きていたのかもしれない。

マルガーシは、掌で岩に触れた。割れたところには、しばらく掌を当てていた。

伝わってくるものは、なにもない。

それは、自分に手応えがなにもないということではないのか。六年の歳月が、どこか漫然としたものだったのではないのか。

　こうして、岩に掌を当てていられる。それはそれで、よかったのか。岩を忘れてしまうほど、現世に押し流されて生きたわけではない。現世から離れたところにあるような、トクトアの家は常に心のどこかにあった。

　眠くなってきた。岩の息遣いが聴こえる、とふと思った。自分の寝息だったのかもしれない。

　張りつめた気が、マルガーシの眠りを破った。

　害意はない。ただ気だけが、むなしいほどマルガーシの肌を打ってくる。

　寝床から這い出し、外へ出た。

　剣を構えた、アインガの姿があった。強い気を放ちながら、剣は微動だにしていない。マルガーシは、対峙《たいじ》の中にいるように、その気に包まれて、静止した。

　どれほどの時が経ってからなのか。一度だけ、剣は宙を切った。現世を斬るような剣だ、とマルガーシは感じた。

「起こしてしまったかな、マルガーシ」

「毎朝それだと、いずれ山を降りて、再び草原に立つ、という意思をお持ちだと、考えたくなります」

「それはないいな」

　アインガが、剣を鞘《さや》に納めた。

「俺は、草原で完膚なきまでに負けた。そして勝者であったチンギス・カンに仕えた。三度、戦に出たところで、大きな傷を受けた。そしてチンギス・カンは、俺のことを見限ったのだ」

「だから、山を降りないのですか？」

「草原にいたら、死ぬ。そうチンギス・カンは言った。山に入り、自分を見つめよと。見限ったのだと思う」

逆に、認めたのかもしれない、とマルガーシは思った。しかし、アインガの言葉を遮ろうとは思わなかった。

「チンギス・カンの下で闘って、この男に勝てるはずはなかった、と俺は思った。ひとりでは、絶対に勝てない。しかし、ジャムカ殿を支えるというかたちなら、どうだったのか。チンギス・カンといい勝負ができた。いや、勝てた。ジャムカ殿というのは、それほどの人だったよ」

マルガーシは、黒貂の帽子を被り、剣を佩いた。

柄に手をかけ、一度振り、納めた。

「驚いたな。この世界が、二つに割れたのかと思った。刃《やいば》が起こした風が、まだ俺の躰を斬っているよ」

「俺は、大きな岩が二つに割れるほど、自分の斬撃を鍛え抜いたのです。しかし、それだけのことです。戦という、大虎とは較べものにならないほどの、大きく兇暴な生きものには、出会ったことさえないのです」

「俺は、出会った。来る日も来る日も、力のかぎりその男と押し合った。お互いに、自分を磨《す》り減らし、ほとんど消えてなくなるほどだった。名もなく、この世を去って行っただろうが、アルワン・ネクという。俺も、アルワン・ネクと一緒に、消えるべきなのだ」

「まだ、俺と狩をしていません。アインガ殿の戦人《いくさびと》の魂について、俺はなにも伝えられていません」

「急ぐなよ、マルガーシ。いずれ俺は、自分が生きた証しを、おまえに伝えたいさ」

「狩ですね」

「愉しみだ。俺の狩は、ジャムカ殿とは違う。チンギス・カンともな」

アインガが、竈《かまど》の火を、小枝を足して燃えあがらせたので、周囲の空気は一気にやわらかく、暖かくなった。

三

移動は多いが、軍人のそれとは較べものにならない。

まして、移動していない時は、卓に張りつき、書類と格闘していて、調練などとは程遠い生活をしている。

丸一日馬で駈けると、ボオルチュは張られた幕舎の寝床に倒れこむ。運ばれてきた食事は口にし、水も飲むが、あとはひたすら躰を横たえていた。

燕京から、北のダイルの城砦まで、ボオルチュの部下がいる城郭が多かった。そこで、馬は替えることができるので、つまりはのべつ駈けさせているということだった。

疾駆して長く乗りこなす自信はないが、普通に駈けるのであれば、乗っていることはできる。

燕京から魚兒濼《ダライ・ノール》まで、何度夜営したのか、よくわからなくなっていた。

魚兒濼の緑が見えてきた。湖の周囲には木立が拡がっていて、そこに大きな集落がある。集落の対岸には、チンギスの宮帳があり、幕僚たちの家帳も並んでいる。離れた場では、軍も駐屯していた。

「ボオルチュ殿」

見知らぬ若者に、声をかけられた。軍の隊長か将校らしい。二十歳ぐらいだろう、とボオルチュは思った。

「俺の方は、ボオルチュ殿を知っているのですがね。ヤルダム、と申します」

「待てよ。もしかすると、コアジン・ベキ殿の、御子息か」

「はい。父はブトゥといいます」

「軍を率いて、来られているのか?」

「そうせよと命じられ、一千騎を連れて、カサル殿と百騎の麾下を護衛して来ました」

「おいくつになられた?」

「十六歳です」

「ほう、一軍の将であられるか」

「いえ、下級の将校にすぎません。十四歳で、両親に無理を言って、軍に入りました」

「あのブトゥ殿とコアジン・ベキ殿を両親に持たれたら、軍でもいらざる苦労をなされたであろう？」

チンギス・カンの孫になる。

「出自を隠して、兵卒になる。それが、父が出した条件でありました。俺は懸命でしたが、もしかするとカサル殿は御存知だったのかもしれません」

「戦には、出られたのか？」

「いえ、俺は留守部隊にいて、カサル殿が再出動された時、二戦だけ掃討戦に加わり、それ以後は、護衛としてカサル殿を警固してきたのです。敵のいない原野を、ただ駈けてきただけです」

魚兒濼の北にも、逃亡してさまよっている金軍兵がいて、見つけると掃討ということになる。その程度の戦に、出して貰えたのだろう。

「私は、しばらく魚兒濼に留まるが」

「はい。俺はカサル殿の下で動きますが、またお目にかかれたらと思います」

軍人らしく直立し、ヤルダムは待っている五名の部下の方に駈けて行った。

宮帳には、カサルが来ていた。チンギスは居室らしい。カサルと一緒に、待つことにした。

「さっき、ヤルダム殿に会いましたよ」

「そうか。あいつのことでは、俺は頭が痛くてな」

「軍人として、なにか問題ありですか？」

「いや、問題がなさすぎるのだ。軍人として、適性がありすぎる。そういう人間は、生き延びればそれなりの指揮官になるが、率先して死ぬのだよ」

「それは、困りますね」

「ブトゥはそれでいいと言うのだが、テムゲは惜しいと言う。俺も、そう思う。やつは、学問の方も相当でな。黄文《こうぶん》の学問所に二年いた。それから、ブトゥの領地に学問所ができたので、そこの教師のひとりになった。十三歳でだぞ」

「つまり、ヤルダム殿の学の素質の方を、カサル殿もテムゲ殿も取りたいのですね」

「ブトゥもさ。テムゲと親しいので、時には本音を洩らすことがある」

「殿は、あまり御存知ないのですね」

「孫が成長した、と思っているぐらいだ。兄上は、コアジン・ベキが幸福かどうかの方が、気にかかるのだろう。そういうところがある、と思わないか」

「そうかもしれません。テムルンのことも、いつも気にしておられます」

宮帳の外に衛兵の気配があるだけで、大広間には誰もいなかった。カサルがひとりで座っていれば、従者たちも近づいてはこられないだろう。しかし、ソルタホーンがカサルの相手をしそうなものだった。

「副官は、どこへ行ったのですかね」

「西の、歩兵の駐屯地へ行った。兄上がそう命じたと、従者どもが言ったよ」

「なぜ、殿の居室に行かないのですか?」

「行って声はかけた。ここで待てだと」

「そうなのですか」

「女が、いるんだよ」

めずらしいことだった。少なくとも、ボオルチュはそういうことを知らない。このところ、そうなったのか、とボオルチュはちょっと考えた。

半刻ほど待った時、奥から人が出てくる気配があった。

女だった。顔を見て、ボオルチュは立ちあがった。

「これは、哈敦公主殿でしたか」

「あ、ボオルチュ殿。誰かおられるとは思ったのですが、通り過ぎてしまおうと思って、大変に失礼をいたしました」

「いいえ、まだ御存知ないのですね」

カサルの方を見た。

「弟のカサルです」

座ったまま、カサルはそう言った。哈敦は、そばへ来て丁寧な挨拶をした。いまさら立ちあがれないと思ったのか、カサルは頭だけ下げ、横をむいた。

哈敦は、深く頭を下げ、出ていった。

「あれが、哈敦公主か。ちょっとはかなげな女だな」

ボオルチュは、芯が強い女だと思っていた。

出て行った哈敦と入れ替るように、従者が二人、駈けこんできて、腰を低くしたまま前を通りすぎた。

「殿が、お呼びでございます」

ひとりが戻ってきて言った。

カサルとボオルチュは、チンギスの居室に行った。

チンギスは裸で、従者に背中を拭わせていた。

「兄上、ちゃんとしてください。そんな恰好《かっこう》を、よく弟である俺たちに見せられますね」

「おう、ボオルチュも来ていたのか」

「駈けに駈けて来たのに、大広間で待っている間、自分が馬鹿のように思えて、仕方がありませんでした」

「二人とも、少しは頭をやわらかくしろよ。ここは、戦場ではない」

「戦場なら、むしろ受け入れられます。この昼間に、しかも相手が哈敦公主とは。戦に負けたことを思い知った、という顔はしていませんでした」

「怒るな、カサル。白髪がまた増えるぞ」

カサルが、苦笑した。チンギスは従者が着せかけてきた絹の肌着をまとった。

「酒でも飲もうか」

チンギスが、従者に酒を命じた。

居室の中に漂う肉の臭《にお》いに、ボオルチュはようやく気づいた。風を入れてくれ、と控えている従者に言った。

家帳の裾が持ちあげられると、風が通る。それは宮帳でも同じだった。

「まず、カサルの用事からだ」

「到着の御挨拶ですよ。声が耳に届けば、それでいいようなものですが」

「おい、あまり苛《いじ》めるなよ。俺は、暇を見つけては哈敦と媾合っている、というわけではないのだぞ。口うるさい、副官がいる。金国の帝の系譜の中にいたので、哈敦を警戒してはいるのだ」

「当たり前ですよ、兄上。寵愛《ちょうあい》を、周囲に感じさせてはならないでしょう」

「ところが、それで見えてくるものも、いくらかあってな。哈敦に阿る従者がいたりするのだ」

「それは、いるでしょうね」

ボオルチュは言った。やはり、哈敦のような存在は警戒すべきなのだ。哈敦は、チンギスの周囲から、陥していこうと考えるかもしれない。

「明らかに阿った従者の首を、哈敦が見ている前で刎ねた。健康な若いやつの血は、勢いよく噴きあがるものだよ」

「つまらぬことを」

「つまらぬことではない、カサル。俺の従者は、従者であることで、出世の糸口を見つけようとしてはならないのだ。戦で、命をかけているわけではないからな」

「わかりますが、後からつけた理屈のように聞えます、兄上」

「カサル、おまえは側室として入った女を、家畜のように扱っているであろう。おまえの理屈には、前へ進むというものがないのだ」

カサルが、低い声で笑った。

「俺は、側室など持ってはいません」

カサルの周囲には、いつも若い従者が数名いて、それが側室のようなものだった。知っていて、チンギスは言ったのだ、とボオルチュは思った。

「まあ、この話は、これで終りだ」

酒と肴《さかな》が運びこまれてきた。チンギスは、器に注がれた酒を、ひと息で呷《あお》った。

「ボオルチュは、例の使節の件で、ここへ来たのだな」

「ホラズム朝を、アラーウッディーンという帝《スルタン》を、見きわめるのにいい機会です」

「はるか、西の国だ」

「殿が、それを言われますか。はるかなどという言葉と、およそ無縁の方です」

「ボオルチュ、おまえはなにを警戒しているのだ」

肴は、湖で獲れるらしい蟹だった。楊枝《ようじ》を刺せば、身がすぐに滑り出してくるようにしてある。

「ホラズム朝は、外に拡がる傾向を持った国です。西遼の中の西カラハンをほぼ占領しておりますし、その南にあるゴール朝と、一触即発の情況にあります。西のアッバース朝にも、関心を持っているようです」

「そして、われらも征服しよう、と考えているのかな。それは恐ろしいことではないか」

「私の考えを、真面目に聞いてください。燕京から、駈けに駈けてきた、というのに」

「それより、燕京は大丈夫なのか?」

「占領の総司令を、テムゲ殿にお命じになったではありませんか」

カサルが、声をあげて笑った。ボオルチュは、酒を呷った。

「私が燕京に到着した時は、すでに民と接する部分の政事は、動きはじめていました。テムゲ殿が、末端の役人が動くことを、認められたからです」

「わかったよ、ボオルチュ。テムゲからは、三日に一度は、報告が届いている。燕京については、なにも心配していない」

「ホラズム朝の、使節の話ですが」

「すでに、アウラガを発《た》ち、こちらにむかっているというぞ。ここで会ってみるしかあるまい」

「アウラガに、どれほどいたのですか？」

「三日だ。長い旅の疲れはあるだろうから、それぐらいは許された」

「それは、ジェルメ将軍が許した、ということですか？」

「俺でも、許した。おまえでも」

「そうですね。しかし、三日の間に、アウラガを見られていますよ」

「それはなんだ、その使節というのが、間諜の役も担っているとでもいうのか。兄上、そういう報告があったのですか？」

「わかるわけあるまい、カサル。とにかく、モンゴル国が外国の使節を迎えるのは、かつて宗主であった金国を除くと、はじめてだからな。ボオルチュが過敏になるのは理解できるが、探られて困ることは、アウラガにはない」

「そうですね。探られて困ることを抱えるほど、モンゴル国はまだ熟《こな》れていません」

チンギスの話を聞いていると、そうかもしれないとボオルチュは思った。しかし、なにかはすべきだろう。

「ボオルチュ、なにもしなくていいぞ。ただ迎えよう。四十数名の使節だ。おまえも、ともに会うのだ」

「私はホラズム朝の存在が、やがて重くなってくる、と思うのです。いまは、西遼を間に挟んでいますが。同じことを、アラーウッディーンも考えたのかもしれません」

「ボオルチュ。兄上は考えておられる。おまえは、ただそばにいろ。なにもかも自分でやろうとするな。テムルンと過ごす時間も、作れ。おまえは、忙しすぎだ」

「なにもしない時間があると、不安になるのですよ」

「わかった。わかったから、その不安の中にしばらく身を置いてみろ」

それからカサルは、南へ行くという話をはじめた。カサル軍の二万騎が追ってきていて、ジンが指揮する歩兵二万とともに、河水の北の、中原《ちゅうげん》を扼《やく》する地域に展開する。

河水以北の旧金国領の総指揮を、カサルが執る。ボロクル、ジェベの両軍は、近々草原へ帰還する。やがてテムゲも帰還し、いまは北の旧金国領の掃討を続けている、ジョチとトルイの二人も、大興安嶺山系を越え、草原に戻る。

ごく最近、チンギスはそれを決め、命令を出したようだ。

北の掃討戦は、相当厳しい戦になっているようで、帰還にはまだ時がかかる。北の女真《じょしん》族の地が、金国の本貫だった。金国はそこで建国され、やがて中原にまで版図を拡げた。

「燕京の政事がうまく回りはじめたら、旧金国領の統轄は、俺に任せていただきます。ただ、いま兄上に話しておきたいことがありましてね。場合によっては、判断もいただきたいのですよ」

チンギスが、小さく頷いた。

カサルが、ヤルダムの話をはじめた。チンギスは、眼を閉じて、それを聞いている。

言葉の端々に、カサルの苦慮と困惑が滲んでいた。

「そうか、ヤルダムがそれほどに」

カサルの話が終ると、チンギスはそう呟いた。

カサルが、部下とともにいたい、と言って出ていった。ボオルチュも出て行こうとしたが、止められた。

「いま、寝台を整えさせる」

「私の、ですか？」

「おまえはここに泊り、俺の酒の相手をするのだ」

喜びに似たものに襲われたが、ボオルチュは色に出さないように努めた。

「なにもしないと不安だ、と言ったがわからんな」

「殿は、戦をすることがなくなって、不安ではありませんか？」

「いや、別に」

「不思議なのですよ、働いていた方が、落ち着くというのは」

外はまだ明るいが、従者が入ってきて、寝台を整えた。

夕食まで飲んだ酒は、みんな水で割っていた。大して酔いもしない。

チンギスが、ダイルとヤクの話をはじめた。

出会ったころの話で、特にダイルについては、ボオルチュは細かいところまで憶えていた。

「ダイル殿が死んだのは、自分のせいだと思ってはおられませんよね、殿」

「そうやって死を抱えこんでいると、肩が重たくなって、生きていけんよ」

「私がなんと言おうと、殿は自分を責められるのでしょうね。仕方がありません。殿はそうやって、生きておられるのですから」

「生きていることが、浅ましいというように聞えるぞ、ボオルチュ」

「私は不安になるだけなのに、殿は浅ましくなるのです」

「俺を、怒らせようとしているのか」

「私が、なにを。浅ましさから逃れるために、殿はいつも怒っておられますよ」

「もういい。テムルンは、どうしている。病がちだと聞いたが」

「実は、あまり会っていないのです。会った時は、テムルンは元気を装います」

「ボロルタイは？」

「よくできた伜《せがれ》です。あれが母親のそばについているので、私は安心していられます」

「そうか」

「軍人になりたがっています。いずれ、ジェルメ殿の従者にしよう、とテムルンとは話しています」

「ジェルメは、老いぼれてきた。若い者がそばにいるのは、いいことだ。従者と言っても、従者とは思わぬだろう」

他愛ない話になった。その間、従者が灯を入れに来ただけで、誰も入ってこなかった。

夜が更けてから、ソルタホーンが入ってきた。報告することがあるのだろうが、卓にある酒を器に注いで、飲みはじめた。

「また、楊剣《ようけん》が脱走しましてね」

「暴れたか？」

「それはもう。二十名ほどを投げ飛ばし、雄叫びをあげる始末で」

「どうやって、取り押さえた？」

「輪を作った縄を竿の先につけて、俺が馬で追いこみ、躰に縄をかけました」

「なんだ、野生馬の扱いか」

話を聞くと、哈敦公主の一行に自分が入れた男だと、すぐにわかった。燕京でも、暴れ回っていたが、公主について魚兒濼に行けと命じると、大人しくなった。

もともとは兵で、上官に逆らったとかで、燕京の軍営の営舎に入れられていた。任務を与えようと思ったのは、眼がどこまでも澄んでいる、とボオルチュは感じたからだ。

任務が終ると、定められた営舎から脱走するということで、暴れはじめたらしい。

落ちかかる目蓋《まぶた》を、懸命に持ちあげていたボオルチュに、いきなりチンギスが声をかけてきた。

「耶律楚材の胆《きも》は、やはり小さいか」

「文官としての能力は、卓越したものを持っております」

「つらい任務を与えてみるか」

チンギスが、笑っていた。それから腿のあたりを蹴られ、寝台へ行けと言われた。

翌日、耶律楚材と楊剣が召し出された。そこにヤルダムもいたので、ちょっと驚いた。

「謙謙州《ケムケムジュート》まで行って、百日で戻ってこい。途中、駅があり、いま作られているものもある。そこの詳細を記録し、自分の考えを付記しておくのが、ヤルダムの任務だ。耶律楚材、おまえは謙謙州の長を、俺に臣従させろ。楊剣、二人の護衛をしろ。軟弱きわまりない文官と子供を、守らなければならん」

「俺は」

「いやだというのは、許さんぞ、楊剣。これを、二度、俺に言わせるな」

ヤルダムの躰が、ふるえていた。

「楊剣、このヤルダムは、俺の孫だ。それを忘れるな」

「孫と言われましたか」

耶律楚材の方が、声をあげた。

「おまえの任務は、厳しいぞ、耶律楚材。まず、チンカイの心を摑まなければ、謙謙州には行けないのだからな」

「祖父《じい》さま、お願いします」

ヤルダムが、叫ぶように言った。

「駄目だ」

「俺は」

「おまえは、難しい任務から逃げるのか。おまえがやらなければならんのは、命じられて闘うだけの戦より、ずっと厳しいぞ。自分で考えなければならん。一緒にいるのは、血を見たら腰を抜かす男と、ただの暴れ馬だ。ひとりきりだと思え」

チンギスが、ヤルダムについてなにを決めたのか、ボオルチュは理解した。正しいし、そしてチンギスしか結論を出せないことだろう。

「いま、これより進発せよ。路銀などはない。駅で、必要なものは調達しろ。それが不安なら、どこかで銭を稼ぎながら行け」

なにか言おうとしたヤルダムに、チンギスが指を突きつけた。それで、ヤルダムはうつむいた。

「殿、私はなぜ急いでここへ来たのか、わからなくなりました」

「俺が、使節の首を刎ねるかもしれない、と心配した。ほんとうは、こういう無為なところを求めていた。そういうことだぞ、ボオルチュ」

三人は、すでに退出している。

ソルタホーンが、笑っていた。

「なにが、おかしい」

「俺が、どれほど大変な思いで日々を過ごしているか、よくわかられたでしょう」

「そうだな」

「二人とも、これからもっとつらい思いをするぞ。明日には、使節が到着する。つまり、事は日々、転がり進んでいく。慰め合いなど、無意味なことだ」

「殿には無意味でも、われらには充分に意味のあることです」

ソルタホーンが、抑えた笑い声をあげ、チンギスは横をむいた。

四

船が、二艘見えた。

総櫓で、海門寨《かいもんさい》にむかっているようだ。

「おかしい」

李央《りおう》が呟く。艫《とも》の櫓は、李央の下で若い者を統べている、呂顕《りよけん》が執っていた。呂顕も、なにか異変を感じたようで、櫓に大きな力がかかった。

トーリオは、剣を佩いた。そばで、父が剣を佩いたからだ。

小型の早風《はやかぜ》と呼んでいる船を、父は気に入ってしばしば乗った。船上では、動きの妨げになるので、剣はまとめて置いてある。

トーリオも、普段から剣を佩く習慣は持っていた。そうするのがあたり前だ、と父が言っていたからだ。左手だけで、父は実に鮮やかに剣を佩く。遣うのは、鮮やかなどというものではない。激烈だ、とトーリオは思っていた。

「あの船には、邪悪な気があるぞ」

「海門寨の湾内に、むかっているようです。追いつけませんが、とにかく急ぎます」

李央は帆を降ろし、自分でも櫓を出して艫に立った。二挺《ちょう》の櫓で、早風はいくらか速くなった。それに、海門寨にむかって、一直線に進める。

トーリオは櫂《かい》を持って舳先に立ち、姿勢を低くした。艫の二人が力のかぎり漕げば、方向が海門寨からずれるかもしれない。その時は、すぐに櫂で修正できる。

「馬忠《ばちゅう》様、あれはこのあたりの船ではありません。北の船です。船尾のかたちが、違います」

「ということは、金国の船か。小さな規模だが、水軍を以前から持っていた」

「間違いありません。俺は、何度も見たことがあります」

距離は、縮まっている。しかし、追いつけないだろう。ただ海門寨にむかっているのではなく、そこでなにかが起きようとしている。父の気配で、トーリオの気持も切迫してきた。

方向を修正するために、トーリオは右舷側を三度掻《か》いた。

呂顕の息遣いが聞える。大変な漕手《そうしゅ》であることは、何度か見た。大きな躰なのに、機敏なところも、トーリオは好きだった。

距離が、さらに縮まる。しかし、一気に船影が迫ってくることはない。別のことでも考えていなければ、いたたまれない気分に襲われる。

潮流は、左舷側から。風は、右からのむかい。海の状態は悪くない。

「李央、金玉を取り戻す、いい機会だぞ」

父が、なんでもないことのように、小さな声で言った。李央の躰が、一瞬だけ静止したような気がした。

「玉なしの男の人生で、まあいいか」

父は呟き続けた。

二艘の船が、海門寨の湾に入った。

「一艘に、どれぐらい乗っているかな？」

「二十数名だろうと思います、馬忠様。櫓を、片側で八挺しか出しておりません。あの船は、十挺は出せたはずです」

答えたのは、呂顕の方だった。

岸が近づくと、不意に風が強くなった。

陸の間際に、風の通る道がある。それは、李央に教えられていた。トーリオはほとんど舳先にしゃがみこんだような姿勢で、何度も大きく櫂を遣った。

風の道を抜け、船は湾に滑りこんでいった。

李央が、声をあげた。岸壁に近づいた船の舳先から、十数名が跳び降りていた。すでに剣は抜き放っている。

なにか叫んでいたが、よく聞えなかった。

李央の部下が止めようとしているが、持っているのは棒や棹《さお》だった。さらに二艘目からも、ばらばらと降り立った。五十名近くになるのか。

応じている李央の部下は二十名ほどで、岸壁を管理しているものも数人加わっているが、人数でも武器でも劣勢だった。

棒で渡り合った二人が、斬られた。李央の部下たちは、硬直した。

「あそこへ着けろ」

父が指さした。トーリオをどかせ、舳先に立った。

「くそがっ、俺の部下を」

呻《うめ》くように、李央が言った。

トーリオは、風を感じた。それは全身を打つようで、しかし束の間に過ぎた。

船はまだ着いていないのに、父が岸壁に立っていた。すでに、剣を抜いている。トーリオは、岸壁の繋船柱に舫《もや》い綱をかけた。それ以上は、躰が動かなかった。

父の躰が、岸壁で舞うように動いた。血が飛び、敵の三人が倒れた。

トーリオは、大きく息をついた。

四人目が、斬り倒された。敵も味方も、一瞬立ち竦《すく》み、父の低い笑い声だけが聞えた。いささか、無気味だった。

李央の部下が勢いづいたが、得物《えもの》が違った。棒などは、すぐに剣に弾き返されたり、折られたりしている。

五人目が、父と斬り結んだ。

息ができなくなった。全身が痺《しび》れ、視界が狭くなってくる。胸が、苦しい。どうすればいいのか。剣を佩いているではないか。

雄叫びが聞えた。躰を押しのけられた。呂顕が岸壁に立っている。倒れた敵の男の手から剣を奪い、振り回す。ひとりが、のけ反って倒れた。

五人目を、父は斬り倒した。同時に、背中から突かれるのが見えた。父の表情は変らなかったが、服に血のしみが拡がった。

叫んだ。気づくと、岸壁に立っていた。

ひとりと、斬り合う。大きな男だったが、力はそれほど強くない。

死んでもいい、と思った。次の瞬間、頭を下げ、相手の懐に飛びこんだ。腹に、剣を突き立てていた。あまり手応えはなかったが、剣は深く入っていた。

それを抜こうとして抜けず、それから自分がなにをやったのかわからなかった。

血まみれになっている。粘ついた血で、掌が滑りそうだった。そばに、李央がいた。やはり、血だらけだ。

敵は七、八名しか立っておらず、捕えよ、という父の声が聞えた。

李央の部下たちも相手の武器を奪って、争闘に加わっていた。八名が捕えられ、それで終りだった。

「李央、その俘虜《ふりょ》が、どこの者たちで、なんの目的だったのか、訊き出せ。死ぬ寸前まで、締めあげていいぞ。しかし、殺すな」

父は、転がっていた荷の箱に、腰を降ろした。

「呂顕、こいつらの船を押さえろ。まだ、中に人がいるかもしれん」

トーリオは、父のそばに立った。

剣を握ったままだ。それでも父の手は、あまり血で汚れていなかった。

背中の傷からの出血は、まだ止まっていないようだ。血を止めなければならない。それはわかったが、どうすればいいのか、なにも思いつかない。

「父上」

トーリオは、自分の服を脱いだ。それを、父の背中の傷に当てようと思った。

父が、たまらないほどのやさしい笑みを浮かべ、もういい、と言った。いやな気分が襲ってきた。

「俺がついています、父上。背中の血を、止めますから」

「トーリオ、やったな。おまえは、三人も斬り伏せたぞ。大した金玉だ。李央も、小さなやつを取り戻したようだし」

「父上、喋らないでください」

「なに、こんなものだ。泣くなよ、トーリオ。おまえは、男だからな」

「俺は」

「面白い人生だった。実に面白い人生だ。ラシャーンが、それを俺にくれた。俺の代りに、礼を言っておけ」

父が、またさみしげに笑った。やさしいのか、さみしいのか。とにかく、笑っている。

「もうひとつ。これはラシャーンには言うなよ。俺とおまえの秘密だ」

「父上」

「俺は、やっと逃れられる」

父が、眼を閉じた。

しばらく開かなかったので、トーリオは激しくうろたえた。

「落ち着け、トーリオ。そして、泣くな」

眼を開いたことに、トーリオはほっとした。

眼の光が、よく見えた。その光が、少しずつ淡いものになり、消えた。

父がいなくなったのだということが、トーリオにははっきり理解できた。死は、静かなものなのだ。静かすぎる。いま全身で感じている静かさが、死というものなのだ。

「雄々しく、死んで行かれました、父上。俺は父上の死を、自慢にします。誇りにします。俺は、父上の息子でした」

なにかが衝きあげてきて、叫んだ。泣いてはならないと思い、涙は嚙み殺した。

それから、なにがあったのか。

ウネが、声をあげて泣いていた。

泣くな、と言ったが、声にはならなかったようだ。

鄭孫《ていそん》がそばに来て、嗚咽《おえつ》しているウネの肩に、手を置いた。

「なぜ、こんなことになったのだ？」

鄭孫が言った。自分が訊かれたことではない、とトーリオは思った。

どれほどの時が経ったのだろうか。

岸壁の屍体が片づけられ、血が洗い流された。いつの間にか、岸壁から争闘の跡はなくなっていた。

空を覆うような、叫び声がした。

母が、馬を疾駆させて来たようだ。

叫び声をあげ続けながらそばに来て、父の頬を張り飛ばした。それだけで父の躰は飛び、トーリオが抱き止めた。

母の手が、トーリオの手から強引に父を奪い取り、抱きあげた。もう、叫び声はあげていない。馬の方へ父を抱いて行き、一緒に乗った。馬が駈け去る。馬蹄の響きだけが、いつまでもトーリオの中から消えなかった。

「済まん、トーリオ殿。俺が腑甲斐《ふがい》なさすぎた。まったく、どうしようもない男だ、と思う。恥じている」

李央が、座りこんだトーリオの前で、片膝をついていた。

小さなやつを取り戻した。父がそう言っていたと伝えたかったが、言葉は出てこなかった。

屋敷にいた。

誰かに連れられて来たのだろう、とトーリオは思った。

楼台に出て、父の椅子の前に座った。

父は、そこにいた。風呂にもいたし、食堂にもいて、生の魚を食っていた。泣いてはならないのだ、とトーリオは何度も思った。

夫婦の寝室で、母が父の添い寝をしていた。

トーリオは、そばに立った。母の大きな躰は、微動だにしない。

「父上から託された言葉があります。言っていいでしょうか？」

「いまか？」

「早く言って、俺は眠りたいです」

「よし」

「面白かった。面白い人生だった。それをくれたのは母上であった。そう言われました」

「わかった」

「泣くなと言われたので、俺は泣くことができません。黙って、このまま眠ることにします」

一礼して、トーリオは自室に行った。

寝台に横たわっても、去来するものはなにもなかった。ただ、眼を閉じた。

自分が眠ったのかどうか、よくわからなかった。

朝になっている。

父のいない朝だ、と思った。

楼台の父の椅子に、母が座っていた。大きな背中が、いつもより小さく見えた。トーリオは、空いている母の椅子の方に腰を降ろした。

「眠らなかったのですか?」

「もう、硬直していた。ここに連れてきても、まともに腰かけさせることはできない、と思った。あれはもう、あの人ではない。あの人はいま、私とともに海を眺めている」

わかるような気がした。トーリオも、海に眼をやった。きのう、はじめて人を殺した。父の言うところによれば、三人殺したようだ。

殺したということが大事で、人数はどうでもよかった。

人を殺すような人生になるかもしれない、と思って怯《おび》えた時期がある。なぜそう考えるようになったか、憶えていない。ただ怯えだけが、いつまでも心の隅に残っていた。

実際に殺してみると、それはなんでもないことのように思える。自分が殺されなくてよかった、という思いがあるようで、怯えなどどこにもなかった。

こんなふうに、なに気なく、人を殺すような人生を踏み出してしまうのだろうか。殺している時のことは、憶えていない。しかしいまも、殺したのだという感覚だけは、しっかり残っている。

そういうものなのか、と父に訊いてみたかった。

「母上、なにか食いませんか。ちょっとでも、腹に入れた方がいい、という気がするのですが」

「わかっているけど、ここを動きたくないのだよ」

「それなら、ここに粥を運んで貰いましょう。父上の分も」

「あの人の分はいい。もうなにも食べないのだ、とわかるところから、私ははじめなければならない」

「わかりました」

トーリオが立ちあがり、厨房へ行って粥を頼むと、戻ってきた。

すぐに運ばれてきた。厨房の料理人も、下女たちも、心配して、なにがあっても応じられるように、準備をしていたのだろう。

卓に置かれた鍋から、トーリオは器に注ぎ分けた。

器に半分ほど、母は食った。トーリオは器に一杯食った。

それから下女を呼び、粥を下げさせた。

鄭孫が、李央と一緒にやってきた。眠っていないのか、二人とも顔に疲労を滲ませている。李央が、一歩前に出てきた。

母は、海に眼をやったままだ。

「金国の水軍が、二十艘ほどいて、南の沿岸に、進攻の拠点を作ろうとしているようです。少なくとも、生きて捕えた者は全員、同じことを言いました」

李央は、うつむいて喋っている。母は、海に眼をやったままだ。

「そういう目的で出されたとしても、ほとんど賊徒のようになっています。燕京から開封府に都が移り、渤海《ぼっかい》にいた水軍は無用なものになったので、そういう命令を出されたのでしょう」

「燕京にはいま、チンギス・カンの軍がいるのか？」

「俘虜どもは、そう言っております。馬忠様に命じられた通り、訊き出しました。しかし報告はできず、これ以上どうしたらいいのか、俺にはわかりません」

「それだけでいい。捕えた者たちの扱いは、おまえたちに任せましょう」

「殺しても、大した意味のある者どもではありません。南に、奴隷を求めている国があるので、売ろうと思います」

言ったのは、鄭孫だった。

「任せる、と言いましたよ」

母は、海に眼をやったままだった。

「礼忠館《れいちゆうかん》は、しばらく喪に服します」

「必要ない。あの人は、礼忠館の頭領ではありません。二人とも知らないでしょうが、もっと大きな人なのです」

「王たるべき人だ、と家令殿が言いました。私はいま、それを信じています」

「礼忠館は、これまでと変らずに。最後の決定は、私が出します。そして事柄を選んで、トーリオに諮るように」

「そうしようと、家令殿も言われました」

「ウネは、落ち着いているのですね？」

「はい、死ぬことなど、めずらしくもない。ただ大事な方にそれが起ったので、心が痛いだけなのだ、と申されました」

「あの人は、このところ船が好きになっていた。トーリオが船隊を率いるのを想像しながら、ここから海を眺めていた」

鄭孫は頷いていたが、なにを言えばいいか、わからないようだった。

「李央」

「はい、礼賢様《れいけん》」

「トーリオを、どこへ出しても恥ずかしくない水師に育てなさい。自ら、船隊の指揮ができるように。一艘の船の、船頭もできるように」

「必ず」

「あの人のことは、忘れていい。幻のような人だったのだ。ウネが、それを一番よくわかっています」

「忘れられません、礼賢様」

「言葉で、そう言っているのです。なにかを判断する時に、あの人のことを考える必要はない。あの人のことを考えていいのは、トーリオと私だけです」

「いま、心に刻みつけました」

退がって、しばらく休め、と母は言った。二人が頭を下げ、立ち去っていった。

母が、眼を閉じた。波の音に耳を傾けているのだろうか、とトーリオは思った。

父が、船を好きになっていた。いまなら、それがいやというほどわかる。

しばしば、早風に乗ってきた。

心配のしすぎではないか、とトーリオは思った。なにかを測られているような気がする、と李央がぽつりと言ったこともある。

しかし、船が、特に早風で海面を滑るように航走《はし》るのが、好きだったのだ。

北の草原を、馬で駈け回るような人生だった、というのはトーリオの想像だったが、あながち間違ってもいない、という気もしてくる。

「私には、海の上のことはわからない」

母が、不意に言った。

「だから、李央が優れた水師なのかどうかも、わからない。しかしおまえと海の結びつきの中で、李央は大きな役割を果した。これは縁と言えるのです。李央が持っているものを、自分のものにしなさい」

「李央殿が優れた水師であるかどうか、見きわめられる人間になります」

「おまえは、まったく」

「父上と母上の子です、俺は」

涙がこみあげてきたが、なんとか抑えた。

「物の流れについて、つまり商いについて、知っていることを、私はおまえに伝えよう」

「はい。時がかかりますよ。俺は、あまり頭はよくありませんから」

「ついでに、武術も教えてやろう。特に剣を。おまえは、三人しか殺せなかった。呂顕が八人。李央が四人。金国水軍の者どもの屍体は、四十五あったそうだ。あの人が、何人殺したと思う。実に三十人を、あの人は殺したのだ」

敵の屍体がいくつあったのかなどと、トーリオは気にしたりしなかった。母は、誰かに報告させたのだろう。

「おまえが、せめて十名を殺していれば、あの人は生き延びたかもしれない」

「やめてください、母上。どんな稽古でも、これからはいといません」

「やさしい子だ、おまえは。ただ、やさしさだけでは、大きく生きられません」

母が、ちょっとだけ声をあげて笑った。

「夕方まで、ひとりにしてくれないか。食べものはいらない。お酒と水だけ、この卓に置いておくれ」

「なにかあったら呼んでくださいよ、俺を、息子を」

二つ、三つと息をついて、トーリオは立ちあがった。

五

魚兒濼《ダライ・ノール》からアウラガへ、芽吹きの色になった草原を、軽快に進軍した。

チンギスの周囲には、麾下の二百騎だけで、少し離れたところを、二千騎がついてきている。

ボオルチュは、チンギスの帰還に従うことはなく、燕京へ戻った。

民政の、細かいところをやっている、旧金朝の下層の役人が、時が経って、それぞれ持っているものを見せるころなのだという。それで、文官の大幅な改編が行われる。

アウラガに近づくにしたがって、懐かしさがこみあげる、ということはなかった。どこも、同

「兄上は、帰還されないのですか？」

「会寧府の制圧に、ずいぶんと手間をかけた。従属させるに到っていない、とジョチは言ってきた」

「迷って立ち止まるのが、兄上の悪い癖ですよ」

会寧府は、金国の、つまり女真族の本貫の地だった。そこを服属させるのは、力だけでは難しいだろう。

「アウラガで、なにか変ったことがあったか、チャガタイ？」

「ボオルチュ殿がいないので、文官がみんなほっとしてますかね。重しが、ひと時、なくなったのですよ」

ボオルチュのことだから、留守の間に部下がやるべき仕事を、きちんと残していっているはずだ。それは過重でもなく、軽くもない。そのあたりのボオルチュの手加減は、昔から絶妙なところがあった。

「チャガタイ、そしてウゲディもだが、次の戦があった時は、先鋒を駈けろ」

「もとより、そのつもりです。父上が、命令さえしてくだされば」

魚兒濼で二度目の冬を越す間、チンギスはさまざまなことを考えた。

燕京を占領しているテムゲは、ひと冬、チンギスが魚兒濼にいることで、楽になったはずだ。

金国にも、外敵を打ち払おうという勢力が、いないわけではない。

その勢力に、チンギスの存在が圧力をかけた。チンギスがアウラガに帰還したあとは、河水沿いに軍を展開させる、カサルがそれに代ることになる。

自分はどこまで戦を続けるつもりなのか、ということを考え続けた。

躰の中に、戦を求めてやまない、戦人の血はある。その血が、暴れて暴れ尽すほど、戦を続けてきた。

どこかに、戦人の血ではないなにかがある。それは童《わらべ》の好奇心に似ていたし、老人の諦念のようでもあった。事あるたびに、それが顔を出す。

モンゴル族の地を、平定した。それでも草原は、果てなく続いている、と思った。

ケレイト王国を滅亡させ、その領地を奪っても、さらにナイマン王国へと草原は続いていた。東へ行っても南に行っても、北へむかってさえもまだ他領があった。

大地はひとつのはずなのに、実にさまざまな国があって、領地を奪われたり奪ったりしている。

「父上、俺はここで飯を食ってもいいですか？」

「ああ、飯か」

「金国にいる間、饅頭《マントウ》などが食事で配られると、俺はちょっと苦痛でしたよ。モンゴルの男は、やはり肉ですよね」

「そうだな。肉を食らって、俺らは生き延びてきた」

「今年は、牧草に元気があって、羊が肥えそうだ、とアウラガ府では言っています」

「民に聞いたのではないのか」

「遊牧の民も、そう思っているはずですよ。草を一番よく見ているのは、彼らですから」

周囲は、すっかり暗くなった。

篝と焚火の焰《ほのお》に照らされて、チャガタイの顔が赤く、別のもののように見えた。

従者が、卓の準備をした。

戦場では、ものが口に入ればいい方だ。卓で食事をするのは、勝利を確実にした時だけだろう。

「殿、ムカリが現われたのですが」

ソルタホーンが告げた。連れてこい、とチンギスは言った。

しばらくして、ムカリがトム・ホトガと一緒にやってきた。

二人は、チャガタイにも軽く頭を下げ、卓に着いた。

「おまえたち、酒を飲むか？」

「よろしいのでしょうか？」

トム・ホトガが言った。ムカリは、うつむいたままだ。

「ダイルの話は、やめにしろ、二人とも」

「はい」

やはり、声を出したのは、トム・ホトガの方だった。

皿が運ばれてきた。煮た羊肉は、皿に載っている。木であろうが焼物であろうが、チンギスの食事はいつも皿に載るようになった。野戦の時も、しばしば皿に載っている。

チャガタイが手を出すと、すぐにソルタホーンとトム・ホトガも食いはじめた。

チンギスは、小さな肉を口に入れ、酒を飲んだ。

「食え」

チンギスが言うと、ようやくムカリも手を出した。

続けざまに三杯、酒を呷ろうとしたチャガタイが、ソルタホーンに止められている。

「まったく、殿の血ですな、チャガタイ様。酒には節度を持たれた方がいい、と俺は思います」

「いま、敵はいない」

「また敵が現われた時の話です」

「ソルタホーン、俺に節度がない、と言ったのか?」

「時には」

「父上にそんなことが言えるのは、ボオルチュ殿と副官殿ぐらいだな」

二人きりの時、当然ながらソルタホーンはこんな物言いをしない。先の先まで読んで言葉を出すので、時にはしばらく考えなければならない。

いまも、チャガタイが酒を飲みすぎるのを、たしなめろと言っているのだろう。

「チャガタイ、俺と飲み較べをするか?」

「高が酒です。だから俺は遠慮はしません。俺が勝ったら?」

「ソルタホーンが、おまえを殺す」

「負けたら?」

「一生、酒を禁じる」

「どちらにしても、俺はひどい目に遭うのですね。父上、俺に酒を控えろと言われているようですね」

「自分で考えろよ、チャガタイ。おまえの兄は、自分で考えるところからはじめた。だから、戦場でおまえに遅れた。しかし、いつからかジョチの方が前を走っているな。おまえが草原に帰っている間に、実に効果のある遊軍の戦法を考え出した」

「兄上とトルイの話は、聞いています。数度にわたる、遊軍の奇襲についても。いつから、兄上は果断な性格になったのだろう、と考えていました」

「もっと、考えろ。ジョチは、おまえの十倍はそうしたぞ」

チャガタイが頷き、うつむいた。

「トルイ様が、死ぬかもしれないという怪我をされた。俺がやらなければならないことを、代りにやってしまったのだ」

ムカリが顔をあげ、低い声で喋った。

「俺は、ダイル殿とともに闘いながら、ダイル殿を死なせ、自分が生き延びてしまった。自分の役割も果せなくなった。駄目な男ですよ」

「おいおい、ムカリ将軍」

チャガタイが言う。ソルタホーンもトム・ホトガも、うつむいている。二人とも笑っているのかもしれない、とチンギスは思った。

「ダイルの話はやめろ、と言ったはずだぞ、ムカリ」

「はい」

「できれば、トルイの話もするな」

自分の身代りになって、息子が死のうとした。いまも、気軽に語れることではなかった。自分以外の人間が話すのも、聞きたくはない。

「それから、もっと食え、ムカリ」

チンギスは、骨のついた肉を、皿からひとつ掴みあげた。

「殿、チャガタイ様との飲み較べは、どうなさいますか？」

「勘弁してくれ、副官殿。俺は父上と久しぶりに会ったので、昂《たかぶ》っただけなのだ。酒を過ごしそうになったら、今夜のことを思い出す。過ごしてしまえば、思い出すこともしないだろうから、過ごす前に思い出すさ」

「まだ過ごしていないと思いながら、過ごしてしまうのが、酒というやつだ」

チンギスが言うと、なにがおかしいのか、全員が声をあげて笑った。

サムラが、幕舎の外から気配を伝えてきたのは、夜明け前だった。

チンギスはあまり眠れず、未明に眼を開いていた。

「俺は、これを報告してもいいものか、と迷っていたのですが」

「なんだ。危急のことではないな」

「報告しない方が、信用されると思っていました。いまも、そう思っているのですが、いくらか我慢できないところもあり」

「おい、なんだ、サムラ。そこまで言ったのだから、言うしかないぞ」

「ですよね」

サムラの口調は、父のヤクと較べると、ずいぶん砕けていた。

「殿の胸の内に、収《しま》っておいていただけますか？」

「事柄による」

「せめてムカリ将軍にだけは、俺が言ったことは伏せてください」

「言え、サムラ」

囁くような口調だったサムラの声が、さらに低くなった。

ようやく聞き取れるほどのサムラの声を、チンギスは幕布に近づいて聞いた。途中から、おかしくなって笑い声をあげた。

「なにかと思えば、女だったのか」

自分で言って、またおかしくなった。

「ムカリは、いくつになった？」

「もう、四十に近いかも」

ムカリが、大同府の泥胞子の妓楼で、単純な間違いから銭を払えなくなり、代償として書簡を届けに来た時のことを、チンギスは思い出した。

あのころ、二十歳そこそこだったのだ。

遊妓に惚《ほ》れた。考えてみれば、ありうることかもしれない。

「泥胞子殿が、いろいろと準備を整えてくれるのに、それがすべて理解できず、足抜けを持ちかけ、女に断られて、消沈しているのです」

「つまり、勝手な思い入れで、泥胞子でさえも、持て余しているのか？」

「持て余しているのとは、いくらか違うでしょうが、面白がりながら閉口し、困惑もしているということでしょう」

「相手の女は、いくつだ？」

「十九歳です。なかなかの美貌で、泥胞子殿はある時から、客を取らせていないのですが」

「十九とは、何事だ。ムカリは、泥胞子の妓楼によく行っていたのか？」

「それはもう、しばしば」

「面白いところと、面白くないところがあるなあ。それなりの銀を払えば、自分だけのものにできるのだろう」

「それが、その女を請け出す額を、知ってしまったのですよ」

「それでも」

「銀はほとんど、女の弟のために遣ってしまったのです。燕京で、ひとりで暮らしながら、学問所に通っているのです」

「妓楼に、銀は落ちていない、ということだな。泥胞子も、特例などは作りたくないであろうし」

「泥胞子殿は、ムカリ将軍が頼んでくれればと、とうに肚は決めておられるのです。かたちだけの銀の移動を作るための、用意までされているのですが、ムカリ将軍は女に惚れているということそのものも、頑強に否定しているのです」

「それなのに、足抜けを持ちかけたのか」

「泥胞子殿に、あらかじめ言い含められていたので、女は拒んだのです。ムカリ将軍は、それで女に嫌われたと思いこんで。まだ子供のようなのに、女の方がやきもきして。周囲はみんな知っていて、ムカリ将軍ひとりが、駈け回っているだけなのです」

なにか、チンギスは切ないような思いに襲われた。面白いことではあるが、笑ってばかりもいられない、という気持になった。

「面白くて我慢できず、俺に言いに来たのか、サムラ?」

「そうなのですが、それだけでもありません。なんとかしたいと、切実に考えたりもしてしまうのです」

「つまり、俺に請け出す銀を出させよう、と考えているのだな」

「泥胞子殿の好意をうまく読み取れず、情などはかけられたくないと思い、孤立を深めているのですから」

なにもかも、ムカリらしいのだ。

チンギスはやはり、懐かしいような切なさに包みこまれた。

「俺が、銀を出す。それで、ムカリはなにか言うこともできないだろう。俺のところへ来たら、嫁にしろとだけ言おう」

「意味はわからないでしょうが、ムカリ将軍が、難しいところから脱《ぬ》け出して、ほっとすることは、眼に見えるようです」

チンギスがやったことなら、不満も見栄も理不尽も、受け入れなければならない、とムカリは思うだろうか。

それとも我を押し通して、滅びてもいいと考えるだろうか。

「サムラ、ムカリが来たら、女を弄《もてあそ》んだと、叱《しか》りつけよう。足抜けを持ちかけたのだからな。足抜けで捕えられた女がどういう目に遭うかも、よく見せてやれ、と泥胞子に言っておこう」

サムラが、小さな笑い声を洩らした。

「おかしいか?」

「いえ、殿。こういうことに気を遣ってしまうほど、モンゴル国は平和なのです。金国との戦が、ひと区切りついたのですから」

「束の間だ。ムカリが女で駈け回ったように、この世のあり方で、俺は駈け回ろう」

「いいですね、殿。俺は、ちょっと自分を失いそうなほど、高揚してしまいました」

「おまえの親父殿だったら、決して報告してこないことだったな」

「お許しを」

「なんの。よく報告してくれたと、礼を言いたいほどだ。ムカリを楽にしてやれるのは、俺だけらしいしな」

泥胞子に銀を渡しておく、という言葉を残して、サムラの声は消えた。

それから出発の刻限まで、チンギスはめずらしく眠った。

アウラガの道の両側には、民が出て歓声をあげ、手を振っていた。

チンギスはまず、軍の本営へむかい、ジェルメとクビライ・ノヤンの迎えを受けた。

老人になってしまった二人は、流れ落ちる涙を、隠そうともしなかった。

長く会っていなかった、というわけではない。魚兒濼には一度会いに来ている。三日に一度の、報告も入っている。

「殿、ダイルはいい死に場所を見つけましたよ。あの男がいなくなったからと言って、俺は心の中からなにかが欠けたとは思っていません」

ジェルメが言った。

「ダイルを思い出すと、長い旅だったという思いがあるだけです。いまでもふと眼を醒すと、そこまでトドエン・ギルテとタルグダイが攻めこんできている、と思ったりするのですよ」

「俺は、矢を岩に突き立ててみろと殿に言われ、弾き返される夢を見ます」

「二人とも、まだ働かなければならんぞ。ダイルは、隠棲《いんせい》すると言って、西へむかったのだ。戦の用意も本格的にはできなかった。隠棲などとぬかすから、いざ戦になった時、死んでも構わんと思ってしまったのだ」

「殿、ダイルは、スブタイが到着するまで、生きていましたよ」

「戦人だった。だから、死んでも生きていることができた」

将校たちが、集まったり食事をしたりする場所がある。そこでチンギスは酒を飲み、馬車を用意させ、酔ってボルテの営地に戻った。

六十名ほどいる子供たちが、みんな寝ずに待っていた。ボルテが、ひとりひとりに名を言わせた。以前はホエルンの営地にもいたが、いまはボルテのところだけなので、これほどの人数になるらしい。

ひとりふたりと、預かっている者もいるという話だったが、チンギスは詳しくは知らない。

「すまん」

ボルテと二人きりになった時、チンギスは呟くように言った。

「トルイは、殿の身代りになることができたそうですね」

「それは喜ぶというより、深く恥じることになっているのだ、ボルテ」

「殿なら、そうなのでしょう。部下の死を気持で背負おうとされるので、戦をすることを許されているのだと、私は思います」

これが女房の言葉だ、とチンギスは感じた。ボルテは、昔もいまも変らない、チンギスの女房だった。

ボルテとただ抱き合って、眠った。眼醒めた時、ボルテは自分の寝台の方へ行っていた。

家帳の外で、子供たちの声が聞える。

しばらくして起き出し、子供たちの挨拶を受け、チンギスは一緒に朝食をとった。

それから、単騎で、養方所へ行った。

養方所の規模は、テムジンが怪我を癒した時と較べて、ずいぶんと大きくなっている。

働いている若い女に、アチの居所を訊いた。

相手がチンギスだという認識がなかったのか、あちらの部屋、と指さした。
入口に、名前が書いてあった。
声をかけて入ると、アチが立ってこちらを見ていた。
なにも言わない。ちょっと頷き合っただけだった。

天の隅

一

反吐を吐いた。

血を吐いたような気分だったが、酸っぱい液体だった。それも、わずかに出ただけだ。

ジャラールッディーンは、岩肌に頰をつけた。涙も出ているが、岩が吸い取っていると思った。

水場の所在は教えられているので、渇きはない。

部下は、全員が倒れこんでいた。

そばには、テムル・メリクとワーリヤンがいる。倒れこんだまま、二人はなにか喋っていた。

カンクリ族の地である。

ここへ来るのに、複雑な経緯があったわけではない。

常に、カンクリ族の傭兵《ようへい》を見てきた。ホラズム軍の、最も強力な部隊が、カンクリ族の傭兵だと言われていた。

急激に領土が拡がったのは、カンクリ族傭兵の働きが大きかった。広い領土を擁するようになると、もう傭兵を手放せないという、皮肉な結果も招いている。

それを教えてくれたのはバラクハジで、祖母のトルケン太后が、なぜウルゲンチで力を持ち続けているかも、あわせて説明してくれた。

だから、カンクリ族を知りたいという思いは、ずっと持っていた。

軍にいる傭兵は、自分たちでかたまっていて、外と接しようとしない。

カンクリ族の地へ行ってみたいと、ジャラールッディーンは夢のような話として、父に数度、語った。

ある日、父に呼ばれ、ウルゲンチに行ってトルケン太后と会え、と言われた。

ひどく仲の悪い母と息子だというのは、民の間でさえ周知の事実で、父が祖母のもとに行けなどと、言うはずはないと思った。しかし、そう言ったのだ。

ジャラールッディーンは、テムル・メリクとバラクハジを連れて、旧都ウルゲンチへ行った。

旧宮殿の一室で、ジャラールッディーンは二日待たされた。その間、テムル・メリクとバラクハジは、三刻ずつ呼び出されて、トルケン太后と話をしている。

トルケン太后と二人で夕食をとったのは、二日目の夜だった。

幼いころはウルゲンチにいたので、トルケン太后はしばしば見かけたし、何度か声をかけられたこともある。しかし、二人きりで話すのは、はじめてだった。

祖母《ばあ》さまではなく、やはり太后以外の何者でもなかった。

そこで、ジャラールッディーンは、カンクリ族の戦について語った。太后はそれを、言葉を挟まずに聞いていた。

あの子は戦が嫌いだったのだ、と太后は息子である父の話をはじめた。私の夫は、戦が好きなくせに、気分にむらがあり、よく負けた。嫌いなあの子に戦をさせると、これがなかなか巧者でね。教えた者はいるようだが、一歩退がるのでそれを実践できるところがあった。

心を弾けさせないとなかなか戦をやらないので、私がそうしてやったのだ。いやいややっていたが、成果は出て、いつか戦巧者と言われるようになった。

何年も、書簡さえ寄越さない息子が、バラクハジに託してきた。だから、少しだけ願いを聞いてやろう。

それで太后は、イナルチュクという実家の当主の名を教えてくれた。

サマルカンドのワーリヤンに部下を率いさせ、カンクリ族の地で合流し、イナルチュクの領地にむかった。

イナルチュクの屋敷は幕舎ではなく、木と石で造られた大きなものだった。離れたところに長屋があり、そこで部下と一緒に起居することになったのだ。

翌日から、調練がはじまった。

騎馬隊同士の調練をやり、それは互角にできた、と思った。

ひと月ちょっと前のことだった。

それから日を追うごとに、調練は厳しくなった。東へ東へと移動しながら調練を続け、山岳部に入った。いまは高山にいる。

ジャラールッディーンは、ようやく上体を起こした。

驚くべきは、何度もぶつかり合った百名のカンクリ族の隊が、ジャラールッディーンの隊を打ち伏せたあとも、まだ山の中を駈け回り続けていることだった。

「予定では、今夜、夜営をして、明日は帰還することになっています」

テムル・メリクが、そばで言った。ワーリヤンも上体を起こしている。自分より先には起きないようにしていたのだろう、とジャラールッディーンは思った。

「サマルカンドで、ずいぶんと調練をやったつもりだった」

「それは、間違いのないことです、殿下。いまだに、調練量では、他の隊を大きく凌駕《りようが》しています。ホラズム軍の中で、最強に近い隊だと思います」

しかし皇子の麾下で、皇子もともに調練をやってきた。周囲はどこかで自分に遠慮していたのではないか、という気がする。

「そのわれらが、なぜカンクリ族の隊に劣るのだ、テムル・メリク？」

「わかりません」

「高山、ということが影響していないでしょうか」

ワーリヤンが、ジャラールッディーンを見つめている。

「どういうことだ、ワーリヤン？」

「サマルカンドの近くに、高い山はあまりありません。山岳部で調練をやらなくても、充分に変化に満ちた土地があります」

「それとここの調練と、どういう関係がある？」

「俺は躰を動かしていて気づきましたが、高いところになればなるほど、息が苦しくなるのです。躰もよく動かなくなるようです。そして、カンクリ族の連中は、高山に馴れている、という気がするのです」

　高い場所へ来るたびに、苦しくなった。負けるにしても、カンクリ族の隊に徹底的に打ちのめされた。平地の負け方と、高地での負け方は、ちょっと違うとジャラールッディーンも感じていたのだ。

　駈けていたカンクリ族の隊が、戻ってきた。

　サロルチニという、若い隊長が、ジャラールッディーンが座りこんでいるそばに立ち、直立した。若いといっても、二十四、五歳だろう。テムル・メリクよりは、かなり若く見えた。

「この先の窪地で夜営いたします、殿下」

「わかった。先導してくれ、サロルチニ」

　立ちあがった。まだ息が苦しかったが、構わなかった。

「今日の調練地は、これまでで最も高いところか」

「はい、その通りです、殿下」

「おまえたちは、なにか特別な鍛え方をしているのか、サロルチニ？」

「特にはしておりませんが、幼いころから高地を駆け回っていました。高地に強くないものは、調練の中で鍛えるしかないのですが」

「おまえは、高地の生まれか？」

「もっと東の、もっと高い山地で生まれ、十四歳まで育ちました」

喋っていると、息が苦しく、それに気づかれないようにしているだけで、かなり体力も遣っているような気がする。

窪地には、すぐに着いた。

カンクリ族の兵は、調練後、四刻ほど駈け回っていたのに、動きはよかった。

ジャラールッディーンの幕舎だけが、素速く張られた。

将校も兵も、思い思いに寝て、寒さを凌ぐのだ。

「カンクリ族は、国を作ろうとはしない。なぜだろう」

焚火のそばに腰を降ろし、ジャラールッディーンは言った。

「意味がありません、国は」

「いくつかの大きな氏族がいて、それぞれが国のようになっている。なら、もっと大きな国を作ろうとしそうなものだが」

「それは、ホラズム国でも同じではありませんか。ただ氏族の数が多く、まとまって国というかたちにしないと、統制がとれないからではないでしょうか。俺は、傭兵としてサマルカンドに二度行きましたが、その考えを変えることはありませんでした」

「氏族は、いくつかで国というかたちを作ることで、大きな利益を得ていると思う。なにより、外に対して、国だぞと言うことができるのだ。私は、それが正しいやり方だと思う」

「俺などが、なにか言ってはいけないのかもしれませんが、氏族だけでいいと思うことが多いのです。氏族が集まって国を作る。その国というものは、方々に、多くあります。そして大きな国が集まってなにかを作ったら、それこそ収拾がつきません。際限もありません」

「モンゴル国は、氏族が集まって強力な国を作ることに、成功したと思う。そんなふうな例もある」

「大きすぎると、見なければならないものが、見えなくなるような気がします。モンゴル国は、急速に大きくなった、と俺は思っています。難しい問題もまた抱えていて、それから眼をそらすために戦をしているとしたら、それは国の歪みというものではないでしょうか。チンギス・カンは、擁することになった国土全部に眼が届かず、戦というものに逃げているのかもしれません」

「それにしては、強すぎる気がする。西遼とは違うな」

ワーリヤンがそばに来た。

「殿下、肉を焼きますが、香料はいかがいたしましょうか？」

「ワーリヤン殿、われらの香料を遣うことを、殿下にお認めいただきたいのですが」

「サロルチニ殿、われらも香料を持っております。殿下は、それがお好みです」

「いい、ワーリヤン。カンクリ族の山の民の香料も、私は経験してみたい。高地を身軽に駈け回る、力の源泉は香料にあるかもしれないという気もするではないか」

「はい」

肉はすぐに焼かれはじめ、口が痺れるほど辛い肉が、運ばれてきた。熱いというよりも痛い、と感じてしまうほどの辛さだった。

「殿下、俺の部下たちは、やりすぎています」

「いいのだ、サロルチニ。確かにこれは、相当に辛い。しかし、不快ではない。カンクリ族の強さも、同じようだと感じた」

「手加減してはならぬ、とわが殿からは言われています。大変に無礼なことがあったのかもしれない、と俺は思っております」

「謝ることではない、サロルチニ。イナルチュク殿が、最大の歓迎をしてくださったと、私ははじめから理解している。血を辿れば、父上の叔父であられる。私にとっては、大叔父ということか」

「殿下、どうか御寛恕《ごかんじょ》を」

「こんなところで、父の名がどれほどのものか、試そうという気が私にはないぞ、サロルチニ。まして大叔父は、戦を離れて、氏族の行先を決めようなどと、考えるはずもない」

「わが殿は、相当の数の傭兵を、サマルカンドに送っておられます。それについては、他の傭兵より優れた者たちを送ろう、とされただろうと思います」

空は暗くなり、焚火の周囲の赤い明るさだけが、ジャラールッディーンの印象に残った。カンクリ族の将校も兵も、一日の仕事は終ったという態度で、剣の手入れなどをはじめている。

「これほどの調練をした者たちが、傭兵として送られてくるのか」

「サマルカンドへ行っている部隊は、兵の水準が揃っています。それを乱さないために、ホラズム軍との共同の調練はやらないのです。孤立を好んでいるというのとは、かなり違います。傭兵は、その場の戦で成果をあげていかなければなりませんから」

自分にはなにが足りないのか、とジャラールッディーンは考え続けていた。同じ数の兵を率いて、この男には一度も勝てなかった。

テムル・メリクにもワーリヤンにも、どうぶつかるかという意見はあっただろう。しかし、ジャラールッディーンが強い命令を出すと、それはすぐに通ってしまう。

皇子だという思いは、二人とも本能の中に組みこまれているだろう。最後の最後には、主君は絶対という思いが顔を出すのだ。

サロルチニには、主君だという思いがあるはずもなかった。だから調練の棒で、ジャラールッディーンさえ打ち倒してきた。

自分にはなにが足りないのか。考え続けた。

皇子であることで、得るものは大きかった。しかしそこに、どうにもならない甘さがありはしないか。微妙なものであり、自分の心だけでなく、周囲の者たちの心の中のことでもあるので、はっきりとは突きつめられない。

調練についていくのが精一杯で、ぶつかると最初に打ち倒されるサンダンとトノウには、生まれながらのホラズム国の臣という思いはないが、皇子に対する思いは、徐々にそれに近づいている。

　サンダンとトノウは、もうどこかで寝ているようだ。兵糧をとると、誰よりも先に地に倒れこむ。ふだんはそうでもないが、高山に来たら疲労が激しいようだ。

「体力と気力は、支え合うような関係で、人間の中にある。カンクリ族の兵の、強い、耐久力もある躰は、高山によって作られたと、理解できた。気力がどこから湧いてくるのか、私にはわからない」

「みんな、家族がいます。父や母、兄弟、妻や子。傭兵となって戦へ出れば、家族に銭が入り、暮らしむきが楽になります。手柄を立てたり死んだりすれば、もっと入ります」

「わかるような気がしたよ。氏族同士が、まとまってひとつになろうとしないのも。方々で戦が行われている。そのどこにも行くことができる、ということだな」

「西遼でも、潤沢な銭があれば、カンクリ族のどこかの氏族の傭兵を入れたでしょう。値がまとまらなかった、と聞いています。氏族の長は、できるだけ高く売るのを、使命としていると思います」

　ジャラールッディーンは、小さく頷いた。そういう戦もあるはずだ。ホラズム軍の中で最も強いのが、カンクリ族の傭兵という理由が、よくわかったと思った。

「殿下、よろしいでしょうか？」

　テムル・メリクが、そばに来て鉄笛を持ちあげた。まだ兵たちは動きまわり、喋ったりもしている。

「いいな。サロルチニにも聴いて貰える」

「なんですか？」

「鉄笛さ。時々、吹くのだ。旅先の夜に聴くのが私は一番好きだが、戦場でも悪くないのだと思う」

「テムル・メリク殿が。大変な手練れで、はじめて立合った時、俺はどうにもならない気分に襲われました。こんな人がいるのだと」

「調練では、負け続けた」

「俺も含めて、俺の隊の中に、あの人に勝てる者は、ひとりもいませんよ。カンクリ族全体では、わかりませんが」

テムル・メリクには、守るべき自分がいるので、力を出しきれない、あるいは出さないでいる、とジャラールッディーンは思った。そしてそこに、やはり決定的に足りないものがあるのだ。

鉄笛の音が、夜営地に流れはじめた。

さんざめきはすべて消えて、笛の音だけになった。サロルチニは、躰を静止させている。時々、薪《たきぎ》の崩れる音が聞えたりするが、それも静けさの一部だった。

途中から、ジャラールッディーンは眼を閉じた。心の中で、なにかが閉じ、なにかが開いた。テムル・メリクの笛は、いつもそうだ。開き、閉じるものがなんなのかわからないが、心の中はそうやって動く。

笛の音はひとしきり続き、不意に熄《や》んだ。

静かなままだった。なにかが夜営の陣全体を覆っているが、重苦しいものではない。

「いいものを、聴かせていただきました。それ以上に、なんと言っていいかわかりません。どういう時に、テムル・メリク殿は笛を吹かれるのでしょう」

「テムル・メリク自身にも、わからないと思う。吹こうと思わない時に無理に吹かせると、ただの音なのだよ」

「殿下は、よくお聴きになるのですね」

「二人きりの旅先で、空にむかって吹く。私がそう感じるだけなのだが、細かいことはどうでもいい、と思えてしまうのだ」

テムル・メリクとのはじめての旅は、もうどれほど前のことになるのか。鉄笛が、かわいがってくれた祖母の形見だという話は、その旅で聞いたのだ。

「早朝の進発だよな、サロルチニ殿。そろそろ眠りましょうか、殿下」

馬は山裾に残してきて、兵が四名ついている。広大な囲いを草原の中に作ったので、存分に駆けることができているだろう。

「山裾まで駈け降りて、丸一日。それから馬の様子を見ながら駈け、三日で、イナルチュクの森に着くはずです」

サロルチニが、テムル・メリクにむかって言った。

「かなり厳しい移動だな」

「ええ、馬にとっては」

サロルチニが、言って口もとだけで笑った。

テムル・メリクが、横をむいた。

サロルチニが言っただけの時をかけて、イナルチュクの森に帰った。

森と呼ばれているが、樹木が多くあるわけではない。この一帯の集落を含めて、カンクリ族の間でそう呼ばれているのだという。

イナルチュクの屋敷がある集落には、二千ほどの家があり、人も多いのだという。

ホラズムの隊は、全員長屋に入り、休むことを許した。

ジャラールッディーンだけは、イナルチュクの屋敷に呼ばれ、一緒にめしを食った。サロルチニはおらず、テムル・メリクも呼ばれていない。

「生きて帰ってきたな。俺は、おまえが死ぬのではないか、と心配だった。姉上に、なんと報告したらいいか、わからなかっただろう」

「高山の調練は、ほんとうにつらいものでした」

「あれをしばしばやれば、平地での体力が驚くほどあがるのだ」

食事は豪勢なもので、肉は三種類、野菜はたっぷりとあった。二人では、ほんの一部しか食いきれない。酒は、葡萄酒《シャラーブ》だった。交易で手に入れる、贅沢なものだ。

イナルチュクは、サマルカンドやウルゲンチのことを訊いてきた。戦などどうでもいい、という口調だった。

「それにしても、姉上とおまえの親父が、書簡を交換するとはな。躰を悪くして、アラーウッディーン殿も、いくらか気弱になられたのか」

病気だなどとは知らなかったが、日ごろよりやさしく、ものわかりもよかった。

祖母と父の間が、いくらか改善されている。

父が病気というのはほんとうだろう、とジャラールッディーンは思った。

二

東へむかって、ヘンテイ山系を越えた。

視界が、明るくなったような気がする。

ジャカ・ガンボは、空を仰いだ。くっきりとした白い雲が、二つ並んで浮いている。

もう少しだけ南から来ると、黒林《カラトン》などを通る、街道がある。あえて険しい道を通ってきたのは、街道を避けたわけではなく、山中に生業があるのかどうか見てみたかったからだ。

想像した以上に、人が暮らしていた。草原のように家帳《ゲル》による移動ではなく、しっかりした家を建てて暮らしている。

材木を扱う集落。炭を焼く集落。木工品を作る集落などがしっかりあり、板を作る集落には、食事ができる店まであった。

タュビアンは、猟師が立てる市を、面白がっていた。中腹にわずかにある平地だが、屋根だけの建物の下で、月に一度市が立てられているのだ。

偶然だったが、それに行き合った。

小さな市だったが、そこでは毛皮のほかに、絹の織物なども売っていた。熊の苦胆《にがぎも》を干したものと交換するために、東から来た商人が持ちこんでいるようだ。磁器や陶器は方々から運んでくると言う。

あくまで猟師が中心の市で、ほかにも農耕者の市とか、鉄の細工物の市など、十数の市が立つようだが、ジャカ・ガンボはひとつ見ただけだ。

「懐かしいな。バヤン・オラーンの山が見える」

かつて、ケレイト王国の領土だったところも通ってきたが、懐かしいとは思わなかった。殺伐とした人生が、どの風景からも滲み出してきた。

ケレイト王国の、王《カン》の弟だった。ただその王は、数十人いた弟のほとんどを殺していた。怯えていないと思ったが、それは常に同じだったから、存分に生きていると自分に言い聞かせることができたのだ。

「タュビアン、おまえはすっかり旅馴れたのだな」

「城郭《まち》を見て、比較することもできる、という気がします」

「そういう鼻にかけたもの言いが、アサンをして生意気だと言わしめる」

アサンともジランとも、いつか呼び捨てでつき合うようになった。ジランは、それが愉しくて仕方がないようだ。

「少し駈けてみようか」

馬の腹を蹴った。タュビアンも、遅れずについてくる。右の鐙につけられた、萎《な》えた右脚を突っこんでおくための筒は、工夫に工夫を凝らされ、馬上のタュビアンの右脚のことを誰も気づかない。

羊群がいた。数百頭が散らばって、草を食んでいる。

夕刻、ヘルレン河に到着した。

船を扱うところがあり、長屋になっていて、泊ることもできるらしい。

朝の船便に乗れば、夕刻前にアウラガへ着くだろう。馬を乗せられるのかどうか、タュビアンが方々で確認している。

「明日は一日、甲板に寝そべって行けますよ、ジャカ・ガンボ様」

「箱のようなものだ、と聞いているぞ」

「日々、進化するのです。いまは、荷を積む後方だけ、甲板が張られているようです」

「ふむ、そんなものか」

「旧ナイマン、旧ケレイトの土地を旅してきて、俺はチンギス・カンという男の姿が、少しだけ見えるような気がしました」

ジャカ・ガンボは黙っていた。

すべてに気が回る。思慮も深い。観察する眼も鋭い。幼いころから、それらは持っていた。

アサンが眼をつけたのはそんなところで、あとは性格と本性を知るために、会うたびに喋り、旅に同道させたりもした。

それで、やがてチンギス・カンと正対できる商人として、育てる人間のひとりに選んだのだ。ほかに選ばれた者がいるのかどうか、ジャカ・ガンボは訊かなかった。

タュビアンがそこまで育たなかったら、ごく普通の商人で終る、ということになるだけだ。馬の手入れをするために、ちゃんと道具が揃えてあった。それは街道の途中にある駅のすべてがそうで、タュビアンが感心する材料のひとつになっていた。

ジャカ・ガンボにとっては、あたり前のことだった。

「おまえが燕京で会った耶律楚材《やりつそざい》という男は、俺たちと入れ替るように、西に行ったようだ。すでに仕事を与えられているのは、優秀だということだろうな」

「燕京に、恋人がいたのですがね」

タュビアンに知られてしまうような恋人がいるとは、無防備な男なのだろう。およそ文官には考えられない、と話を聞いた時、ジャカ・ガンボは思った。一緒に旅の話を聞いたジランは、嬉しそうに笑って、そういう男には会ってみたい、と本気の顔で言った。

「まあ、おまえと人生の縁があれば、必ず会えるさ」

「俺も、そう思っています」

船着場の建物は小さいが、部屋は清潔だった。

ジャカ・ガンボは、酒を少し飲んでから、寝床に入った。

翌早朝、ジャカ・ガンボが起き出すと、タュビアンはすでに馬を曳き出し、ジャカ・ガンボのための朝食を用意して、待っていた。

「朝めしは、いらん。無駄をしたな」

「いえ、きのうから、さまざまなことを教えてくれる老人に、今朝もいくつか質問をしました。朝食を食いたそうにしていたので、残して行けば、喜んでくれると思います」

「その老人は、なにをしている?」

「船の掃除、そこの建物の掃除。馬糞を集めて干し、燃料にする仕事もやっています。もともと兵で、負傷して脚が不自由になったそうです。戦に出た時は、ジェルメ将軍の下にいたと言っていました」

「もういい」

「戦に出られなくなったのを、残念がってはいましたが、恥じてはいませんでした」

「いいと言ったろう。船が出るのは、いつだ?」

「あと半刻で。次の船だと、途中で泊るそうです」

半刻ほどで、馬を預けて、ジャカ・ガンボは乗船した。馬は四頭いて、怯えさせないためか、ひとりがついていた。

荷は、すでに積まれているようだ。

船着場を離れ、動きはじめた。想像よりずっと速く、流れだけではない力が加わっている、とジャカ・ガンボは思った。

「棹を遣う水師が五人、方々に立っています。ひとりは方向を保つために、真後ろで棹と長い櫂を持っています」

ジャカ・ガンボが草原にいたころには、考えられないほどの船の大きさだった。それが速く走るのだ。

後方の甲板に人がいて、思い思いの恰好をしている。乗客は七名で、馬に乗らない者もいた。

船着場の周辺は集落になっていたが、しばらく走ると草原しか見えなくなった。

「この河の上流には、かなりの規模の鉄工房があるようです」

草原で鉄に徹底的にこだわったのは、チンギス・カンだった。まだテムジンであったころのことだ。鉄を手に入れるのに、狂奔しているようにさえ見えた。それも、すでにある鉄を溶かして遣うことに関心はなく、鉄山からはじめようというものだった。

あれは正しかったのだ、といまは痛切に思う。結局、草原の諸族は、鉄でテムジンに負けたのだ、という見方もできた。

ジャカ・ガンボは、甲板に寝そべり、空を眺めた。草原の空だ。こんなふうにして、空を眺めたことがあっただろうか。

幼いころは、父親代りでもあった兄のそばで、身を縮めるようにして生きていた。長じてからは、敵というものばかりを考え、戦に出ることをなにより望んだ。ほんとうに望んだのではなく、そういう素ぶりが兄を喜ばせるとわかっていたからだ。

「こんなふうにして、アウラガへ行く船の便が、二便あるそうです。遡上《そじょう》する時は見ものだそうですよ。流れの速いところでは、両岸から、それぞれ十頭の牛で曳くのだそうです」

タュビアンが、話しかけてくる。ジャカ・ガンボは視線を動かさなかった。ほかの人間の声が聞えた。河沿いに、市が立っているようだ。

「どれほどの規模だ？」

「山中の猟師の市の、ほぼ三倍」

「平地だからな」

「家畜の取引もしているようです。駱駝《らくだ》が二十頭ほど見えます。総じて、取引されている物の大きさが、山の市の二倍でしょうか」

タュビアンの眼は、確かだった。虎思斡耳朶《フスオルド》の軍がカシュガルを攻めた時、兵数を大きく読み違え、アサンやジャカ・ガンボに嗤われた。それから群になっているものを見ると、数を見切ることを習慣づけたのだ。

「高価な物品は、あまり扱われていない、と思います。集まっている人間たちの身なりから、そう言えます」

それからタュビアンは、市のそばにある岩山の説明をした。草原には、岩が剝き出しになって小山のように見えるものが、よくあるのだ。這い登らなければならないほどだから、丘ではなく山なのである。

ジャカ・ガンボは、掌を振った。もう説明はいらない、と伝えたのだ。タュビアンは黙った。

アウラガまで一日の行程が、遡上する時は三日半かかるという。

アウラガに船が溜《たま》ってしまうので、三艘ほどを繋いで遡上していくらしい。

昼に、羊の肉が出された。煮たそれは、冷えてしまっているが、妙に深い味がした。

アウラガの南の船着場に到着したのは、夕刻前だった。

タュビアンが曳き出してきた馬に、鞍を載せた。

乗って走ることは許されず、船着場の小屋に連れていかれ、いくつか質問された。別の二騎は、まったくなんでもないように、駈け去るのが見えた。

「ジェルメ将軍かクビライ・ノヤン将軍、あるいは、チラウン将軍。ジャカ・ガンボが来たと伝えてくれれば、わかるはずだ」

半刻ほどで、許可が出た。鳩の通信をやっているようだ。

道は整備され、馬車が二台、たやすくすれ違えるほどの幅があった。

正面がアウラガ府で、その東側に軍営があった。若い将校が出てきて、再度質問をした。

この質問者は、カシュガルや西遼についても詳しく、ジランの名さえ把握しているようだった。

「御案内します。俺はソルタホーンと言い、チンギス・カンの側《そば》にいる者です。殿は、心待ちにしておられます、ジャカ・ガンボ殿」

「ジェルメたちも一緒か？」

「いえ、名を挙げられた三人とは、今夜の食事でお会いになります。まずは、殿おひとりとお会いください」

「そうか」

ソルタホーンが、馬で先導した。軍営の中なのだろうが、途中で三つの検問所があった。そこの衛兵は、ただ直立してソルタホーンを通した。

大きな家帳だった。大家帳と言うより、宮帳《オルド》と呼ばれているのだろう。衛兵は数十名いるようだった。

ソルタホーンが馬を降りると、入口に立っていた若者が、中に駈けこんだ。

「お入りください、ジャカ・ガンボ殿」

ソルタホーンは、案内を若者に任せた。

広間に入った。おう、という声があがった。

「おう、ジャカ・ガンボ」

「おう、テムジン」

懐かしいというより、切ないような気分が襲ってくる。それを払うように、ジャカ・ガンボは拝礼した。

「いまは、ジャカ・ガンボとテムジンでいたい。ここへ案内して来たのが、俺の副官のソルタホーンだ」

「俺が伴っているのは、タュビアンという」

ジャカ・ガンボは、ちょっと背後に眼をやった。

「息子のようなものだよ」

「座れよ、ジャカ・ガンボ」

「いい椅子だ」

二つしか出されておらず、卓を挟んでむかい合う恰好になった。

「俺は、西方の大商人であるアサン、そして心を同じくしている、轟交賈《ごうこうこ》の蕭 雋材《しょうしゅんざい》の意を帯して、ここに息子を連れてきた」

「旅はめまぐるしいものだったな。それに、街道からはずれて進んできた。居心地のいい駅は、あの行程ではなかっただろう」

「それでも、駅はあったよ。銭も、大してかからなかった」

どこかの時点から、この男はしっかりとこちらの動きを摑んでいる、とジャカ・ガンボは思った。

「モンゴル国では、鳩の通信がずいぶんと綿密になっている。二人の存在を、俺はかなり前から知っていた。気になる報告にある男の名が、ジャカ・ガンボだと知ったのは、数日前だ。山の市に寄っただろう。その小僧が、派手に動き回っていた」

チンギスが、笑った。笑っても以前のままに近いが、皺《しわ》ははっとするほど深かった。

「俺がアウラガにいる時を、狙ってやってきたのだろう、ジャカ・ガンボ」

「いや、それはたまたまだ。タュビアンが、長い旅から戻ってきて、それからアウラガにむけてカシュガルを出たのだ」

「タュビアンという名は、頭に刻みつけておこう。モンゴル国の領内では、一応安全ということになる。タュビアン、なにかあれば、ボオルチュか、その部下の耶律楚材という者に相談せよ」

「耶律楚材殿とは、燕京で出会ったようなのだ。俺は知らないが」

「そうなのか？」

タュビアンの方へ、チンギスは眼をむけた。

「はい。燕京で、なにかをされようとしています。ですから、燕京に帰るということになる、と思います」

「帰れぬよ。旅から戻れば、三年、四年、アウラガを出ることはできぬ」

「恋人がいるのです。ここへ呼んでやれば、耶律楚材殿は燕京に帰る気持がなくなると思うのですが」

「おい、タュビアン」

「いや、面白いぞ。こんな時に、俺の前で、つまらぬことを、気にする。しかし、ほんとうにつまらないことかな」

「うむ、それは」

「耶律楚材にとっては、こちらが思う以上に大事なことかもしれん」

「こいつの発想は、俺には理解できない時がある。アサンやジランは喜んでいるが」

「俺は、こんなやつが嫌いではない。頭がいいだけでは、仕事はできん。そこそこの仕事しかな。どこか、馬鹿のところが必要なのだという気がしてな」

「そういうものか」

「俺は、人を信じるようになった。昔より、いくらかは」

チンギスが、低い声で笑った。

「今夜は、ジェルメ、クビライ・ノヤン、チラウンを夕食に呼んである。それまで、しばらく休め、ジャカ・ガンボ。お互い、もう若くはないしな」

「そうしよう」

「タュビアン、おまえはついてこい。俺と一緒に歩こう」

チンギスは立ちあがり、タュビアンを連れて出ていった。

「若くはないのは、俺だけのことだ」

ジャカ・ガンボが笑い声をあげると、ソルタホーンがつられたように笑った。

「なにか、タュビアンに、全部持っていかれたような気がする」

「しかしそれは、ジャカ・ガンボ殿が望んでおられたことではないのですか」

ソルタホーンは、やはり鋭い男だった。

ジャカ・ガンボも腰をあげた。

「もう少し苦労して、この状態に持ちこみたかった」

「気持は、わかります。俺も、いつもあんなふうにはぐらかされます」

二人で、宮帳の外に出た。

「乗ってこられたのは、汗血馬《かんけつば》だったのですね。馬体の大きさに、みんな驚いているでしょう」

「西には、多い。俺は、こっちの馬の方が好きだよ。我慢強いからな」

ソルタホーンが、別の家帳へジャカ・ガンボを案内した。

自分の家帳だろう、とジャカ・ガンボは思った。

三

三百騎ほどの隊が、二つになった。

モンゴル国の支配を受け入れていない者は多いが、だから武力で反抗しようという者は、極端に少なかった。

ただ、モンゴル系である商人が新しく出現し、圧迫された旧《ふる》い商人は、なんでもいいから変化を望んでいた。

だから、完顔遠理《かんがんえんり》の軍資金の要請にはこたえそうな者が多かった。

実際、六百騎を一年養うほどのものは、すでに集まった。

ただ、完顔遠理軍には、居場所が少なかった。どこにいても人がいて、何事だろうと眼をこらしてくる。

開封府に行けば、逃亡した帝がいる。そこを、完顔遠理は視界からはずした。

完顔遠理は、牧を二つ買った。大した牧ではないが、そこに馬と兵を入れ、ごく普通に働かせることはできるだろう。

旧金国に親しんでいた商人たちの心を摑むためには、競合しているモンゴル系の商人を潰してやればいいのだ。

「四人の商人から、砂金をひと袋出す、という連絡が来ました。出すのではなく、貸すという者も二人います」

副官の蕭治充《しょうじじゅう》が、本営である牧の小屋に来て言った。貸すという者は、証書を欲しがる。意味がないが、なにか捨てきれないものを持っているのだ。

「十分の一でいい。貸すというやつには、そうやって仲間に加えただけのかたちにすればいい」

「将軍も、よく頭を働かせますね。しばらく経つと、求める額を受け取ってくれ、と言いはじめますよ」

「その場合は、二倍、要請する」

「まったく悪辣《あくらつ》だ」

蕭治充はそう言ったが、商人のためになにかしてやろうという気は、ほとんど持ってはいない。

「一千騎、欲しい、蕭治充」

「いまの調子でいけば、難しくはない、と俺は思います」

「信用できる将校が、二十名必要だ」

「それは、十名は見つけていますが、あとは育てるしかないのかもしれません」

「急げ」

百騎を十隊。これを、行動の最小単位にする。情況により、五隊にも二隊にもできる。

「商人のことは、もっか調べ続けていますが、敵の商人の方もそろそろ」

「見つけよう。難しいことではない。あとひと月で、旧金国領の中で、一斉に動く」

動かなければ、兵は集まらない。

一年で一万集まり、各地で動乱を起こせば、看過できずに、本格的にモンゴル軍が出てくる。燕京や河水沿いを中心に展開している軍だけでは足りず、本国からも出動してくるはずだ。その時には、闘っては逃げ、ぶつかっては駈け、河水を渡る。追ってくればそれでいいし、追ってこなければ、執拗にモンゴル国の支配地に兵を送り、混乱させる。

どうであろうと、最後はモンゴル軍に河水を渡らせるのだ。

その時に、チンギス・カンが自ら出てくるかどうか。

完顔遠理は、居室に届けられた、文人ふうの衣装を眺めはじめた。蕭治充が、そばに立って手にとった。

「似合うと思うのですが、ほんとうに行っちまうんですかい」

「わが軍は、まだなにも起こしていない」

「しかし、調べていますよ。モンゴルには、狗眼《くがん》という大きな組織がありましてね」

「知ってるさ。しかしこの眼で、城郭をいくつか見たい。燕京には行かないから、心配するな」

単騎で、出かける。それも、モンゴル軍の兵士が見向きもしないような、貧弱な老馬に乗って行く。

欲しい物があった。それを、買いたいだけだ。自ら斥候の真似事をするというのは、出かけるための理由にすぎない。

「髪も、白く染めるのですか？」

「全部ではないさ」

「まったく物好きですよ、将軍」

「堅苦しく考えるなよ。俺たちにはいま、拠《よ》って立つ土地さえない。半分、死んでいるではないか。おまけに主《あるじ》たる人は、俺たちを捨てて逃げた」

「そうですね。言われてみれば、確かにそうなのですが、俺は面白くないことを、そんなふうにして紛らわせて欲しくないです」

「俺がやること、面白いと思っているな、蕭治充？」

「やってもいいですか、俺も」

「駄目さ。おまえには、軍をまとめておく仕事がある。これからいくつにでも散るのだ。忙殺されるぞ」

「まったく、これだ」

蕭治充が、苦笑している。内部に複雑で脆いものを抱えているが、表面はいつも陽性だった。完顔遠理にとっては、それだけでよかった。

瀕死の重傷を負った。

いや、あの時、一度死んだのだ。

完全に死ななかった時考えたのは、この傷はチンギス・カン自身に斬られた、ということだった。それは、ほかの傷とはまるで違う、という気がする。

どう違うのか言葉では言えないが、躰と心はいつもそれを感じていた。

「いつ、出発ですか？」

「商人の方も、おまえに任せた方がよさそうだしな。明日にでも」

「従者はやはり連れずに」

「おい、いまのところ、俺は負け犬の大将なのだ。それが従者だと」

「わかりましたよ」

蕭治充が、小屋を出ていった。

牧の中で最も老いて、背中がへこんでしまっている馬は、すでに選んであった。

夜になって、蕭治充と酒を飲み、少し肉を食った。

軍を作ろうと思ったのは、チンギス・カンの傷があったからだ、という気がする。

六百騎でも、モンゴル軍の統制下にある旧金国領の、秩序を乱すことは難しくない。当面は、軍同士の戦は避けるのである。

朝になると、文人ふうの身なりになって、完顔遠理は牧を出た。太原府《たいげんふ》から五十里ほど西の山中の牧である。

馬は、とても駈けることはできなかったが、歩くことはよく歩いた。

七日で、代州《だいしゅう》に入った。

昼中歩かせたので、馬は少し元気になっていた。

代州郊外の宿に泊り、翌日は歩いて城内へ行き、小さな書肆を見たりした。

尾行されていない。それを確認している自分が愚かだと思えてくる。

宿に帰り、翌早朝、出発した。

大同府まで、四日の行程になる。

途中、二度、野宿をした。

大同府に入ってまずやったのは、若い元気な馬を手に入れることだった。逃げることを想定している自分は、やはり愚かだと思った。

モンゴル国で、自分のことを気にしている人間が、果しているのだろうか。大同府は、昔からチンギス・カンに近く、そこへあえて来ている自分も、完顔遠理には不思議に思えた。もうひとりの自分がいる、という心持ちなのだ。

妓楼の脇を通り、書肆の前へ行った。

数年暮らした城郭だが、歩いていて声をかけてくる人間はいなかった。

書肆に、泥胞子《でいほうし》がいた。完顔遠理を見ても、表情は変えず、挨拶を寄越した。

「無名の詩人が、詩集を持ってきた、と言っていたな。それを探している」

泥胞子が、棚の端を指さした。

二部の書があった。それはここにいるという輝きなど放たず、ほかの書に紛れかけていた。

二部分の、銭を払った。

「これを購《あがな》うために、来られたのですね」

「理由など、どうでもいいようなものだが」

「それでも、書を求めに来られました。どこかで、完顔遠理将軍のお気持の底に潜んだのでしょう」

「無名というのに、惹《ひ》かれたのかもしれん、泥胞子殿」

「妓楼の奥で、食事などいかがですか？」

「あの奥の部屋に入った方がいい、と言っているのだな」

「将軍は、この城郭で数年暮らされました。いくら髪を白髪混じりにしたところで、気づく者はいますよ」

「この白髪は、そんなにおかしいかな？」

「白髪ではなく、顔が放つものが、目立つと思うのです」

完顔遠理は苦笑し、小さく頷いた。

泥胞子が案内したのは、裏の出入口のようだった。厨房の脇を通り、見知った廊下に出ると、石の床の上を歩いて部屋に入った。

外界から遮断されたような部屋で、明るさと言えば蠟燭《ろうそく》の灯だけだ。方々にある蠟燭の炎が、揺れ動いている。どこからか、風が入っているのだろう。

「つい言葉に甘えてしまったが、俺が尾行でもされていたら、泥胞子殿にも迷惑が及ぶかもしれない」

「尾行はされていますが、それは私の手の者ですので」

「ほう、妓楼の主が」

「妓楼の親父は、客を逃がさないのですよ」

泥胞子が笑った。尾行されていたというのが、ほんとうのことかどうかわからなかった。書肆にいた泥胞子は、待っていたようでもある。

酒が出てきた。肴は、牛の肝の臓を煮て、味をつけて干し、さらに丁寧に煙を当てて、薄く削ぎ切りにしたものだった。大同府に数年いたが、口にしたことはない。

「肉に煙を当てるという方法は、俺も知っている。軍の兵糧でそれをやることもある」

「保《も》ちをよくするために、そうするのでしょう。これは、木を選び抜いてあります。煙は、香りをつけるためのものなのです」

「そうか。どんな木でもいい、というわけではないのか」

「国も、そうです。男が拠って立つのに、どんな国でもいい、というわけではありませんでしょう」

「泥胞子殿は、なにが言いたいのだ」

「別に、特には。このところ、国がよく入れ替ります。西域の諸国も、気づくと国が変っている、というような情況であるようですし。しっかり大地に立とうとするなら、国は選ばなければならない時代なのだと思います」

「妓楼の主人が、西域のことまで知っているのか」

「はい、この妓楼には、長い旅の途次で上がられる方も、少なくないのです。遊妓に相手をさせたあと、話し相手には年寄を求められることもあるのです」

「なるほどな。大同府が要衝であるというのは、人の往来まで含まれているのか」

「むしろ、それでありましょう。人がよく往来すると、物流も盛んになります」

「こんなところに、世の趨勢《すうせい》を見つめている人がいる。いま、よくわかったような気分だよ」

その話は終りだと、完顔遠理は酒を飲んで肴を口に入れ、買った詩集に手をのばした。

「その詩人は、郊外の森で、首をくくって死にました。病で、しかも世に受け入れられない悩みを抱えていたようです」

「ここの書肆で、受け入れられたではないか」

「私ひとりに。将軍が加わって、二人に受け入れられました」

「俺はまだ、中を読んでいない」

「いずこからか、これを購うために来られました。それは、充分に受け入れられたということです」

「なるほど。ところで泥胞子殿は、これを読まれたのか？」

「韻をわざわざ崩したりしたところが、衒《てら》いになってしまっております」

「わざわざ崩すというのは、それを感じさせてしまうのか」

「自然に崩れてしまった、というのではないのですね」

「愉しみになってきた。詩集として書き上げ、たとえひとりといえど受け入れて貰ったのに、なにゆえ死を選んだのか、読みとれるかもしれん」

「たやすく読みとれると思います。求めていたのが、天下の名声ですから」

完顔遠理は、開きかけた詩集を閉じた。

「私は、無名の詩人を求められた、将軍のお心の中を知りたい、と思います」

なぜこの詩集が欲しいのか、なぜここまで来たのか、自分で深く考えたわけではなかった。ただ、抑えきれない衝動のようなものに、無名の詩人が方向をくれたような感じだった。

完顔遠理は、もうひと切れ、肴を口に入れた。

「男の生き方が、難しくなっております。そういう時代なのでしょうね」

「そうかな。見事に死ねばいい、というだけのことだろう」

「ひとりでは、難しいのですよ」

「おい、死ぬ時はひとりだろう」

「死というものを考えればそうですが、男の死に方となると、また違ってきませんか」

泥胞子がなにを言おうとしているのか、完顔遠理は考えた。この城郭へ来れば、この男に会うことは、はじめからわかっていた。無名の詩人を求めたのではなく、この男に会いたいと思ったのではないのか。

「もうよそうか、泥胞子殿」

「ほかに語ることもございませんよ、将軍。死ぬことを語ると、最近では身に迫ってきて、どうしようもなくなるのですが」

「チンギス・カンと所縁《ゆかり》のある人だよな、泥胞子殿は」

「所縁もなにも、臣下でございますよ」

「ほう。はっきり言うではないか」

「もう、隠しても仕方がないものになってきています」

「いつから、臣下なのだ？」

「気持としては、チンギス・カンが十三歳のころから。それから数年後に、臣下に加えられたのですが」

臣下と聞いても、完顔遠理には、驚きはあまりなかった。こういうこともあるだろう、とどこかで思っていたのか。

「俺は、首を打たれて仕方のない人間なのだが」

「わが殿は、そのようなことは好まれません。むしろ、完顔遠理将軍を認め、臣下にしたいと考えられます」

「それは、チンギス・カンが直接言ったわけではあるまい」

「そう考えられるであろう、と言っているのです。もっとも、将軍のことをまだ憶えていたら、ということなのですが」

泥胞子の視線が絡みついてくる。完顔遠理は、声をあげて笑った。

「臣下になっていたら、面白かったかもしれんな。いま、そう思った」

「無名の詩人が、私が詩集を買い上げた時に、わずかだが世に受け入れられたのだと、考えることができたら、この場で一緒に飲んでいたかもしれません」

縊死《いし》したのは、この世に受け入れられなかったのが原因だったのか、と完顔遠理は考えた。死はもっと、魅惑的なものでもあり得るのではないのか。意味もなく、ただ魅せられた詩人は、縊死に失敗すれば、人の心をふるわせるような詩が、書けたのではないのか。

「泥胞子殿、この詩集は、燃やしてしまおうと思う」

「お読みにならずにですか？」

「それでこそ、無名の詩人だ。燃やしてしまえば、これから先、誰かが知るということもない。無名でさえなくなるのだ」

「意地の悪いなされようです、将軍」

「ここにいればいい、というようなことを言ったのは、泥胞子殿ではないか」

「二人とも、意地が悪いということですか」

「燃やそうと言った俺の方が、底意地が悪いのだろうな」

泥胞子が、たおやかな仕草で酒を注いだ。

隙がない。この男の体術がどれほどのものか、酒を注ぐ仕草でもわかる、と完顔遠理は思った。

「将軍、今夜はお泊りになられますね」

「そういう気はない」

「お泊りになられた方が、よろしいかと。遊妓をつけはいたしません」

「泥胞子殿、俺は敗残の軍人だ。妓楼で遊ぶ余裕などない。そのつもりもない」

「ここを、城内の安宿だと考えていただければ」

「城外に、宿を取っているよ」

「そこを見張ろうという者が、おりましてね。蹴散らすのに、それほどの手間はかかりませんが、まあ避けられた方がよろしいかと」

「俺が、見張られていると？」

「宿を取られた段階で、主人から情報が流れております。老いた馬を、そのままにしておかれれば、怪しまれもしなかったと思うのですが」

若い馬に、買い替えた。馬の選び方が、商人や文人のものではなかったと、完顔遠理はようやく気づいた。軍人として馬を見、それで適当だと思えるものを選んだ。悍馬《かんば》だと馬商人は言ったが、完顔遠理はむしろ好ましいと感じたのだ。

「自分を隠す方法が、中途半端だったということか」

「明日、もっと大袈裟に変装して、ここを離れられたらよろしいかと」

「大袈裟に？」

「その方が、むしろ怪しまれないのです。特に、ここは妓楼です。変装して上がる人が、少なくありません。だから、変装があたり前と言っていいほどです」

「なるほど」

「顔は、布で覆われることです。悍馬を乗りこなそうとはしないことです。そこそこの馬を、差しあげます。あまり駈けると潰れてしまいそうですが、いざという時には、十里は疾駆できます」

五十里疾駆できる馬を、完顔遠理は求めた。

泥胞子が、穏やかに笑った。

「今夜は、その詩集を読んでみませんか。それについて、語ることはなにもないかもしれず、夜っぴて語ることがあるかもしれません」

「なるほどな。いい考えだ、という気がする」

肴が尽きると、肉の料理が饅頭《マントウ》とともに運ばれてきた。

「私は、愉しみですよ。無名詩人の詩を、二人で論じ合えるのです」

完顔遠理は、杯に残った酒を呷った。

四

チンカイという男は、こちらに口を挟ませないほど早口で喋り続けた。それに対して、耶律楚材は、うつむき黙って聞いている。四刻ほどチンカイが喋り続け、これで終りだというようなことを言ってから、耶律楚材は口を開き、訥々《とつとつ》と言葉を出す。三つか四つのことを言い、それは束の間で終るのだが、二人の会話はきちんと成り立ち、伝えたいことを伝え合っているように、ヤルダムには聞えた。

そういうことが、もう五日は続いている。

チンカイは、ほんとうはこれほど饒舌《じょうぜつ》ではないのだろう。耶律楚材も、決して寡黙ではない。

最初に出会った時から、立合に似たものがはじまっている、とヤルダムは感じた。それは五日経っても変らず、ヤルダムだけが倦《う》みはじめていた。

チンカイの言うことは、内容としては丁寧だった。耶律楚材の方は、削りに削って、肝心なことを、短い言葉だけで表わしている。

双方とも、無駄な言葉があるとは感じられず、それについてはヤルダムは驚くというより、呆《あき》れていた。

鎮海《ちんかい》城の、本営とされている建物の、入口の部屋だった。

建物は、石と日干し煉瓦《れんが》で造られていて、少し離れたところに、よく燃えそうな木の建物がある。

本営が燃えていることを装うために、その木の建物はあるのだ、とヤルダムは思った。ここを攻撃する者が、本営のあたりから上がる、焔と煙を見るのである。それで攻め方を変えるに違いなく、裏を掻く方法が城内にはあるということだった。

建物は草原では見ないものだし、戦のやり方も、ずいぶんと違うのだろう。

「城外に、大きな集落が拡がっています。俺は、それをよく見ておきたいのですが」

「チンカイ殿とのやり取りに、もう倦《あ》きて、疲れたというところか」

「いえ、話はとてもためになりましたよ、耶律楚材殿。鎮海城が、どういう構造になっていて、そのためには金国の職人も遣われ、モンゴル国の職人がそれを見て腕を上げたことも、どんなふうに養方所ができていったのかも、細かいところまでよくわかりました」

「これ以上、わかる必要はないいか」

「戦のことを、もっと語られるのなら、それは聞いてもいい、という気はします」

ダイルが死んだ戦については、チンカイは多くを語らなかった。

「チンカイ殿の話を聞きながら、私は測り続けてきたよ。どういう人間なのかとな」

「それで？」

「なかなかのものさ。あれだけ喋って、無駄と思えるものはひとつもなかった。私が知るかぎり、そういう人間はボオルチュ殿だけだよ」

魚兒濼《ダライ・ノール》で会ったボオルチュは、どこか歳をとったように見えた。考えてみれば、祖父のチンギスもボオルチュも、かなりの年齢になっている。

「もう、聞いても仕方がない、と思っているのか」

「正直に言えば、そうです」

「私もだよ、ヤルダム。チンカイ殿は、これまでなにをやってきたか、ほとんど全部喋った。私も、喋った。あとは、お互いに自分のことを喋るしかない、というところまで来ているのだよ」

「はあ」

「チンカイ殿と私が、自分のことを語るのを聞く必要はないぞ、ヤルダム」

「そう言われても」

「おまえは、ひとりで謙謙州《ケムケムジユート》へ行ってこい。無論、楊剣《ようけん》は護衛としてついて行く。謙謙州までは、道が整備されているし、駅もあるという。陳高錬《ちんこうれん》がいるし、オルギル駅長もいる」

二人の名は、謙謙州への道の説明の時に、何度も出てきた。

「耶律楚材殿は？」

「ここにいて、石のひとつひとつまで見て歩く。城外の建物もすべて回る。近隣の村にも行ってくる。そして夜は、チンカイ殿と酒を酌み交わす」

「謙謙州を臣従させて、百日で戻らなければならないのです」

「だから、おまえはもう出発する。明日の朝、北へむかえ」

「耶律楚材殿がいなければ、なにもはじまらないと思います」

「いや、おまえで充分にはじまるはずだよ。おまえの方が、むしろいいのだ。陳双脚《ちんそうきやく》については、チンカイ殿の話の中に多くあっただろう」

「わかりました、とたやすく言えません。百日で戻らなければならないのですから。祖父が、自分の口でそう言ったのですから」

「とにかく行ってくれ。急ぐ必要はない。駅には必ず泊り、そこをよく見て、印象を書きとめろ。駅の造りがどうのというようなことではなく、あくまでも印象だ。これは間違えるな」

耶律楚材が言っていることは、なんとなくわかった。ただの報告ならば、細かいところまでたやすく手に入る。命ずればいいだけのことだ。

印象を届ければ、これは新鮮なことだろうが、届ける人間についてもよく見えてしまう。

「チンカイ殿とは、親しくなれそうなのですか?」

「もうなっている。そしてお互いに、もっと深く相手のことを知りたいと思いはじめた」

チンカイの気持を摑まないかぎり、謙謙州を臣従させるのは難しい、というようなことを祖父は言っていた。いまの自分に摑めるわけもなく、耶律楚材がそうしてくれるのを待つしかない。

「謙謙州へむかいます、俺は。とにかく、むかいますよ」

「チンカイ殿の気持を摑めるかどうかは、いまだにわからない。私はただ、モンゴル国というものに驚いている。国土の広大さ、軍の精強さについては、言われる通りなのだろう。しかしその強さを支えるものとして、ボオルチュ殿の存在があったことに、驚いた。あれほどの人物は、金国にはひとりもいなかった。そして、チンカイ殿がいることにも、驚かされた」

耶律楚材が、金国の若い優秀な文官であったことは、ボオルチュに教えられた。文官というものについて、ヤルダムは深くは知らない。

生まれ育った地では、文官は豪放な父の顔色だけを窺《うかが》っている、という存在にしか見えなかった。アウラガの学問所には、文官を志す者も少なくなかったが、みんなどこかもの足りなかった。

「明日、早朝に、俺は発ちます。今夜は、楊剣と二人でいますので」

「別に見送ったりはしない。自分を失わず、やるべきことがなにか考えろ」

ヤルダムは頷いた。そうするしかなかった。なにかをはじめないかぎり、やるべきことは見えてはこないのだ。

宿舎の寝台に行くと、明日、二人だけで出発する、と上の段の寝台にいる楊剣に伝えた。寝そべっていた楊剣は、わかったとだけ返してきた。

翌朝、荷駄を一頭曳いて、鎮海城を出た。

民の家がしばらく続くが、それから先は、原野の中の道になった。土地の勾配を、できるだけ消すようなかたちで、道は造られている。荷車の通行をたやすくするためだろう。

魚兒濼からアウラガを経て鎮海城へ来たが、道はかなり前からあり、街道と言ってもいいようなものだった。ただ、土地と同じように、道も勾配を持っていた。

鎮海城と謙謙州を結ぶ道は、いろいろな意味で新しいと感じた。

十騎ほどに行手を塞《ふさ》がれたのは、夕刻になろうとしているころだった。

「ここは、道だろう」

逆光の中で、黒い影だけに見える十騎にむかい、ヤルダムは言った。十騎が現われた時から、楊剣はヤルダムの前に出て、攻撃を妨げる構えをとっている。

「通る資格を問われる道なのだ。物見遊山など、許されない」

「俺が、遊びに来たように見えるのか?」

「なんとなく、そう見える」

「われらは、目的を持ってこの道を進んでいる」

「ならば、その目的を言え」

挑発はしてくるが、害意はまったく感じられなかった。

「やめよう。俺はヤルダムという。耶律楚材という人の代理だ。チンギス・カンの命を受けて、謙謙州へむかっている」

「チンギス・カンの使者だというのか。ならば、きちんと隊を組んでいるであろう。なぜ、二人だけなのだ。それに、なんとかという男の代理だと」

「隊を組んでいない理由は、チンギス・カンに訊いてくれ。耶律楚材殿はいま、鎮海城でチンカイ殿と一緒にいる」

「そんなことはな」

「もうよせ、と言ったぞ」

「そうだな」

一騎だけが、駈け寄ってきた。

「悪かった。俺は、陳高錬という。ヤルダムと楊剣については、チンカイ殿から知らせを貰った。だから、待っていた。少々、試しぐらいはしてもいい、ということだが、やめような。おまえは、まったく怯えていないよ、ヤルダム」

「陳高錬か。われわれは、この先の駅に泊りたい。しかし、すでに知っていたとは」

「駅と鎮海城を結ぶ、鳩の便がある。午《ひる》になる前に、その知らせは鳩の便に乗って届いていた。だから、待っていた」

陳高錬が笑った。ヤルダムも笑い返したが、会って話さなければならないのは、その父親の陳双脚だった。しかも、チンギス・カンに臣従せよ、という話なのだ。

「楊剣、相当剣は遣えるのか?」

「ヤルダムを、弾き飛ばすことぐらいしかできない。それでは、遣えると言えない」

「俺も大した腕ではないので、剣についてあれこれとは言えない。しかし、ヤルダムは胆が据っているな。ちょっと脅かしたら、小便をちびりながら、泣いて許しを乞うと思ったのだが」

「それについては、俺も驚いている。しばらく一緒に旅をしてきたのにな」

「俺は二年以上、カサル殿の軍にいて、将校であることを認められたのだ。死んでも、小便を漏らしたりはしない」

「わかったよ。もう行こう。俺は、おまえらに会うのが、実は愉しみだったのだ」

十数騎になった。ちょっとした軍の移動に近い、とヤルダムは思った。

陳高錬についている者たちは、みんな馬を乗りこなし、身動きもそこその者たちだ、とヤルダムと眼を合わせた楊剣が、表情で言っている。

楊剣は、粗暴なところを持っているが、心根はやさしかった。数十日の旅で、それははっきりとわかった。むしろ耶律楚材の方が、自分が大事でまわりには厳しい、というところがあり、ヤルダムは態度に注意していた。

二刻ほど駈けると、駅に到着した。

大規模な駅で、牧が併設されていた。十数台の荷車も並んでいる。

宿舎の広い部屋の隅の寝台を、あてがわれた。

楊剣は、すぐにめしを食いはじめた。なにも言わないが、しばらく眠り、夜中には起きているつもりのようだ。そうやって、ヤルダムを護《まも》るのが任務だと思っているのだろう。

まだ陽がある間に、牧を回ろうと陳高錬が言った。

二騎だけで、牧の周囲を駈けた。

「ここには、二千頭の馬がいる。牧で働いているのは、傷を負って戦に出られなくなった兵たちだ。牧童の仕事をやるには充分すぎるほどで、俺はいろいろ教えられている」

「俺は、ここまでの道のりで、最も感心したのは、道の勾配をできるだけ減らそうとしていることだったな。モンゴル国で、新しい道になっている」

「おう、それを見る者は少ない。荷車を動かしている者たちも、なんとなく楽な道だと感じているだけさ」

馬上でふりむいた陳高錬は、はっとするような表情で笑った。

「ところで、子供であるおまえに、なぜ楊剣のような護衛がつき、チンカイ殿から鳩の通信が来るのか、俺は訝《いぶか》っていた。おかしなことだと、いまも思っているよ」

「俺が望んだことではないのだ、陳高錬」

「そうだろうよ。おまえを見ていると、そう思う。旧ナイマン王国か旧ケレイト王国の、有力な氏族の血に繋がる子供だと思うと、なんとなくわかる。大事にした方がいいやつだと、あのチンカイ殿も判断した」

「違うよ。俺は、そんな血は受けていない」

牧を差配する者がいるらしい、日干し煉瓦の小屋が木立の中に現われた。

「そうだ。ここで貰って行こう」

「なにを?」

「金玉」

「おい、陳高錬、大したことはないが、俺は一応はカサル殿の軍の将校なのだ。おまえ、カサル殿を知っているな」

「モンゴル軍の東の主力だろう？」

「当然だが、おまえの金玉の問題ではないのだな。誰の金玉のことだ？」

「馬」

陳高錬がにやりと笑う。

「軍馬になる時に、ほとんどの馬は、金玉を抜かれる。それは、草原では当たり前のことだろう。捨てないさ。なにせ金玉のことなので、ひとつも無駄にせず、大事にしている」

小屋の前で、陳高錬が馬を降りた。小屋の中には、人がひとり入れそうな素焼きの壺《つぼ》が、ずらりと並んでいた。

大きな樹のむこうから、老人がひとり歩いてきた。

「陳高錬、客なのか？」

「そうだよ爺ちゃん。アウラガから来た男だよ。もうひとり、駅にいる」

「よし、それなら漬けこんで熟れたものをやろう。嚙み切らなければならないほど、しっかりと締まっているぞ」

老人が中に入った。

「おまえの祖父さんだったのか、陳高錬？」

「そう呼ぶと、喜んで、いくらか玉を多くくれる。好きなやつは、ここへ来て貰っていいことになっているが、肉ともちょっと違うので、嫌いなやつもいる」

「はじめてだな、俺は」

「誰かが、食らっているのさ」

陳高錬が笑った。

小さな壺を受け取ると、駅の宿舎まで駈けた。すでに暗くなりはじめている。陳高錬は、いくつもある外の小さな焚火を確保し、牛肉と野菜を煮た料理を、大きな皿に盛ってきた。

「食おう。金玉を食っているのがわかると、横から手を出してくるやつがいるから、食堂には行かない」

楊剣は、肉を食い、もう眠っているのだろう。野宿をしても、横たわるともう眠っているという具合だったのだ。

馬乳酒が運んでこられた。陳高錬は壺の蓋の上に箸を置き、馬乳酒を注ぎ分けた。

金玉をひとつ、口に入れた。よく嚙み切れた。肉であり、肉ではない、と思った。強い酒に漬けこんであるので、はじめは酒の味があって、嚙むにしたがって、微妙な味が口の中に拡がった。

「うまいな、これは」

そう感じたのは、嚙んだものを吞み下した時だった。

「はじめからうまいというやつは、めずらしい。それに丸ごと口に入れるというのは、十年もこれを食い続けてきた人間のやり方だ。おまえ、相当に無謀なところがあるな」

鶏の卵ほどの大きさだった。色は黒ずんでいる。

「もうひとつ、食ってもいいか」

「いいとも。八つ入れてくれた。四つずつだ」

軍馬の金玉は取る。雌馬を見て暴れたりしないようにするためだ。幼いころから、それは見てきた。食うという話は、はじめて聞いた。

四つ食ってしまうと、牛肉を口に入れた。脂が多く、やわらかかった。ヤルダムが知っている牛肉とは、違うもののように感じるほどだった。

「馬乳酒は、オルギル駅長が作りはじめたのだ。いまでは、どこの駅でも作っている」

「子供のころから、あたり前に飲んでいたよ。草原じゃ、みんなそうだ」

「部族があるだろう。おまえは、どこだ？」

「コンギラト族。それも北の方の氏族だ」

「オルギル駅長は、スブタイという将軍のもとで闘ったらしい。知っているか？」

「高名な将軍だが、俺は会ったことがない。チンギス・カンの弟である、カサル殿の軍にいたのだ」

草原のことを、陳高錬はさらに訊いてきた。答えられるものについては、すべて答えた。

それからヤルダムは、謙謙州について訊いた。ほとんどの質問に、陳高錬は答えた。

翌朝、宿舎を出ると、三人の男が立っていた。

「オルギルという。この道の駅のすべてを、統轄している」

「謙謙州まで、二人の通行を許可していただきたいのですが」

「道を通るのに、許可は必要ない。チンカイ様から、知らせを貰っている。陳双脚殿に会いに行かれるそうだな」

オルギルには、左腕がなかった。

ヤルダムは、小さく頭を下げた。オルギルが笑った。

「そこの、陳高錬の親父殿だ。なんの使いかは知らんが、息子ほど頑固ではないので、心配は要るまい」

「陳高錬は、俺にとってはいいやつです、オルギル駅長。昨夜は、遅くまで話していました」

「そうか。頑固などと言ったので、陳高錬がふくれている。実は俺は、陳高錬に許可を与えに来た。おまえたち二人を、親父殿のもとへ案内していいとな」

「そうですか」

陳高錬とともに、旅ができる。話すことは、まだ多くあるはずだった。

五

鉄鉱石はもとより、石炭も多く出るので、高炉を建てようと思えば、それはできることだっただろう。鉄塊を交易に遣えば、謙謙州の民は、もっと豊かになったかもしれない。

陳双脚がそうしなかったのは、そのための準備が、気が遠くなるほど多く必要だったからだ。鉄塊を移送するための、道が必要だった。製鉄所で働く人間も要るし、その技術も学ばせなければならない。なによりも、外からの略奪を防ぐために、強力な軍が必要だった。

自分一代の間に、それらのすべてをやらなければならず、民の負担は大きなものにならざるを得ない。

躊躇《ちゅうちょ》している間に、五千騎ほどのモンゴル軍が襲ってきて、それに備えて編制した軍を、ほんのわずかなぶつかり合いで蹴散らし、風のように去った。

チンギス・カンの長男である、ジョチが指揮していた軍だとは、後で知った。

その侵攻された経験から、謙謙州の民が導き出したのは、自らの軍を強くしようという考えではなく、強い庇護者《ひごしゃ》を捜せというものだった。傭兵を遣うべきだ、と考える者もいて、どれほどの費用がかかるのか、カンクリ族の地に人をやって、交渉させたこともある。

やはり、民の負担が大きくなり過ぎるものが必要だった。

そうしている間に、チンカイという男が、陳双脚がいる城郭へやってきたのだ。

チンギス・カンの臣下だった。鎮海城が築かれているところで、そこまで荷の移送ができる道を作ろう、という提案を受けた。

長男に一度は進攻させたが、チンギス・カンが望んでいるのは、提携の関係だった。鉄を役立てたい、というチンギス・カンの意思も伝えられた。

チンカイとの話し合いの中で、陳双脚はさまざまな保証を求めた。それはすべて、チンカイとの口約束に過ぎないものだったが、誠実というより懸命だったチンカイの気持は、少なからず陳双脚の心を動かした。

チンカイは気持を態度に出さず、言葉を多く発して内面を隠そうとする男だったが、陳双脚にはひたむきさがよく見えた。

それでもチンカイの誘いに乗るのは、陳双脚にとっては賭けのようなものだった。西方の国々の動きもあり、現状をそのまま続けていくのには、無理が生じてきそうな情況も見えていた。

西と組まず、遠いモンゴル国と組んだのは、チンカイという男を通して、チンギス・カンが信用できると思ったからだ。

すぐに、道を作ることをはじめた。まだ若い陳高錬に指揮をさせたが、チンカイが補佐にオルギルをつけてきた。

戦に出られなくなった、モンゴル軍のこの将校は、人心の掌握という点では卓抜なものがあり、いくらか不満がくすぶっていた謙謙州の民も、いつの間にか取りこまれていた。

製鉄所が作られた。そこで遣う骸炭を石炭から作り出す場所も作られた。

そして鉱山の規模が拡げられた。鉱脈は、陳双脚が予想したよりもずっと大きなもので、盆地になっている謙謙州を囲む山々の、ほぼ全部に、拡がっているようだった。

モンゴル国から、かなりの人数の職人がやってきた。謙謙州の民も、技術を学びたいと申告すれば、全員が腕のいい職人のもとにつけられた。

謙謙州の民は、職を得て、充実を感じる者が多くなった。

道はできあがったが、その保守には相当の人数が必要で、駅や牧で働く人間も多くいた。保守の指揮官を、息子の陳高錬に命じたのは、チンカイだった。チンカイはその力量に不安を抱いてはいないようだった。

モンゴル国には、強力な軍がいる。

鎮海城が、西遼や周辺の部族の連合軍に攻撃された。モンゴル軍は三千の守兵でそれに対し、数万を相手に耐え抜いた。援軍が到着して、敵は蹴散らされたのだ。

謙謙州の軍に、出動の要請はなく、道を死守せよ、と伝えられただけだった。

戦では、鎮海城の重要な人物が死んだというが、城にはまったく傷がついていない。

オルギルと陳高錬は、各駅で、鳩を飼うことに腐心した。それぞれ専従の者をひとり置き、鳩で相互の通信ができるようにした。

それはちょっと驚くべきことで、鎮海城を出発した二名が、明日、謙謙州に到着する、という知らせも届いている。

陳双脚は、新しく建てた本営の、自分の部屋にいた。方々で働く者が多くなり、また交易の部署も設けなければならなかったので、陳双脚の館が本営というのでは、手狭すぎたのだ。

趣味のようにしてやっていた三軒の食堂も、人に任せ、それは三つとも規模が大きくなっている。

謙謙州の域内でも、人の動きは活発になっているのだ。

民から税を徴収するのは以前からやっていたが、応分のものをアウラガ府に回さなければならない。そこにだけは、鎮海城かアウラガから人が来て差配するだろうと思ったが、結局は陳双脚に任され、自分の部下を充てることになった。

そういうかたちでも、民の暮らしむきは楽になっている。人が活発に動くと、あらゆるところで銭が動き、利も生み出される。

自分の器量がどれほど小さいかは、しばしば自覚することになった。それでも、謙謙州に両脚でしっかり立っている、という自負はある。

三十年ほど昔、漢民族の山師や商人が入ってきた時、平和に話し合いながら、主張は譲らなかった。

双脚という名は、両脚で立っているという意味をこめて、自分でつけたものだが、どこか滑稽なところがあったらしく、漢人によく嗤われた。

あのころは、入って来た者たちに対して、どこか気後れのようなものがあった。勝手に探鉱のための穴を掘りはじめた時、咎めることができず、見ないふりをしていた。

あの自分を忘れないために、双脚という名を遣い続けている。

不作の年が二年続き、人も家畜も多く死んだ。二度目の冬、寒さに耐えられなくなり、漢人たちはこの地を去った。

外国の力は、嫌いで怖れるようになった。

モンゴル軍が侵攻してきた時、軍を率いてたちむかいはしたが、まともな闘いは一度もやらずに、終った。血の気の多い者が五千ほど勝手に集まり、激しくぶつかったが、一刻ももたなかった。

それから数年後、チンカイがやってきたのだ。

陳双脚は、声をかけて入ってきた従者から、新しい鳩の通信の文《ふみ》を受け取った。鎮海城から、二日かけて戻ってきた鳩である。鳩の通信は、自分の巣として刷りこまれている場所に、本能的に戻るという習性を利用して行われている。あらかじめ鎮海城に運ばれていた鳩が、通信を持って戻ってきたのである。

鎮海城に、金国からの客人が来た、という情報だった。

客人と書かれているので、軍とはしっかり区別されている、と陳双脚は思った。それ以上のことはわからず、明日到着するチンカイの部下の二騎についても、なにも書かれていなかった。

索漠とした気分で、陳双脚は通信が書かれた紙の皺をのばし、それ用の箱に入れた。ある程度溜ると、従者が揃えて端を綴《と》じる。鳩の通信がはじまった時からのものは、きちんと整理して、壁の棚に収《しま》われている。

従者の仕事だが、陳双脚は自分では得手でないので、整理がうまい従者が欲しかった。ようやく、そういう従者がついた、というところがある。

山の氏族の長が挨拶に来たので、陳双脚は将校などが集まる大広間に出た。

山の氏族は、百ほどはこちらに帰属してきたが、まだ二十以上は残っていた。

盆地の氏族は、部族と呼べるだけの規模で、ひとつにまとまっていた。山中だけが、謙謙州が抱えている厄介事で、それをひとつにまとめれば、力は相当にあがる。

「ほかの者たちには、どんな待遇を受けているか、話してやってくれ」

挨拶を受けてから、陳双脚は言った。山の氏族も、盆地の氏族と同じ扱いである。ただ、山の氏族は、盆地からの圧力を受け続けた歴史がある。それで、氏族ごとに小さくまとまって、肩を寄せ合って生きるようになった。

帰属していない氏族は、全部が深山に拠って立っている。外との交わりも、最小限にされているようだ。

陳双脚は、深山の地に眠る鉱物を、探そうと思っていた。鉄は充分に出ているが、ほかのものもあると、長く陳双脚のもとで仕事をしてきた山師は、確信しているようだ。ただ探鉱だけでも、その氏族の協力が必要になってくる。

すべてのことは、順調に進みはじめている。鎮海城への道を拓《ひら》き整備したことが、大きな力になっている。

このままでいい、と思うこともあったが、なにかが足りないという感じが、つきまとっている。足りないものを見つけ出すことが、陳双脚にはできない。

夜になり、女を呼んで寝台で抱き合った。寝台に入ってくる女は三人いて、老いはじめた妻とは睦《むつま》じくすることはなくなった。

眠っていた。

眼醒めると女はおらず、陳双脚は部屋にあった水で顔を洗い、衣装を整えて外に出た。

製鉄所は夜も昼も同じように動いていて、煙がふた条《すじ》たちのぼっているのが見える。

本営の前の広場を歩いて、文官の仕事をしている者たちが近づいてくる。思い思いの場所から、挨拶の言葉をかけられる。

軍営の方では、二十名ほどの兵が行進し、謙謙州の青と黄色の旗を、長い竿に掲げている。

朝のひと時、陳双脚は忙しくなる。前日に報告を受けたものを、どう扱うか判断し、それを伝え、場合によってはすべてをやり直させる。

気づくと、正午を過ぎていた。

陳双脚は、本営の食堂で、麦の粉をかためて焼いたものと、川で獲れる魚の干物を食った。毎日、肉ばかりは食わなくなった。

自分で長く食堂をやってきたので、料理には言いたいことがいくらでもあった。はじめのころ、料理人を呼んであれこれと言っていたが、次元が違うのだとある時気づいた。

本営の料理人は、数百人分を一度に作らなければならない。そして、銭を取るわけではない。

広場に、騎馬隊が入ってきた。

指揮しているのは、陳高錬のようだ。

本営の前で下馬し、整列したので、陳双脚は前に立ち、報告を受けた。

鎮海城から、陳高錬が二騎を護衛して到着したということだった。

「楊剣にヤルダムだな」

「ヤルダムに楊剣です」

年嵩《としかさ》の方がそう言ったので、陳双脚は口もとだけで笑った。

「長い旅、御苦労だった。宿舎で休め」

「いえ」

若いヤルダムが言った。陳高錬よりも若かった。こちらが使者で、楊剣の方が護衛ということなのか。チンカイがわざわざ知らせを寄越すほどの使者なのか。

「とにかく、休め」

「いえ、まずは、俺の使いの目的を、陳双脚殿にお伝えしたいと思います」

「わかった。中に入れ」

入口にある、会議などもやる大広間で、隅の小さな卓を挟んで、陳双脚はヤルダムとむかい合った。

「申しあげます。陳双脚殿には、チンギス・カンに臣従していただきたく、それをお伝えに参りました」

一瞬、言われたことの意味が、うまく摑めなかった。

臣従と言ったような気がする。言葉の意味はわかるが、なぜ自分に言われるのか、うまく理解できなかった。

「おい、ヤルダム。なんのつもりだ。おまえのような子供が、俺にむかって臣従などという言葉を、口にするかな」

「俺は、伝令のようなもので、ただ伝えるだけなのです」

「ならば、聞いた」

「お返事をいただきたいのです」

「そのうちにな。こちらからも、伝令を出そう」

「鎮海城を経由してアウラガへの伝令も、俺の任務です」

「モンゴル軍では、子供が任務を与えられるのか？」

「子供かどうかは別として、俺は与えられました。そして、それを全うしたいのです」

「全うしたよ。帰りも全うしたいのなら、お断りします、という返事をやろう。わけのわからないことに、頷くわけにはいかん」

「陳双脚殿と話をして、承知していただくのも、俺の任務です」

チンカイは、なぜこんな子供のことを、鳩の通信に載せたのだろうか。鳩の数はかぎられているので、重要と思えるもの以外は、載せたりはしないのだ。

「とにかく休め、ヤルダム」

「休むのは、任務を終えてからです、陳双脚殿」

陳双脚は、臣従とはどういうもので、たやすくできることではない、とヤルダムに言い聞かせた。いまの提携の関係で、充分にうまく行っていたとしても、足りないものがないわけではない、とヤルダムが反論する。

かなりの言葉を交わすことになり、陳双脚はヤルダムに椅子をすすめ、自分も腰を降ろした。たやすくひねり潰したと思った相手が、倒れていない。それどころか、反撃してこようとさえする。

そしてヤルダムの態度は、決して興奮したものではないのだ。眼には、むしろ冷静と思えるような光がある。

二刻ほど経っても、ヤルダムが苛立《いらだ》った素ぶりは見せず、かっとしかかっている自分を見つけて、陳双脚は一瞬、焦りのようなものに襲われた。

「提携では足りないものがある、と言ったな、ヤルダム。なにが足りないのだ。俺には充分だ、と思える」

「いまのように、物流を盛んにしていくことが目的なら、提携で充分です」

「ほかに、なにが必要だと言うのだ？」

「必要なものは、充分だと申しあげています。人は、必要なものだけで生きるのでしょうか。それだけで、心が満たされるのでしょうか。国というものもまた」

「待て、ヤルダム。何様のつもりだ。わずか十数年しか生きていないおまえが、国や人生について、俺に語るのか」

「俺は、自分で考えていることを、申し述べているのです、陳双脚殿。確かに、なんの経験もありませんが、国がなにか見ようとはしてきました」

「どんなふうに見えたのか、俺に教えてくれ、ヤルダム。国がなにか見てきた、と言ったのだぞ」

「国が、なぜ多くあるのですか。そして、長い間、争い続けてきたのですか」

「なぜという理由はない。もともとそうで、これからもそうだ」

「以前は草原に多く部族の国があり、激しい争いをしてきました。いまも、部族はありますが、争いは起きていません。モンゴル国というかたちで、ひとつにまとまっているからです」

「それは、チンギス・カンのすぐれたところであろう」

「夢なのですが、モンゴル国がもっと拡がり、ひとつの国になっていく。同じことがずっとなされていく。やがて、国というものはなくなります」

陳双脚は、声を上げて笑った。ヤルダムが言うのは、正しい理想である。そして、非現実でもある。青臭い理想を述べるのなら、十数歳の子供にもできるだろう。

チンギス・カンの臣下に加わることに、陳双脚には大きな抵抗があるわけではなかった。謙謙州がモンゴル国ということになれば、いま滞《とどこお》りがちの書類の仕事など、もっと手際のいいアウラガの文官に代って貰うこともできる。一旦、陳双脚が税を徴収し、その一部をアウラガ府に運ぶという手間も、かからなくなってくる。

しかし、こんな子供に、臣従せよと言われなければならないのか。

「陳双脚殿に、アウラガへ行っていただきたいのです。そして、チンギス・カンに拝謁してください」

「おい、ヤルダム。気軽に言ってくれるではないか。俺がアウラガへ行って、そこで殺されないと、おまえが保証できるのか？」

「人質がいれば」

「どんな人質がいるというのだ。それなりの価値がなければならんのだぞ」

「俺が人質になるというのでは」

陳双脚は、笑おうとした。

「チンギス・カンの血族です」

「なんだと」

「父はコンギラト族のブトゥ、母はチンギス・カンの娘のコアジン・ベキです」

「チンギス・カンの孫が、供回りも連れずに、ここへ来たと言うのか。信用できるか」

「信用していただくしかありません。ほんとうに孫なのですから」

なぜか、孫であるということを、陳双脚は微塵《みじん》も疑っていなかった。

「もういい、ヤルダム。返事は明日だ」

陳双脚は腰を上げ、奥の自分の部屋には行かず、馬を曳いてこさせ、館の方へ帰った。

居室で、しばらく考えこんだ。

どう考えても、ヤルダムとの議論は自分の負けだった。ただ、ヤルダムがチンギス・カンの孫である、と言ったのは最後のところだ。それを差し引いても、負けは負けなのか。

夜が更けてから、陳高錬が酒を持って入ってきた。高錬はまだ妻帯していないが、独立した家を館の外に構えている。

「たまげたぞ、高錬。ヤルダムも俺を驚かせたが、孫をひとりで寄越したチンギス・カンにはたまげた」

「俺も、驚きましたよ。チンカイ殿が御存知かどうかは、わかりません。耶律楚材という人は、当然知っているでしょうが」

「俺のような、年寄の時代では、とうになくなっているようだな。おまえが承知なら、チンギス・カンの臣下に加わろうと思う」

「それが自然かもしれないと、以前から考えてはいました」

「チンギス・カンに、催促されたということなのか」

「アウラガに行かれますか？」

「行こう」

「ヤルダムを、人質として残して？」

「まさか。俺をチンギス・カンの前に連れていくのが、ヤルダムさ」

国家についてまで、ヤルダムは語っていた。

陳双脚は、国家というものについて、真剣に考えたことはない。部族の安寧ばかりに眼をむけてきた。

「飲みましょうか、父上」

陳高錬が、杯を二つ卓に置いた。

聖なる山

一

アウラガからカラコルムまでの、およそ一千里を、チンギス・カンの麾下は三日で駈けるらしい。

それほど急いでいるとは思えなかったが、タュビアンはついていくのが精一杯だった。とにかく、馬の質がよかった。乗りこなす兵の力量も、大変なものだと思った。戦では、これに引き馬を二頭つけることもあるという。

陽が落ちると、無理をせずに夜営に入った。兵たちは馴れていて、先行した十騎が幕舎を整え、焚火を作り、肉を焼いて待っているのだ。

チンギス・カンは、馬の手入れを自分でやった。それから幕舎に入り、革の套衣《とうい》を着て出てくる。中央の焚火の前に置かれた胡床に腰を降ろす姿に、疲れは見えなかった。

焚火が五つ、幕舎の前に篝《かがり》がひとつ。それで夜営地は充分に明るかった。

「大変な手並みですよね。あんなに速く移動するのに、夜営地はすでにできあがっています。馬の囲いの縄まで張ってあって、到着した時は驚きました、ソルタホーン殿」

「あたり前のことになっているので、驚いたりはしないが、みんな自分がやるべきことを心得ていて、無駄な動きがないのだ。見事だと、ジェルメ将軍やクビライ・ノヤン将軍は感心される」

「アウラガにいた時から、麾下はやはり特別なのだと私は感じていましたが、本人や家族が、力を持ったりするのですか？」

「それぞれ、自分の持っている力を出しているだけだ。麾下は、たえず新しくなっていて、麾下から出た者が、軍の中で力を持つと思えるのかもしれん。殿はよく、夜営地で麾下の部下たちと話をされる」

「それは見ていました、ソルタホーン殿」

「ジャカ・ガンボという人を、俺はよく知らない。しかし古い将軍方は、懐かしそうに接しておられた。ジャカ・ガンボ殿と一緒に闘っていたころ、麾下はここまでできあがってはいなかった、と思う。おまえがジャカ・ガンボ殿に聞かされてきた麾下の軍とは、ずいぶん変っているだろうさ」

「まったくですよ。精強の騎馬隊がいる、としか俺は教えられませんでしたから」

「自分が駄目だと思ったことはあるか、タュビアン？」

「いつもですね」

言って笑ったが、ソルタホーンは表情を変えずにこちらを見つめていた。

「はじめて戦を見た時、双方の兵力を数倍と言ってしまいました」

「それは、慣れの問題だな」

「しばしば、物の値の動きを、読み間違えます」

「経験を積むにしたがって、少なくなるはずだ」

「確かに。いまは、昔ほど間違えません」

「自分がほんとうに駄目だとは、思っていないだろう、タュビアン」

ソルタホーンが笑った。

「私は、駄目なのだろう、と思います。しかしなにかに直面した時、駄目だろうという思いは、忘れてしまっています。妙に自信を持ったりするのです」

タュビアンは、チンギス・カンがいる焚火を囲んでいた。二十名ほどの兵が作る、小さな輪である。ほかの焚火を囲む輪は、もっと大きかった。

「若いのだな、タュビアン。考えてみると、ここの兵たちと同じぐらいか」

「どれぐらいの期間、麾下としているのですか？」

「二年。長くても三年。そこは、アウラガの本営にいる三人の将軍が、面倒がらずに選んでくれている。二年麾下にいると、モンゴル軍のどこへ行こうと、将校として通用する」

「そうですか」

「麾下にいるだけで、さまざまな力を持つのかという質問だが、それがないから将校になれるとも言える」

「愚かな問いをしてしまった、と思います。そういう愚かさが、私の駄目なところなのでしょう」

「そういうのも、老成と言うぞ、タュビアン。愚かでいいのだ。失ってはならないものを失ってしまうより、若者は愚かな方がいい」

失ってはならないものがなんなのか、タュビアンは訊けなかった。

「俺も、もう三十歳になる。殿のそばに置いていただいたのは、おまえよりも若いころだった。あっという間の、十年だったよ」

「ソルタホーン殿も、まだお若いと思うのですが」

「そう思おう。十年で、倍以上の齢を重ねたような気分だが」

「それでも、チンギス・カンよりは若いのです」

「だな。殿はもう、五十を越えられた。これから年齢と闘われるのは、殿の方になる」

チンギス・カンがいるところから、笑い声があがった。昨日の夜営で話していた兵たちは、ひとりもいない。

酒が、配られてきた。

「麾下の前で殿が飲まれる時は、兵にも酒が配られる。それ以外の時は、幕舎の中でお飲みになるのだ」

「コデエ・アラルの牧にお供した時、私は幕舎の中で、酒のお相手をいたしました」

「殿は、たまたまそばにいた者と、気軽に飲んだりされる。それでも、おまえは運がよかったと思うべきだ」

コデエ・アラルは、ヘルレン河の中洲《なかす》というかたちになるが、流れが分流し、再び合流するところまで、七十里あり、とても中洲や島とは言い難い気がした。

ジャカ・ガンボはすでに帰路についていて、タュビアンはチンギス・カンの側近の中に放り出されていた。

コデエ・アラルへ供をし、ヘルレン河の上流の鉄音《ズルフ》にもついて行った。

そこで見たのは、モンゴル国の力の一部だった。遊牧だけではないとわかっていても、実際に内部に入って見てみると、その持つ量感に圧倒された。

それは、たとえば燕京の人の多さが猥雑《わいざつ》さに近いものになっているのとは、まるで違う量感だった。

「カラコルムには、離宮とでも呼ばれるものが作られるのだろう、と私は思っています。草原では最も広い平地が続いている、ということぐらいしか、私は知らないのですが」

「そこで、また酒を飲みたいか」

「いえ、チンギス・カンがなにをなさるのか、見てみたいというだけです」

「行ってみればわかる。明日早朝に進発して、ほぼ四刻で到着する」

「そんなに近くまで、来ているのですか」

「アウラガを進発した時の俺の予測では、今日中に到着するはずだった。殿は、途中で馬の脚を落とされた。夜営を愉しみたい、と思われたのだ」

「そうなのですか。なにからなにまで、驚きです」

「いま、殿は愉しそうにしておられる。早く酒を飲んでしまえ。器が空いていたら、もう一杯、貰えるかもしれん」

タュビアンは、束の間、器の酒を見ていたが、両手で持つとひと息で呷った。

翌早朝、進発した。

ソルタホーンが言った通り、三刻ほどで起伏の少ない土地になり、四刻で本営らしき建物の前に到着した。

建物の前の柱に、モンゴル国の旗が掲げられた。

麾下は全員、直立して、旗を見上げていた。ソルタホーンは、すぐには解散の声をあげず、本営の石造りの建物と、それと並ぶようにして組み立てられた巨大な家帳《ゲル》の周囲を、馬を曳いて行進させた。

それがどういう意味を持つのか、タュビアンにはわからなかったが、杖をついて右脚を引き摺りながら、最後尾に続いた。

一周で一里ほどで、ようやく解散の声がかかり、タュビアンは鞍を降ろした。

自分が休む前に、馬の手入れをするのは、モンゴル軍ではあたり前のことだった。それを、自然に受け入れることができたのは、ジャカ・ガンボも同じだったからだ。

馬にも乗らず、巡礼の旅に行こうとして、死にかかって倒れた自分に、乗馬を教えてくれたのは、ジャカ・ガンボだった。

馬を大切にするのは、当然できるようになった。しかし、ジャカ・ガンボのように、馬と語ることはできない。何度も語ろうとしたが、馬はなにもこたえてこなかった。

「タュビアン、殿がお呼びだ。大家帳へ行って、衛兵に名を告げろ」

ソルタホーンが言った。

手入れを終えた馬を、馬匹《ばひつ》を担っている者に渡し、杖をめまぐるしく遣いながら、大家帳の前に行った。名を告げると、中に通された。

入口の大広間のところに、男がひとり立っていた。入っていいのかどうか、迷っている気配がある。

「チェスラスと言います。入っていいのでしょうか?」

「タュビアンです。私にも、わかりません。ここで待ちませんか?」

「一緒に待っていただけるのなら、俺はとても気持が楽です」

「待ちましょう」

チェスラスが、かすかな笑みを口もとに浮かべた。まだ若い。自分より歳上だとしても、二つ三つだろう、とタュビアンは思った。

半刻ほど待つと、上品そうに着物を着こなした女が、広間に出てきて、外に歩いていった。似たようなことがあった気がしたが、ボオルチュから聞いた話だ、とタュビアンは思い出した。

チンギス・カンの居室に女がいる時は、声をかけてはならない、と言われていたのだ。

しばらくして、居室に呼ばれた。

従者のひとりに導かれ、チェスラスと二人でチンギス・カンの居室に入った。

チェスラスは直立しているが、タュビアンは拝礼した。

チンギス・カンは、従者に具足をつけさせているところだった。

座るように言われたので、チェスラスとタュビアンは卓の前の椅子に並んで座った。

チンギス・カンは、二人の前に座ると、馬乳酒を飲みはじめた。二人の前にも、馬乳酒が入った器が置かれた。焼物だった。

「おまえたち三人が、やることがある」

「二人しかおりません」

「正午を回ると思うが、もうひとりは鎮海城《ちんかい》からここへ到着する。おい、タュビアン、俺が三人と言ったら、三人なのだ。誰だかは、おまえたちで捜せ」

「捜すのが、やることなのでしょうか？」

「タュビアン、口を閉じていろ。三人がやること、と俺は言ったぞ」

タュビアンは、うつむいた。喋るべきことの、半分近くは省略されている。省略されたものは、想像しろということなのかもしれない。

「この地に、集められるもののすべてを、集めよ」

集められるものがなにか、タュビアンは訊かなかった。すべてなのだ。

「耶律楚材《やりつそざい》ですか？」

チェスラスが、低い声で言った。

「だったらどうする。会ったことがあるのかどうかは知らないが、いろいろと含むところはあるのだろうな」

「俺は、耶律楚材との勝負に、勝ったのか負けたのか、よくわからないのです」

「結局、勝負はしなかった。思ったよりも、金軍は脆かったからな」

チンギス・カンが笑った。

それから、南の物資について、タュビアンに質問をはじめた。

「なんと言っても、甘蔗糖《かんしよとう》だろうと思います。北では、たやすく手に入らないものです。あれと較べて北にはなにがある、と訊かれても答えられません」

「捜せ。北の物も南の物も。おまえは俺に、あたり前のことを言うな」

「はい」

「チェスラス、兵站部隊は、四千にまで増やすぞ。その中の二千は、戦ができるように鍛えあげろ」

チェスラスは、兵站部隊を率いているらしい。つまり物資とは、深い関係があることになる。

耶律楚材の名が出てきたのは、ちょっと驚いたが、どこかで縁が繋がっているようで、悪い気分ではなかった。

さらに半刻ほど、チンギス・カンはカラコルムの地について語り、ようやく退がっていいと言った。

大家帳の外に出た。

本営らしい建物は、石と煉瓦で造られていて、窓も大きくとってあった。砦の建物という感じはしない。

「広いのだな、ここは。あの山なみのところまで、ずっと平地が続いている」

「そう見えるだけだ、タュビアン。実際に荷車などを動かしてみると、車輪を取ってしまう溝のような段差が多くある」

「それでも俺は、広いと感じる。気持がいいぐらいの広さだ」

草原は広い。ただ、丘の連なりでもあるので、意外に地平を見通せない。山なみのところまで、ここはずっと平地だ。

「どれほどのものが、ここに集められるのだろう」

「集めるのは、どうやら私の仕事らしい。私は臣下というわけではないので、儲《もう》けを出しながら、物を集めるさ」

それからなにをやればいいのかも、チンギス・カンと関りなく考えなければならない。誰からも任務は与えられていない、とタュビアンは思っていた。

生き方を、ジャカ・ガンボやジランやアサンに教えられただけだ。

天幕を張った食堂があり、二人で肉の皿と小麦を蒸《ふ》かしたものを食った。

ソルタホーンがいたが、老人二人となにか話しこんでいたので、頭を下げた。チェスラスはそばに行って直立し、すぐに駈け戻ってきた。

麾下の兵も十名ほどいたが、タュビアンに声をかけようとはしなかった。移動の間も、必要なことしか話しかけてこない。そして必要なことはほとんどないから、つまりは喋ってはいないのだ。

「ここの郊外に、郊外と言っていいのかわからないが、二千騎が駐屯している。殿を護る軍だろうと思う」

「アウラガからソルタホーン殿と一緒に移動してきたが、姿は見えなかった」

「影のように動く、という噂だよ。兵站も、あの部隊には通さなくていい」

「そんなものなのか」

「兵站をやっていると、さまざまな軍と交わるのだが、あの軍は負傷者も出さないのだな。戦場に兵糧を届けたら、空になった輜重《しちょう》に負傷者を載せて後方に移送する。あの部隊の負傷者というのは、いまだ会ったことがない」

負傷して動けない兵は、その場で自裁する。それをチェスラスは臭わせているのかもしれないが、ほんとうのことはわかるはずもなく、考えたくもなかった。

食事を終え、ちょっと高い場所に行った。

見張り櫓《やぐら》が二つあるが、登ることは許されなかったのだ。

「ここに、兵はどれぐらいいるのだろう?」

「五百だな。二度、兵糧を届けた。それで出した人数で、一度に五百の兵を見たわけではない」

「まだ営舎などもないが、これからということか」

「工兵隊が、魚兒濼《ダライ・ノール》からこちらへ移ってくる、という話を聞いたよ」

遠くに、騎馬隊が見えた。二、三十騎だろうが、軍ではないのはタュビアンにもよくわかった。

「耶律楚材と、なにかあったのか、チェスラス？」

「なにも。ほんとうにやり合う前に、敵味方ではなくなってしまった」

「私はまあ、いやな感じは持っていないよ。会ったのは燕京でね。その後、私がアウラガへ来た時、耶律楚材もいるという話だったが、鎮海城に行っていた」

「そしていま、帰ってきているのか」

「らしいな」
二、三十騎が近づいてくるのを、腰を降ろして待った。
「よう、タュビアンではないか」

近づいてくると、声をかけてきた。

タュビアンは腰をあげ、笑って耶律楚材を迎えた。

「これは、チェスラスという。モンゴル軍の兵站を担っている男だ」

「そうか。チェスラス殿か」

「殿はなしだ、耶律楚材。私たちは呼び捨てでつき合うことになりそうだよ」

「ならば、私の方もひとり紹介しておこう。陳高錬《ちんこうれん》という。謙謙州《ケムケムジュート》と鎮海城を繋ぐ道を、作った男さ」

「陳双脚《そうきやく》という人に、アウラガで会った」

「それは父だよ、タュビアン。チンギス・カンに臣従することを願って、アウラガへ行っていた」

連れていた半数ぐらいは、陳高錬の部下のようだった。そこだけが、まとまりがある。

「俺たちは、三名でここに物を集めろ、と言われている」

「チンギス・カンに？」

「そうだ、三名だったが」

「五名になるさ、チェスラス」

「陳高錬と、もうひとりは？」

「ヤルダムという、カサル将軍の軍の若い将校だよ。隠しても意味がないので教えておくが、チンギス・カンの孫さ」

タュビアンとチェスラスが、同時に声をあげた。陳高錬はただ笑っている。

「なんとなく、私はここの位置関係がわかる気がする。アウラガを起点にして、西の鎮海城へむかう、ちょうど中間がこのカラコルムだ」

「私も、位置については、なんとなく気がついていたが」

「私は、チンギス・カンに家臣のように扱われ、それでいいと思ってしまっているが、おまえは家臣ではないよな、タュビアン？」

「誰にも、臣従する気はない。チンギス・カンを、もし見限るようなことがあれば、その時は旗のもとを去る」

「そんなことを言うのは、取りこまれている証拠だとは思うのだが。まあ、商人タュビアンには、少し離れたところにいて貰った方がいいかな」

燕京にいたころと較べると、耶律楚材にはどこか吹っ切れたところがある、とタュビアンは思った。それがいいことかどうかは、まだわからない。

「耶律楚材、ひと晩、私と話す時を貰えないだろうか？」

「私の方が、欲しいぐらいだよ。私はおまえに勝てたのかどうか、いまだ決めきれずにいる」

「勝負をする前に、金国が潰れた、と殿は言われた」

腰に手を当て、耶律楚材は低い呻きをあげた。タュビアンは、横をむいた。二人だけのことで、自分には関係はない、と思った。陳高錬も、横をむいている。

「私はとにかく、殿に拝謁しなければならない。陳高錬も連れていって引き合わせる」

「わかったよ。みんなでめしを食おう。私が、食堂の席を四人分取っておく」

「頼む」

耶律楚材はそう言い、口もとだけで笑った。

二

金国の政事は、完成しているどころか、熟れきった果実のように、異臭を放ち落ちかかっていた。燕京の末期《まつご》だった。

ボオルチュの眼から見れば、それでも拾いあげるところは少なくなかった。腐りかかっているのは、政事を指導する部分だった。その重立った者たちは、帝と禁軍司令が開封府に逃げた時、ついて行った。

残されたのは、ちょっとした権限で小銭を稼いだり、それすらもやる力がなく、小さく真面目に文治に携わっていた者たちがほとんどだった。

その者たちに、実務というかたちで、もう少し重い仕事を与えても、難なくこなした。文官のありようが、そうなっていたのだ。数年後にやるべきだった仕事を、いまやらされている、というだけだった。

ほとんど全員が、一応は昇任したということになった。ボオルチュは、昇任に伴い、俸給をかなり上げてやった。

次に、小さな不正に、厳しく対処した。いささか悪質だと感じられる者、昇任した後に小銭を稼ごうとした者。およそ三十名ほどを捕え、燕京の市中を引き回し、そのうち十一名の首を刎ね、残りは追放した。

それで、燕京の政事は、以前よりも軽やかに回っている。なにしろ、朝廷がなく、自分の権利だけを主張するような廷臣もいない。やった仕事は、すぐにかたちになって見えるのだ。

もともと、民政というのは、その程度のものだった。最も手間のかかる、人を育てるという行為は、あまり必要ではなかった。人は、もともといたのである。

テムゲの一万騎が、燕京とその周辺の城郭《まち》に駐屯しているので、金軍の残党の動きもほとんどない。

ボオルチュは必要なくなり、わずかな部下を連れて、アウラガへ戻った。

アウラガ府の建物では、部下たちが立ちあがって出迎えた。いまは、李敬芳《りけいほう》が心血を注いだモンゴル法を、全土に周知させることに、力を入れている。徴税の方法などは、モンゴル国でも確立されてきて、末端で働く者は、金国の文官に似はじめている。

自室で、さまざまな報告を受けた。報告しに現われた者は、実に二十三名に達した。

それから、テムルンの待つ家帳へ馬を駈けさせた。

アウラガ府の建物から、それほど遠くない。遊牧で生きるわけではないので、しっかりした家を建てようと考えていたが、いつも後回しになる。

テムルンは起きていて、下女を相手に糸を紡いでいた。

羊の毛から紡いだ糸で布を織ると、不織布《フエルト》とはまったく違う布ができるらしい。ただ、紡ぐのにかなりの技がいるようだ。

「いいのですか。帰ってすぐに、うちに来たりして。みんな待っていたでしょう？」

「しかしな、家の方が私にとって大事な時もある。おまえの便りでは元気だと言うが、ボロルタイの便りはおまえの身を心配している」

「ボロルタイが、あなたに便りを？」

「ああ。稚拙《ちせつ》な字で、しかし心の中をなんとか伝えようとする、いい書簡だよ」

「このところ、李敬芳殿がしばしばみえて、ボロルタイに学問を教えておられます。黄文《こうぶん》の学問所に入れても、逃げ出して、二、三日、近辺を駈け回っていますから」

李敬芳は、モンゴル名をカチウンという。自分の身代りになって死んだ息子の名を、ホエルンは李敬芳に与えた。そして、カチウンが生きているように扱った。

だから李敬芳はチンギスの弟で、テムルンの兄になる。ボロルタイにとっては、李敬芳は伯父ということなのだ。黄文には逆らっても、伯父には逆らえない。

幼いころから、自分の息子だとは思えないほど、ボロルタイは剣で打ち合うのが好きだった。三歳から、馬にも乗りはじめている。そしてボオルチュより、ずっと胆が太い。

十四歳だった。将来、なにになろうと、それについてなにか言うつもりはないが、どうしても自分がその年齢だったころのことは、思い出してしまう。

砂漠を越えて大同府にむかったころ、テムジンは十三歳で、自分は十歳だった。そのころから、すべてがはじまった。

「あの子は、これからどうなるのですかね」

「おまえはどうしたいのだ、テムルン？」

「あの子を見るたびに、私はなぜか兄上のことを思い浮かべます。あなたと私の息子を、兄上はどう扱われますかね」

チンギスの従者にする、ということはひとつの考えで、ボオルチュは気に入っていた。ただ、テムルンがどう思うか、ということを考えてしまう。

「殿の従者にすれば、これはいずれ、軍の中で生きるということだよ。あの子が望むかどうかだが」

「軍人になり、戦に出ることが、ボオルチュの息子であることを最も生かせない、と私は思いますよ」

「確かに、そうだろうな」

「だからこそ、私はあの子を軍人にしたい、と思います。チンギス・カンの甥《おい》で、ボオルチュの息子というのは、あの子にとって、ちょっとかわいそうだという気がするのですよ」

「そうか。そこまで深く、ボロルタイのことを考えていたのか」

「やっと、私は羊の毛の糸を紡げるようになったのです。そうやって紡いだ糸で、布を織り、服を作ってはじめにあなたに着ていただきたい。それから、ボロルタイに。兄上は三番目です」

「そうか。殿より私が先か」

「あたり前です」

ボオルチュは、不織布の上に座りこみそうになった。思いもせず、涙がこみあげてきてそれを抑えられず、濡《ぬ》れた頰を掌で拭った。

「泣き虫、ボオルチュ」

「おまえの前では、そういさせてくれ」

「いくらでも。あなたの涙が、私の命の泉だったのですから」

また、泣いた。チンギスが見たら、昔のままだと笑うだろう、と思った。

テムルンは立ちあがり、下女を連れて隣の家帳に行った。

そこは出入口が大きく取ってあり、厨房になっている。遊牧民の暮らしでは、羊の肉を煮て食い、馬乳酒を飲む。時に酪を口にする。

アウラガの近辺では、畠《はたけ》が拡がり、野菜が作られている。麦の畠もある。食事は肉が中心でも、必ず野菜が加えられるようになっている。肉だけを食らうより、ボオルチュはその方が好きになっていた。

アウラガ府の食堂でも、野菜の料理を出させている。金国から来た者のためという理由をつけたが、多分にボオルチュの好みが入っていた。

テムルンが厨房にいる間、ボオルチュは家帳のまわりを歩き回った。

家帳は、便利な建物である。裾を持ちあげておけば、夏は風が入る。冬の寒さは不織布がしっかり遮り、わずかな薪で中は暖かくなる。屋根の真中が、絞ったり開けたりできるようになっていて、煙はそこからよく抜ける。

ただ、遊牧という生活の形態にきわめて便利だということで、定住にはむいていない部分もある。牧草地を移動する時、家帳は畳まれる。その時に、汚れなどは一掃され、籠った気なども払われる。遊牧をしないとなると、そういうものが結局、溜めこまれてしまうのだ。

きちんと建物を建てた方が、掃除はしやすい。いやな気が籠っても、払えばいい。

定住すると厠《かわや》の問題などが出てくるが、畠の肥料にするということで、それはアウラガでは解決していた。

人の糞尿は定期的に集めて、巨大な穴で熟《こな》れさせる。それを畠に撒《ま》くところまで、囚人の仕事になる。

人の世だから、囚人の数はそこそこいたが、牢城に閉じこめたりはせず、できるかぎり働かせるようにしていた。

以前は、戦の俘虜はアウラガ近辺に移送されてきたが、建設が一段落しているので、ほかの地方に回されることが多かった。

夕刻になると、ボロルタイが戻ってきた。

母親のそばに行って手を握り、ボオルチュには笑いながら拝礼した。

それから上半身、裸になり、家帳の前に立てたひと抱えはありそうな丸太を、棒で打ちはじめた。まだ子供の躰だが、たくましく育ちそうな芽は、いくつも見えた。

躰から湯気が立ちのぼるまで、ボロルタイは棒を打ち続けていた。

家族三人の夕餉《ゆうげ》で、何年ぶりだろう、とボオルチュは思った。

翌日、テムルンに見送られて、アウラガ府へ行った。

チンギスからの呼び出しがあり、馬で来いということだった。アウラガ府から軍の本営へは馬で行くが、そこからさらに馬で出掛けるということなのだろう。

本営の大家帳の前で、チンギスとジェルメが立ち話をしていた。

ソルタホーンが、馬を二頭曳いてきた。

ボオルチュが下馬する間もなく、チンギスは馬に乗り駈けはじめる。後ろに続いた。ソルタホーンが並んできて、笑顔をむけた。

駈けたのは、半刻ほどだ。

本営から東へ行ったところだ。そこは、家が三十ほどある集落だった。

馬を降りたチンギスは、手綱を持って、ひとつの家の方へ歩いた。

ソルタホーンがチンギスを追い越し、家の前で訪《おとな》いを入れた。出てきた女を見て、チンギスがなぜここへ来たのか、はじめて理解した。

「家の中で、待たせて貰うことになりました。馬乳酒はなく、熱い湯などは出せるそうです」

「ならば、それを振舞っていただこう」

「殿、悪戯に私を巻きこんだのですね」

「いやなら帰っていいぞ、ボオルチュ。せっかく誘ってやったのに」

「いやだというわけではありませんが」

集落は、金国から来た者たちの家で、ヘルレン河に流れこむ支流のそばで、農耕をやることになっていた。三十の家のすべてに家族が暮らしていて、子供がいる家もある。

そこに集落を作り、農耕をやる土地を決めたのは、ボオルチュだった。

鉄音《ズルフ》やアウラガの工房で働く者たちの中で、農耕を希望する者たちがいたのだ。

ボオルチュは、ここを百軒ほどの集落にするつもりだった。それで農耕は相当組織的なものになり、急激に人が増えているアウラガに野菜を供給できるはずだった。

同じような規模の集落が、ヘルレン河の上流に、すでに八つあった。全部が、石や煉瓦の床がある家に住んでいる。

そういう家を求める者たちが集まったのか、集まった者がそういう家を求めたのか、部下たちはよく議論していた。モンゴル国の民を夫や妻に持っている者が多い。

アウラガそのものは、バヤン・オラーン山の麓近くまで家帳が拡がっている。

コデエ・アラルでは十数万頭の馬が飼われているが、遊牧の民は近くには来ない。

請《しょう》じ入れられた家は、床に煉瓦が敷いてあった。卓と椅子、長椅子があり、チンギスと女は椅子に、ボオルチュとソルタホーンは長椅子に並んで腰を降ろした。

「御主人は、一刻ほどで戻られるはずです。まあ、途中に困難な場所はありませんし」

ソルタホーンが言う。モンゴル軍の人間が三名、ここで家の主人と待ち合わせをしていた、と女は思ったようだ。愛想はよく、気まずさを、喋ったり笑ったりすることで紛らわせるのが、身についているやり方だと思えた。

チンギスが、女の夫について訊きはじめた。きちんと家へ帰ってくるのか、なんでも食べるのか、子作りはしているのか、どんな料理ができるのかまで、質問していた。

女はそれについて、あたりさわりのない返答をしている。なかなか賢い女だ、という印象をボオルチュは持った。

ただ、質問しているのがチンギスであることに、女は気づいていない。およそ思慮の外にあることなのだろう。

「御主人は、ここに部下を呼んだりはされるのですか？」

「部下の方というか、トム・ホトガという同僚の方を、時々」

「奥方は、ここへ来られてひと月半ぐらいですな」

チンギスは、出された湯を飲みながら言った。まだずいぶんと雪が残っていました、と女は言った。

「大同府から来られたのなら、書肆などがあるのを御存知ですか」

「はい、書肆と隣接している妓楼で、私は働いておりました。主人と出会ったのも、そこです」

「ならば、泥胞子《でいほうし》とか塡立《てんりつ》とか、御存知なのですな」

「それから、侯春《こうしゅん》という若い方が」

チンギスが、妓楼の間取りを語りはじめた。それはボオルチュも知っている。

「お客様だったのですね」

「まあ、そんなものかな」

馬が、駈けてくるのがわかった。

「俺の留守に、家に入っている者は誰だ。場合によっては、首を引き千切ってやるぞ」

どかどかと、ムカリが家へ入ってきた。

「おう、俺の首を引き千切るのか」

いるのがチンギスであることに気づき、ムカリは直立した。すぐには、言葉が出てこないようだ。女も呆然としている。

「おい、なにか言え、ムカリ」

「はい。これは、どういうことなのでしょうか？」

「おまえの奥方に、一度、会っておきたかった。それだけさ。ボオルチュもソルタホーンも、こういうことが嫌いではないしな」

「殿、連れてこいと言われれば、俺はすぐにでも連れていきました。わざわざ、来ていただくなど、恐縮のきわみです」

「ムカリ、おまえが恐縮などという言葉を遣うのか」

「殿、勘弁してください。林詠《りんえい》もびっくりしていますよ」

泥胞子の妓楼で働いていたムカリの妻が、林詠という名であることを、はじめて知った。林詠を妓楼から出すために、泥胞子がさまざまなことをしたが、その好意をムカリはよく理解できなかったようだ。

女房を得るには自分の力、と思いこんでいて、確かにムカリにはどこか頑固なところがある。そして、チンギスが銀《かね》を出したので、ムカリは断ることができなかった。

妻帯という事態が、ムカリにとってどういうものだったのか。改めて思い返すと、複雑なものも出てくる。

ムカリは、手持ちの銀を、林詠の弟のために遣ってしまった。弟は真剣に学問にむかい、燕京の学問所にいたのだ。母親とほかの妹たちのために、林詠は銀を出し続けていた。弟に出す銀が不足するのは、仕方のないことだった。

よくある話だが、絡んでいるのがムカリだから、銀を出せるのはチンギスひとりに限られていた、と言えるだろう。泥胞子でさえ、手を焼いたのだ。

チンギスが銀を出した段階で、ボオルチュはそれらのことを知った。銀の行方が気になったこともあるが、泥胞子が事情を説明する書簡をくれたし、狗眼《くがん》のサムラにも報告させた。大同府も燕京も、モンゴル国が制圧しているので、そのあたりに家を持たせることはたやすかった。

アウラガの近辺に家を与え、林詠がある程度馴れた暮らしができるように、金国と関りの深い集落を選んだのだ。

そのあたりの繊細さは、ボオルチュにはよくわかるが、人が聞くと驚くだろう。

「ムカリ、俺をおまえの奥方に、きちんと引き合わせてくれるか」

「それは、殿。おい、林詠、俺の殿だ。わかっているな。いつも話している、俺の殿だ」

林詠は、恐懼して、身動《みじろ》ぎひとつできないでいるようだった。

「おい、ムカリ。殿も私も馬乳酒を求めているのだが、ここでは飲めないのかな」

「ボオルチュ殿、この集落の長のところへ行けば、大きな甕《かめ》の中に、いくらでもあります。林詠、行って貰ってこい。殿がおられるとは言うな。騒ぎになるからな。ただ、軍の偉い人が来ている、と言え」

「はい」

それでも動けない林詠の肩を、ムカリは大きな手で軽く叩いた。

解き放たれたように、林詠は外へ飛び出して行った。

「殿、いろいろとお礼を申しあげなければなりません。ただ、俺をいくらからかわれても構いませんが、林詠はほどほどにしてください。知らぬ土地に馴れようと、いま必死なのです」

「ムカリ」

チンギスが立ちあがった。

「すまなかった、許せ」

「えっ、殿。そんなに大袈裟なことではありません。あいつは賢いので、この土地にも馴れつつあるのです。殿に謝られると、あいつも身の置きどころがなく」

「今日は、からかいに来たのではない。気がかりだから、見に来た。ソルタホーンはともかく、ボオルチュにも会わせておこう、と思った。なにかあればボオルチュが、そして俺の妹であるテムルンが、相談に乗る」

「殿、そのような」

「そうだな。俺がなにも言わなくても、自然にそうなっていくだろうな」

「はい」

「謝ったのは、それについてではない。俺はおまえに、妻帯して貰いたかった。家族というものを、持って欲しいと思った。それで、余計なことをしてしまった。泥胞子に、銀を渡したのだ」

「それで、林詠は俺のもとに来たのです」

「それでも、余計なことだった。おまえは、自分の力でなんとかしようとしていたのだからな。ただ、俺が銀を出すと言うと、止められる者が誰もいなかった」

ムカリが、小さく頷く。

「余計なことをしたので、それをおまえに許して貰いたいと、ずっと思っていたのだ」

「やめてください、殿」

「アウラガの近辺に住まわせたのは、おまえの子供に草原で育って欲しい、と思ったからだ」

「子供」

「おまえはもう、四十に近くなってしまった。しかし、林詠は二十歳になるかならないかだろう。丈夫な子を産むぞ」

「考えたことはありませんでした」

ムカリにとっては、林詠と出会ってからの一年余は、自分との闘いの日々だっただろう。そして、戦もやらなければならなかった。

子供とか家族とかは、この瞬間まで、ムカリの思慮の外にあっただろう。

「俺がやった余計なことは、忘れてくれるか、ムカリ」

「殿がそんなことを」

「忘れると、おまえの口から言ってくれ。それで、俺はほっとできる」

「殿」

「言ってくれ」

「忘れます。もう、忘れています」

「よかったよ、ムカリ」

ムカリのような男にとっては、自分の口で言わせせられるかどうかは、最も重大なことだった。口から出た言葉に、生き方を左右されているところが、間違いなくあるのだ。

「改めて、言ってもいいでしょうか、殿」

「言ってみろ」

「俺という、頑迷でつまらない男を、殿に捧げます」

「おい、ムカリ。女房の分は、必ず残しておけよ」

ボオルチュは、思わず頷き、涙を流しそうになったが、ムカリの頰を濡らしているものを見て、それを抑えきれた。

ソルタホーンが、話題を変えた。

絶妙な機会を捉えていて、いかにもこの男らしい、とボオルチュは思った。

河北に残って、再び軍を整えようとしている、金軍の残党の話だった。完顔遠理《かんがんえんり》の名が出ると、ムカリの眼の色が変った。

「金国の軍人には、これが限界だというところまで闘わず、負けてしまった思いがある。完顔遠理がなにかやろうとしているのなら、燃え尽していない、という思いがあるのだろうな」

二人のやり取りを、チンギスは黙って聞いている。ボオルチュは、口を挟みたくなった。好きに戦をしたいだろうが、軍費がどれほどかかるのか、考えてみろ、という言葉を投げつけてやりたい。

軍人は、文官の苦労を、ほんとうにわかることがない。

林詠が、息を弾ませながら、壺を抱えてきた。

それで、戦の話は終り、石酪を口に入れながら、馬乳酒を飲む、という場になっていた。

帰りに、集落のはずれまで、ムカリが送ってきた。

「殿、ひとつだけお願いが」

「なんだ、言ってみろ」

「林詠は、とても料理がうまいのです。一度だけでいいのです。林詠の料理を食っていただけませんか？」

「おう、愉しみだよ、ムカリ」

馬に乗った。

高揚したように、チンギスは先を駈けていく。

「ボオルチュ殿、ムカリの女房の料理が、うまいと思われますか。いまのあいつにとって、女房が作る料理は、最高なのでしょうが」

「それでも、食ってみるしかないぞ、ソルタホーン。殿の側近くにいる者にとっては、耐えなければならないことだ」

「そうですよね。毒を食わされるわけではないのですから」

「男女の毒。そんなものは食うしかないと思うが、まあ耐えよう、ソルタホーン」

チンギスを追うために、ボオルチュはちょっとだけ馬の腹を蹴った。

三

緑が眩しい時季になっている。

ジャラールッディーンは、テムル・メリクひとりを伴っていた。

旅に出る許可を、父はあまり表情を変えず出してくれた。

十歳のころ、テムル・メリクと二人で、東へむかって旅をした。そこで見たものは、ジャラールッディーンにとって、なにもかもが新鮮だった。

皇子で、国外に旅をしているのは、ジャラールッディーンだけだ。

昨年は、ウルゲンチにいる祖母のところへ行き、カンクリ族の実家を紹介して貰って、麾下を伴って行った。傭兵の強さがどこから出てくるのか、知りたかったのだ。

そこで経験したカンクリ族の調練は、想像した以上に苛烈なものだった。

兵ひとりひとりの耐久力がきわめて強く、それは高地で生まれ育ったことが大きいようだった。

ジャラールッディーンも麾下の兵も、息があがって倒れ、動けないでいる時、サロルチニという若い将校に率いられたカンクリ軍は、まだ斜面を駈け登る調練をやっていた。

サロルチニとは寝食をともにし、ジャラールッディーンに余裕がある時は、言葉を交わした。

いずれ傭兵としてホラズム国へ行くはずだから、サロルチニは丁寧な言葉を変えようとはしなかった。人がいない時に、俺、おまえで喋れるようになったのは、ジャラールッディーンがサマルカンドへ帰還する直前だった。

イナルチュクは、祖母にかなりの土産を持たせた。そして、父のアラーウッディーンにも見舞の品を託したのだ。

父が病を得ていることに、気づかなかった自分を、ジャラールッディーンは恥じた。

言われて思い返せば、父は痩せたような気がする。もともと肥っている方ではないが、頰が削げたようで、眼だけが鋭かった。

だから、サマルカンドへの旅は、急いだ。

昼間はほとんど駈け通し、夜は馬の回復を第一のものとした。

それにしても、不仲と言われている父と祖母の関係は、ほんとうはそれほど悪いわけではないのだろうか。

トルケン太后の言葉には、どこか労るような響きがあった。

トルケン太后に、実家の当主であるイナルチュクに、話を通してくれと頼んだのも父だった。

サマルカンドの軍営に到着すると、ジャラールッディーンはすぐに宮殿へ行き、帝《スルタン》に拝謁を願い出た。

大広間ではなく、帝がふだん居る部屋の方へ、案内された。

父は、絹の着物を着て、毛皮で包んだ椅子に腰を降ろしていた。

まず帰還の挨拶をし、イナルチュクの見舞を差し出した。

中には書簡が入っていたようで、父はそれを読みはじめた。

「父上、病を得ておられるのですね」

「大したことはない。時々、気分が塞ぎこむというやつだ」

そんなやり取りがあったが、重要なのはイナルチュクがサロルチニを指揮官とする一隊を、すぐに傭兵として送りこむ、と書いてきたことだった。それはジャラールッディーンの下につけてみないか、という提案もあったらしい。

それからふた月ほどで、サロルチニは百名を率いてやってきた。ほかの傭兵たちと違うのは、ジャラールッディーンの麾下と、はじめから打ち解けていたことだった。

思うところがあり、テムル・メリクひとりを伴った旅を父に願い出、許されたのだ。

「深い山なのですね、殿下」

「マルガーシは、この山の中を、三年も駈け回っていたというぞ」

ジャラールッディーンは、マルガーシと会おうとしていた。

張り合って余計なことを言ったり、いなくてもいい存在として扱ったり、さまざまな情念が絡み合って、昔のような関係ではなくなってきた。

そして、マルガーシが去った。

ただ、どこの山中にいるかは、テムル・メリクに伝えていた。

麓から、数日かけて山中に入った。

馬で進める道がかろうじて見分けられたが、岩肌の続く場所を通ると、道はないかもしれないと思える場所に出た。あるとしても、けもの道というやつだ。

馬を降り、地を這うように進むと、なんとか通る道が見分けられた。

そうやって、一日半進んだ。

狼が、行手を塞いだ。それでもジャラールッディーンが足を止めないと、いつの間にか姿を消した。

「ここはアインガという人の家で、関係のない者は入れないことになっている」

マルガーシの声だった。

大木の裏側から姿を現わす。狼も二頭、姿を見せた。

「それでは、アインガ殿に頼んでくれ。旅の男二人を、入れてくれと。駄目なら、私が直接頼むことにする」

「変ったな。短い間だったのに」

「自分が変ったと、私は思っていないよ」

「弱さを隠さずにいられるようになったのか」

言い返そうとしたが、マルガーシは背をむけていた。黒貂の帽子は被らず、革紐《かわひも》で髪を縛っていた。テムル・メリクは、黙って歩いている。

道が、いくらか道らしくなり、勾配も緩くなってきた。

先導するように歩いていた狼が、ひと声哮《ほ》えると、駈け去った。

平らな場所に出た。

小川から、水が引きこんである。丸太が渡され、そこには毛皮が干されていた。

焚火があり、そこに背をむけてひとりの男が座っていた。

「アインガ殿、ホラズムの小僧です。太子でもないのに、殿下などと呼ばれていますが、自分がなにかも知りはしません」

焚火のそばに座るように、男が三つ並んだ石のひとつを指さした。

「おまえが言った通りだったな、マルガーシ。新緑のころには、泣きながら訪ねてくる、と言っていたものな」

「そうですか。私は、ジャラールッディーンと申します。ホラズム国の、数多くいる皇子のひとりです」

「アインガです。マルガーシの親父殿と、一時、同盟を組んでいました。俺には忘れられない男でしてね。俺はその後、親父殿を殺したチンギス・カンの臣となり、数度の戦をして、見捨てられました。どうも、死に急ぐ戦だったようです」

はじめて会った相手に、言うべきではないことまで口にしている、とジャラールッディーンは思った。

ただ、歴戦の男であることは、確かだろう。それらの戦については、マルガーシの経験を軽々と凌いでいるはずだ。

「ここで、ずっと戦の話をしていましたよ」

「アインガ殿。お目にかかれて、嬉しいです。そして、マルガーシより、ずっとやさしいお方なのですね。マルガーシは、私が迎えに来ると、思い上がっていたのでしょうが、別に迎えようと思っているわけではありません」

「ジャラール。言ってくれるではないか」

「私は、カンクリ族からの、傭兵を受け入れたのだよ。おまえが鍛えあげた百名の麾下が、問題にされなかった。それは、屈辱の体験以外の、なにものでもないな」

「やつらが、傭兵に負けただと」

「私は、驚いた。テムル・メリクは、あたり前のことが起きているのだ、と言った。そうなのだろうか」

「もし負けたのがほんとうだとしたら、それは指揮官が凡庸だったたからだ」

マルガーシは横をむき、アインガは笑っていた。

「私のことを、ジャラールと呼んだな、マルガーシ。そういう相手を、私はいま欲している」

「俺を欲しているのか、ジャラール」

「ひと時だけだが、ともに生きたマルガーシは欲していない。私を成長させてくれた。それは間違いのないことだが、できるなら、これからは自分で大きくなる」

「それこそ、成長したということだな、ジャラール」

「ホラズム国の皇子という自分の立場を、捨てることはできない。百名の麾下も、私のもとに置かれた傭兵の百名も、皇子なるがゆえに得たものだ。皇子としておまえに馬鹿にされても、それは仕方のないことだな」

「そんな話は、どうでもいい」

アインガの声が、マルガーシとの間を、きれいに切った。

「ここは、俺の栖《すみか》だ。この前にいた、トクトアというお方から受け継いだ。ここでは、俺が王さ」

「はい。それはよくわかります、アインガ殿。そして、羨しいとも思います。王は、王なるがゆえに、理不尽なものにも見舞われます。私は、その理不尽と闘うのが、生きている証しだと思っています」

「どうしたのだ、ジャラール？」

「こんなことを言うほど、私はカンクリ族の地で、負けにまみれた」

偽りのない気持だった。マルガーシは、じっと見つめてきている。口もとに、笑みが浮かんだ。

「調練で、なぜ負けになる。ほんとうの負けを知るのは、これからだぞ」

「その通りだ、マルガーシ。カンクリ族の百名がいて、私はいま二百の兵力を抱えている。それほど質問もせず、父はそれを許してくれた」

「らしくないな。親父殿には、どこか峻《しゅん》烈《れつ》なところがあったが」

「陛下は、病を得ておられる。さまざまなことを、見直そうとされているようだ。ウルゲンチのトルケン太后とも、書簡のやり取りを回復された。殿下がカンクリ族の地へ行けたのは、トルケン太后が実家に話を通してくださったからだ」

テムル・メリクが言った。

「俺は実際に見ていないが、草原の戦に、強烈な傭兵がいたそうだ。トクトア殿にそれを聞かされたし、タルグダイとラシャーンの夫婦も、その話はしたそうだ」

アインガが口を挟む。タルグダイという名を、ジャラールッディーンは知らなかった。

ただ、その名に、マルガーシが反応した。

「タルグダイがここへ？」

「戦に負け、死にかかったタルグダイを、ラシャーンが抱いて来たそうだ」

「いろいろな糸が繋がっているものだ」

「おまえが、またここへ来たのもな、マルガーシ」

「それでジャラール、親父殿の病はなんなのだ？」

「わからない。父は、病であることさえ、認めようとしない。ずいぶん、痩せたのに」

ジャラールッディーンがしばしば父に会うようになったのは、この四、五年のことだった。ジャラールッディーンは、旅の話をし、配下につけて貰った百騎の兵について語り、本軍の調練に加えて欲しいとも頼んだ。

「なにをしに、ここへ来たのだ？」

「それはな、マルガーシ」

「おまえに訊いているのではないよ、テムル・メリク。ジャラールの口から、それを聞きたいのだ」

「わからない」

ジャラールッディーンは言った。

「私は、マルガーシにそばにいて欲しい、と思っている。しばらく一緒にいたので、そうなったのか、別の理由があるのか、自分の心の中のことなのに、よくわからない」

「わからないのか」

「父上に、旅に出る許可をいただいた。テムル・メリクと二人だけと言っても、別にそのわけを訊かれもしなかった」

「カンクリ族の百名の傭兵は、はじめからジャラールの指揮下か」

「祖母さまと父上に宛てて、イナルチュク殿の書簡が届いた。私が父上のもとに呼ばれた時は、もう決まっていた」

「そうか」

「マルガーシに会いに来たのは、衝動にすぎない、という気もする。しかし、抑えきれない衝動だった」

「言いたいことは、わかった」

マルガーシは、また口もとだけで笑った。

「ジャラールッディーン殿」

アインガが、焚火に鍋をかけながら言った。鍋の中身は入っていて、温め直そうとしているのだろう。

しっかりした家があったが、奥は洞穴に続いているようだ。

「ホラズム国は、これから戦をすると考えているのか？」

「戦なら、いまもしています。ゴール朝とは、私が幼いころから戦を続けていましたし、西遼ともしばしば闘いました」

「手強《てごわ》いのか、その敵は」

「なんの脅威も、私は感じません。負けるとしたら、よほどひどい指揮で闘った時でしょう。ホラズム軍は、まとまっていますし、調練も欠かしてはいません。その上で、傭兵もいるのです。

全体として、精強な軍になっている、と私は思っています」

「ジャラールッディーン殿は、それでもマルガーシを求めるのかね？」

「よくわからないのです。憎み合うかもしれません。それでも、ここへ来る気持を抑えきれませんでした」

「使いでも寄越せば、マルガーシは帰ったかもしれん。いつまでも、ここにいる気はないだろうし」

「そういうことではない、と申しあげるしかありません」

ジャラールッディーンは、うつむいた。

「チンギス・カンです。闘うことに恐怖に近いものを感じるのは、モンゴル軍なのです。外にむかって、急激に力をのばしています。西へも、むかってきています」

「西遼が、間にある。いや、ケレイト王国もナイマン王国もあったのだな。いずれ、西遼もあった、ということになるかもしれん」

「父がどうするつもりかは、わかりません。なにも語ろうとしませんが、モンゴル国への使節団を出すことはしました」

「チンギス・カンが怖いか。それは、正しい眼だな」

アインガは、それきり喋るのをやめた。

ジャラールッディーンは、馬の手入れをし、それから周辺を歩き回った。

狼が二頭、少し離れたところからついてくる。

灌木《かんぼく》の茂みがあり、木立があり、そのむこうが森で、緑一色だった。陽が傾いているので、その緑がいくらか濃く見えはじめている。

「その岩」

気づくと、アインガが背後に立っていた。

「もともと、ひとつだったと思わないか？」

「大きな岩が、二つに割れたように見えます」

「そうなのだ。ひとつだった。再び、ひとつに戻ることはないが」

岩には、手が入るぐらいの隙間があった。

「ほんとうに、割れたのですか？」

「ああ。音がしたそうだ。岩の呻きか悲鳴だったのだ、と俺は思う。トクトア殿が出ていった時、割れていたが、煙のようなものがたちのぼっていたそうだ」

「こんな岩が」

「もうひとつに戻ることはない。しかし、割れた面によく触れてみろ。凹凸がぴたりと合うのだ。俺は何度も触れ、そのたびに感心したものだ」

確かに、凹凸は合っているような気がする。しかし、それにどれほどの意味があるのか。

「チンギス・カンが敵か」

「はい。いずれは。父の性格から言っても、降伏することはない、と思います。だから、闘わなければなりません」

「使節は、帰国してなんと？」

「もし戦をするなら、並々ならぬ覚悟が必要であると。遊牧民の国と思うのは、一面しか見ていないことで、鉄を作る技術、交易の方法など、金国や西遼を大きく凌いでいるそうです」

「そうなのだ。俺は、それで負けた。メルキト族を率いていて、草原の覇権をかけた戦をした。完膚なきまでに負け、故郷へ戻った。メルキト族を、どう守るかが、俺が考えなければならないことだった」

「草原の盛衰について、私はただ大人たちに聞かされて、知っているだけです」

「それよりもっと、厳しいものがあったと思う。俺は降伏することで部族の民の安寧を得、その条件のひとつとして、チンギス・カンに臣従した。三度戦をやり、見限られて四度目はなかった。ただ死にむかう闘い方だ、と思われたのだろう」

「実際は」

「その通りだったのだ、ジャラールッディーン殿。この山に来て、俺はそれがわかったのだと思う。わからせてくれる人がいた」

「そして、山の暮らしですか」

「ひとりでいるのも悪くない。俺はチンギス・カンに降伏し、臣従までしたのだから、いまさら逆らうことはできん。しかし、マルガーシは一度も闘っていない。父親を討たれただけだ。父親は、ジャムカという。チンギス・カンより、ずっと英雄らしかった。雄々しくありすぎて、ついていけない者が多かったのだ。俺も、そのひとりだよ」

「自分のことを、マルガーシはほとんど語らなかった」

「あいつは、黒貂の帽子を、大事に取っている。黒貂の帽子と言えば、草原ではジャムカだったのだ」

ジャラールッディーンは、割れた岩の片方に腰を降ろした。もう片方にアインガが座り、こちらを見てにやりと笑った。

陽が落ちてしまう前で、森は巣へ帰る鳥の啼《な》き声などでかまびすしかった。

笛の音が、流れてきた。

「あれは？」

「テムル・メリクの鉄笛です。マルガーシは好きでしたよ。旅先でよく吹くのです」

「なにか、心の底を掻き回すような、音色だな」

「いまは、そうです。静かに眠れという時も、哀しみを忘れるな、という時もあります」

アインガが、小さく頷いたような気がした。

マルガーシを眼で捜したが、見つからなかった。

四

食べても、痩せることがあるのだ。

母を見て、トーリオはそう思った。

父が死んだ時の哀しみが、どれほど深いものか、トーリオには想像できなかった。

母は泣かず、父の椅子に座って海を眺めている時が、日に四刻はあった。

礼忠館《れいちゅうかん》は活発に動いていて、母の判断が必要なことも少なくなく、三日に一度は馬を駈けさせてそこに行った。

波止場にもよく行き、礼忠館船隊を見て回った。

トーリオは、母のそばで一緒に動いた。うるさがられる時もあったが、父がいると思ってくれと言うと、母はなにも言わずうつむくのだった。

食事は、一緒にした。母の食い方は、通常の人より少しだけ多いという程度だった。それは、父が死ぬ前と変りない。

どういう理由かはわからないが、母はその食事を続けた。そして、瘦せたのだ。瘦せが目立つような服を、母はいつも着ていた。

トーリオは、海から帰ると、楼台の端にある風呂に入った。時々、母が入ってくることがあった。瘦せていて、臍《へそ》まで届く陰毛は、豊かな肉付きのころと較べると、いかにも目立っていた。

トーリオは、礼忠館へ通い、鄭孫《ていそん》から商いを真剣に学んだ。家では母が、鄭孫とはかなり違うことを教えた。まるで、鄭孫がなにを教えているか、わかってでもいるようだった。

母の教え方に、感情が滲み出してくることはなかった。冷たくも、温かくもない。ただ教えているのだ。まるで自分の頭の中のものを、ただトーリオに移し替えている、というようにも思えた。

いつものように、馬で礼忠館へ行った。

二階に、母の部屋がある。その隣の小さな部屋を、トーリオは遣っていた。窓からは、集落の屋根越しに、海が見える。

礼忠館船隊は二艘のままだが、あとひと月ほどで東山《とうざん》の造船所から新造船が一艘入り、今年中にもう一艘入る。

四艘になるが、二、三年はそれでやるつもりだった。礼忠館が持っているものから考えると、十艘造ることも難しくはない。

しかし、人が必要で、それはすぐには育たない。一艘分の人は、李央《りおう》が懸命に集めた。

父が死んだ時から、李央の肚の据り方は相当なもので、水夫たちは畏怖するようになっている。

副官の呂顕《りょけん》も、公平な男と呼ばれていて、評判はいい。

四艘の船に必要なのは人だけでなく、常に荷がなければならない。四艘分の物資の流れを、ぎりぎりで確保できるところだ、とトーリオは思っていた。

母は、荷が届かないような状態でも、第二、第三の荷のあてを持っていて、決して船が空で航走《はし》ることはなかった。

それをいま、母から譲られているが、複雑で難しいところがあり、トーリオにはまだ充分に生かせる自信がない。

礼忠館の建物の裏に、大きな倉庫が三つ建っている。二つは母が建て、もうひとつをトーリオが加えた。

いくつでも倉庫があれば、荷が欠けても困ることはない。しかし、倉庫の中に眠っている間、その荷は死んでいるのだ、と母は言った。それで、一棟でやめた。

海門寨《かいもんさい》には、人が多くなった。

波止場のそばの市場には、毎日、漁船から魚があがる。それを買う魚商人たちも、潮陽だけではなく、海陽《かいよう》など近くの城郭からもやってくるようになった。

新しく船を造るために、銀を貸す業者もやってきて、漁師が二人ばかり高利に苦しむことになった。それは放置してあるが、それからさらに新しい船については、安い利息で礼忠館が貸しつけはじめたので、商売になっていない。

トーリオは、まだ十七歳だった。それでも母は、これでもかというほどトーリオの頭にさまざまなことを詰めこんでくる。

商いというものが、嫌いではなかった。それで放り出さずに、続けていられる。

鄭孫が、部屋に入ってきた。

暗い顔を見て、話がなんなのか、トーリオには見当がついた。

「やはり、食事をあまりしないのですか、鄭孫殿」

「少しずつ減ってきて、いまではひと口ふた口ほどです。特に病はない、と医師は言うのですが」

家令のウネのことだった。

ウネが自分から言い出したので家令と呼ばれているが、礼忠館で働く者の頂点にいた。鄭孫も、いつからかウネを立てるようになり、父が死ぬ時まで、それは変らなかった。

父の死が、ウネにとっては、ほかの人間に想像できないほどの、打撃だったのだろう。しかしどこかで、もう一度、生気を取り戻すだろう、と鄭孫もトーリオも思っていた。

「もともと、痩せた人なのですが、鶴のようになってしまっています」

「帰りに、寄ってみます」

「礼賢《れいけん》様も、痩せられた」

「母は、普通に食べているのです。それなのに、痩せてきた」

「この話をするたびに、トーリオ殿は普通に食べている、と言われた。それが信用できないような気持が、どこかにありました。しかしこの間、荷車隊の隊長四名も交えて、昼食をとったのです。ほんとうに、普通に食べておられましたよ」

母の痩せ方にはみんなびっくりするが、話をすると明晰なので、誰もなにも言えなくなっている。

「俺も不思議ですよ、鄭孫殿。痩せれば病かもしれないと思っても、元気なのです。一日に四刻、海を眺めている以外は、以前より精力的に、昔の商いの証文などを読み返し、この十年の間の物流がどうであったか、もう一度検討し直しているのです」

「判断の誤りもなく、いや、以前よりも鋭くなられたな。私は、鈍くなる一方なのに」

鄭孫は三年前に妻帯し、いまやっと歩けるぐらいの息子がいる。海門寨の郊外にある家に帰るのも、早い時間になっていた。

「家令殿のところには、なにか持っていった方がいいですか？」

「なにも食べないのですからね。トーリオ殿が顔を見せてやるのが、最も効くかもしれません」

鄭孫は、頭を下げて出ていった。

夕刻、海門寨の市場の裏にある、ウネの家に寄った。

下女がひとりいることは知っていたが、若い女がもうひとりいた。鄭孫が、心配してつけたのかもしれない。

ウネは、寝台のある部屋で、椅子に座っていた。

「家令殿、トーリオです」

小さな家だった。寝室のほかには居間と厨房があるだけだ。

眼は深い皺のように見えたが、そこから光が洩れた。

「殿、草原に覇を唱えるのは、われらですぞ。天下はそこに、殿の手が届くところにあります。ついに、ついにその時が来たのです。ジャムカに負けてはなりません。アインガも、殿に臣従しようとしております。総大将は殿で、勝てば草原の王ということです」

言葉は、はっきりしていた。皺の中にある眼の光が、異様な強さでトーリオを射貫《いぬ》いてきた。

気持を落ち着け、トーリオは膝をついて、ウネの手を握った。

かすかな力が、握り返してくる。

「代々、殿の家令でありました。こうして天下を臨むなど、考えてもいませんでした」

「わかった、ウネ。もう眠れ」

眼の光が消えた。

ウネは眠っていた。トーリオは、その軽い躰を抱きあげ、寝台に移した。痩せた首が長く見えて、鶴のようだと言った鄭孫の言葉を、トーリオは思い出した。

「めしをひと口食わせるのも、大変ですじゃ。役に立つと思って、鄭孫様は若い娘を寄越したのだろうが、なにもせんで空を眺めているよ」

老婆が、嗄《しわが》れた声で言った。

「そうか」

若い娘は、厨房の椅子に腰を降ろし、心配そうにこちらに眼をむけていた。世話をしたくても、老婆がさせないのかもしれない、とトーリオは思った。

「夢の中で、草原とやらに行っていれば、幸せなもんだよ、旦那様は」

北の、ほんとうの草原だった。ウネはそこで、父とともに人生を懸けて生きた。細かいところまでは、知らない。それでも、父母の話や、ウネ自身の話の中から、多分、真実に近いのだろうというものを、トーリオは作り出していた。

「俺は、これで帰る。俺が来たことを、ウネ殿は覚えてさえいないだろう。いいさ。ただ、頼みたいことがある。家令殿に、苦しい思いだけはさせないでくれ」

厨房の若い娘にも、聞えるような声で、言った。若いと言っても、トーリオの方が若いのかもしれない、と思えるほどだった。

老婆に、銭を渡した。

外へ出ると、トーリオは馬を曳いて街道のところまで行き、そこで乗った。

すぐに街道を離れ、原野に出た。

毎日、二刻は駈けさせる。暇がある時は、五刻、六刻と遠出をする。馬は駈けさせなければ駄目になる、というのは父から教えられた。

三刻ほど駈け、陽が落ちてしまう前に、屋敷に戻った。

母屋に入ると、裸になり、風呂に飛びこんだ。風呂の両端では篝が焚かれていて、湯の面がきらきら光っていた。

母が、裸で入ってきた。

やはり、痩せた躰だった。普通の人間と較べれば、肥っているが、ずいぶんと痩せたのだ。

「母上、今日は海に船が見えましたか？」

「見えたぞ、トーリオ。あの人が乗っていて、船頭は李央であった」

「俺は、いなかったのですか？」

「いなかったな。李央から見れば、あの人とおまえは較べようがないのでしょうね」

「そうですよね。俺には否定などできません。相当おかしな父と母を持ってしまったのですから、どんなものとも較べられないと思っていますよ」

「トーリオ、おまえに対して、情愛がまったくないというわけではない。ただ、私はそれを表現する方法を知らない」

「俺にすべてを教えこむことで、母上はそれを表現しておられます。それ以上に、無理をなさることはありません」

「私は、いとおしいという言葉を知らずに生きたのか、と言われたことがある。チンギス・カンの父親らしい」

とんでもない名前が飛び出してきたので、トーリオは掌で掬った湯を顔に叩きつけた。

「私は、いとおしいという言葉を知らなかった。もうあの人と一緒にいたのだ。いとおしさに満ち溢れた生活をしていた」

「はい」

「玄翁《げんおう》殿は、すべてを見通しておられたのかもしれん。あのお方のことだけは、私は読めなかった。チンギス・カンを、死すれすれまで何度か追いつめ、しかしそのたびにチンギス・カンは強くなった」

トーリオが知識として知っているチンギス・カンは、北の草原全体を制圧し、金国領でさえ河北は奪ってしまっている軍神だった。

戦にかけては負けることを知らないと言われているが、死にかかるところまで、追いこまれてもいるのだ。

「俺は、ウネ殿のところに寄ってきたのです。父上のことしか、頭にないようでした。草原の覇者になる、と言いましたが、チンギス・カンと闘ったということですか」

「長い闘いであった。最後は、勝てるかもしれない、というところまで行った。なにが悪かったのか、私にはわからない。タルグダイ殿を推戴したジャムカ殿も、チンギス・カンに勝るとも劣らない戦人であった」

「ほんとうに、父上は草原に覇を唱えるかもしれなかった人なのですか」

「ほんとうですよ。長い戦の末、勝てばあの人が王だったのだ」

「ウネ殿は、もうそこにしか頭がなく、父上が戦をしている、と思いこんでいるかもしれません。鄭孫殿も心配をし、俺も寄ってみて、安心できないと思いました。長くはない、という気がするのです」

「ウネは、死ぬでしょう。なにしろ、あの人の家令だったのですからね。あの人が死ねば、家令もいなくなる。あたり前のことが、起きているだけです」

「そんなふうに、なかなか俺には割り切れません」

「戦を、やってきたかどうかの違いだろうね」

そんなものかもしれない、とトーリオは思った。草原で、父と母が相当な生き方をしてきたのは、いまではなんとなく知っている。自分の実の父親が、タルグダイが弟のようにかわいがっていた氏族の長だ、ということは父自身の口から聞いた。

しかし細かいところまで、知ろうとはしてこなかったのだ。海門寨で生きる父母で、トーリオには充分すぎるほどだった。父に剣を仕込まれ、母に商いを教えられた。

「母上、俺はここへ来た時のことを、ほとんど憶えていないのですが、いまでもはっきりと蘇ってくる感じがあります。なにか、大きなものに包まれた。そして馬に乗っている。やわらかなものが、俺の頬に当たっていました。俺が寝かされていた小屋から、母上は俺を抱いて、馬を駈けさせたのですね。風を防ぐために、套衣を巻いて」

母は、なにも言わなかった。ただ、躰を少し動かしたらしく、トーリオの方へ小さな波が来た。

「俺は、まだ十七歳です。それなのに、学ぶべきことはかなり学んでしまった、と思っています。荷の動かし方が、荷をそのまま頭に浮かべて、考えられるようになりました。前は、ただ数や重さで考えていました」

「船の動かし方も、なかなかのものだそうじゃないか」

「はい、一応は動かせます。しかしもう駄目かもしれないと思うような嵐を、乗り越える経験をしたことはありません。何度か、そういう経験もして、はじめて船を扱えると言えるのだろうと思います」

「十七にしては、おまえは大人びてしまったね」

母がちょっと笑みを浮かべた。

はっとするほど、皺が深くなった。

「荷の動かし方も、やはり嵐のようなものを、何度も乗り越えなければならないだろう、と思うのですよ。その時、母上にそばにいていただけたら」

「私は、あと十年生きる。そばにいるかどうかは別として、おまえのやることは見ていよう」

十年という歳月が、長いのか短いのか、よくわからなかった。十年後の自分も、うまく思い浮かばない。

母が、いきなり立ちあがった。

腹の出っ張りがなくなり、乳房は偏平になって垂れていた。

「瘦せただろう」

「食べるものを食べてはいる、と思うのですがね。みんな、心配しています」

「私は、食べるものを食べていないから、瘦せているのだよ」

「それは、母上」

「私は、あの人を、タルグダイという男を、食い続けて肥っていたのだよ。人に語ってもわかるまいが、私がそう言ったことを、おまえは憶えていておくれ」

なんと答えていいか、わからなかった。母はもう、首まで湯に浸かっている。

乳房が、湯面近くに浮いて、頼りなく揺れ動いていた。

五

鳥が、すぐ近くにまで舞ってきた。

海東青鶻《かいとうせいこつ》であるが、ゆったりと舞い、岩の間に消えていった。

海東青鶻は、鷹狩《たかがり》に遣われ、どの鳥よりも速く飛んで、獲物を倒すという。訓練をしたものは、腕にとまらせておき、獲物を見つけたら放つのである。

チンギスも、何羽か献上を受けた。全体に白い色に黒っぽい紋が散らばったものが、精悍《せいかん》で美しいと思った。

ここにいると、やってくるのは海東青鶻ぐらいなのか。

ブルカン・カルドゥンの頂上である。モンゴル族にとっては神の山であり、チンギスが生まれ育った、ヘンテイ山系の中にある。

ここで、数日ひとりになることは、時折やる。三日ほどの時が多いが、七日で迎えに来いと、ソルタホーンには言っていた。

これまで長くても四日だったので、ソルタホーンはちょっと驚いたようだ。しかし、長過ぎるとは言わなかった。

ここに来て、なにかを考えたりしているわけではない。自分を鍛えようというつもりもない。強いて言えば、ひとりでいたい、ということだろうか。

歩いてここまで登ってくると、そのまま座ったりする。座ったまま丸一日を過ごし、次には寝そべる。立っていることもある。

なにをしているのだ、と自分で呆れることもない。好きなようにしている、としか言いようがなかった。

ひとりでいたいが、いようもなく、常に麾下の二百騎はそばにいる。直轄軍のようになっている二千騎も、いくらか離れているが、必ずどこにもついてくる。

二百騎は、頂上から見えない位置で、野営している。煙があがるので焚火も作らず、干し肉を煮て戻すこともできない。石酪だけで、チンギスの下山を待つのだろう。

二千騎はもっと離れているので、炭を持参して湯を沸かしているという。それで、干し肉は戻せる。

チンギスは、なにも持っていなかった。

飲みもしないし、食いもしない。不思議に、そういう欲望は起きてこないのだ。

このまま、水も飲まず、食いものも躰に入れなければ、死ぬのだろうと何度も考えた。恐怖感はなかった。死ぬというのがどういうことなのか、体験してみたいと思ったこともある。

話をしているのだろうか。山と語っていると思うこともあれば、天にむかって話しかけていることもある。

話したり語ったりということが、チンギスにとっては、言葉を遣うものではなかった。

だから、ただ感じているのかもしれない。

そんなことは、どうでもよかった。

ここで、退屈はしていない。眠る時は、眠る。無理矢理生きている、というわけでもなさそうだ。なにも感じない時もあれば、なにかが満ちてくる、と待つような気分になることもある。

時が経つのを忘れるので、ソルタホーンに迎えの日限を伝えてある。まだ来ないのかと思ったり、もう来たのかとがっかりしてしまうこともない。

チンギスは、自分がただ山上にいる、と思っていた。それ以外のものは、なにもない。山上にいて、空を見る。雲を見る。星を見る。時には、海東青鶻を見る。

眼前に、霧があった。それはめずらしいと言っていいことだ。霧が流れたというのは、水気があるということだ。確かに、肌が湿ったような気がした。

青い空に、白い雲が浮いている。山上ではないところでは、そんなふうに単純に感じてしまうことはない。夜空に、星がきらめいている。太陽が照りつけている。

小便は出したのか。糞は出したのか。よくわからないが、ソルタホーンは新しい服を持って迎えに来る。

ほとんどの時が乾いているので、霧の湿りは気持のいいものだった。

天が、俺を見ている。空を見ていた。仰むけに寝ているので、空は自然に眼に入ってくる。俺も、天を見ている。

声をあげて笑った。そうやってしばしば笑っているかもしれず、気づいていないことはあるだろう。

天が、俺を見ている。俺も、天を見ている。

気に入っていた。そう感じられるのは束の間で、大抵はただ空を見ている。お互いに見合っていると感じた時、やはりなにかが心に満ちてくる。

岩の上に、座った。海東青鶻を見ていた。眠っていて、眼を開けると、すぐそばに小石があった。天と見合った。

小刀を抜き、掌を切って血を流した。赤くなった掌を、頭上に翳す。顔に、血が落ちてきた。

この山の中腹に、蒙古馬《もうこうま》と呼ばれる野生馬がいる。決して人を乗せることはなく、家族で山中で暮らしている。蒙古馬の立派な雄が、そばに来て見つめていた。息がかかってくる近さだ。

それがほんとうにあったのかどうか、わからなくなってきたが、鼻先だけが白いそこの毛並みまで、眼は憶えていた。

玄翁が、こちらに近づいてくる。腰に手をやったが、剣はなかった。玄翁の剣。吹毛剣《すいもうけん》という。

いま持っているのは、玄翁ではなく、自分だ。そう思った時、玄翁の姿は消えた。

父上。そう声に出して呼んだ。俺は、天を見ている。

座りこんで、岩肌を見ていた。生きているような気がしたが、いまはただの岩肌だ。

「七日が経ちました、殿」

ソルタホーンの声。袋が差し出される。

「塩です」

袋に指を入れ、つまんだものを口に入れた。

甘い、としか感じなかった。不思議な力が、全身を巡っていく。もうひとつまみ、舐めた。血の味そのものだ、と思った。

差し出された水筒の水を、口に流しこんだ。また、全身に力が巡った。

「ソルタホーン、報告することは？」

「なにも、ありません」

「俺は、現世に戻りたいのだ」

「モンゴル国が潰れてしまっていたら、報告しますが。殿は、もうずいぶん前から、現世にはおられません」

「すでに、死んでいるということだな」

「現世とか来世とか、口にするのもためらわれるほど、おかしなところにおられますよ。ここに登ってくる間、殿が普通の命を持っておられるように、と祈っているのです」

「ソルタホーン、普通の命を持っていたい」

「ならば、たやすいことです。俺が抱えこんでしまっている些事《さじ》を、すべて殿にお渡しします。いやになるほど、現世ですよ。殿は、普通の命を持っていることを、歓喜されるかもしれません。あるいは、深い悔悟に襲われるか」

「いずれにしても、普通の命が、現世そのものなのだな」

ソルタホーンが、腰の袋から、木の椀《わん》をひとつ出した。もうひとつの腰の袋は革で、器に馬乳酒が注がれた。

「蒙古馬が、俺と話しに来たのだ、ソルタホーン。なにを話したのか憶えていないが、お互いに、自分の背に人は乗せられない、と語り合ったような気がする」

「蒙古馬が、そばに来ることなど、およそ考えられないことです。それでもそばに来たのなら、殿も野生だと思われたのですね」

「不愉快なことばかり、言う男だな」

「それが、副官の仕事であります」

馬乳酒は、巡ると言うより、躰に滲《し》みこんできた。椀に二杯、チンギスは飲んだ。

「行こうか、ソルタホーン」

「はいと言いたいところですが、中腹と山麓にいる、二千二百の兵に、干し肉を食っていい、という合図を出したいのですが」

「二千騎の方も、石酪だけで耐えていたのか。そうされて嬉しいと、俺は思ったりしない。いくら焚火の煙があがっていても、俺は気にしたりはしない」

「殿が耐えておられるので、自分たちも、と全員が思っております。いわば自分のためにやっているところがあり、殿はそれを、二千二百の麾下に、一律にやらせようとしておられます。あくまでも、家畜ではなく、それを飼う者の家族なのですがね」

「黙れ、ソルタホーン。なにを言っているか、わからないぞ。つまらない男に育ったと、母上は嘆かれるであろう」

ソルタホーンは、ホエルンの営地の出身だった。母は、軍人ではない者も育てようとしたが、文官の道を選ぶのは、十人にひとりぐらいのものだった。

「殿、方々で、焚火の煙があがりはじめました。二刻ほど、お待ちくださいますように」

「待てない。行くぞ」

「二刻も待てない殿は、普通の命など持ってはおられません。そう考えられた方がいい、と俺は思います」

「二刻ぐらいなら、待とう。それから進発する。今夜の夜営の地で、女を抱きたい。哈敦《ハトン》とは違う女だ。豊かな胸で、尻は大きい。そんな女がいい。ただし、腰はびっくりするほどくびれているのだ」

「まったく、もう」

「二刻待つ代償だと思え、ソルタホーン」

「今夜の夜営地は、ブルギ・エルギです。そして明日は、サアリケエルにします」

ひとつはヘルレン河上流の集落で、もうひとつは鉄音《ズルフ》の近くにある、遊牧の民の大集落だった。羊だけでなく、肉を揃え、野菜もあり、雑貨や布の店も並ぶ、市が立つ。

「ソルタホーン、何度も、海東青鶻を見たぞ。あれは、鷹狩に遣うだけか？」

「通信にも遣うと聞きましたが、鳩ほど長い距離を、ひたすら翔《と》ぶことはしないようです。原野の、獲物を狙った時の速さは、唖然《あぜん》とするほどだと言いますが」

「カサルが、鷹狩を好きだが、くわしいことはわからん。誘われたこともないしな」

「誘われて、殿は断っておられました」

「そうか」

「献上された鷹を、カサル様に譲られた時ですよ。カサル様は、大興安嶺の山なみに、よく入られるようですよ。弓矢を遣う狩とは、また別の面白さがあるようです」

「うむ」

「やってごらんになりますか。集めようと思えば、いい海東青鶻がいくらでも」

「やめておこう。生きものは、なんでもいなくなるからな」

ソルタホーンが器に注いだ馬乳酒を、チンギスはちびちびと飲んだ。

一刻経って、下山した。

チンギスの躰は、頂上に登った時と較べて、どこも変っていなかった。

アウラガへ戻って数日後、カサルが訪ねてきた。ブトゥを連れている。

「ジョチとトルイのことです、兄上」

「そうだな」

二人はまだ遊軍というかたちで、会寧府を中心に動き回り、しばしば戦闘もしていた。

会寧府は女真族の本貫の地で、そこで金国は建国され、遼《りよう》を滅ぼした。会寧府から燕京に都を移したのは、それからである。

完顔部と呼ばれる地方には、燕京にはなくなってしまった尚武の気風が残っていて、降伏を肯《がえん》じない者も少なくない。

その勢力と、ひとつひとつ闘った。撃ち砕くだけで、追撃などはかけないので、兵力をそれほど減らすことはできない。

それでも二人は、こつこつとそういう戦をこなしてきた。よくぶつかる相手とは、顔見知りになってしまっていて、戦闘の前に言葉を交わしたりするようになった、とジョチは報告の中に書いてきていた。

若い将軍などは、そのやり方は手温《てぬる》いのではないかと、考えている者もいるようだった。殲滅戦をやることより、粘り強くこういう戦を続けることの方が、遥かに難しい。

どう抗《あらが》っても無駄だと思った時、ある結着を見るだろう、とチンギスは思っていた。

有力な長の八名が、帰順を申し入れてきていた。この三名が来ればという者が入っているので、北の地方にいる金国の氏族は、すべて帰順した、と考えていいだろう。それでも逆らうという者は、彼らの内部でそれなりに扱われるはずだ。

「よくやりましたよ」

「そろそろ、自領へ帰そうと思っていた。ジョチには、懸案の謙謙州があったが、陳双脚が臣従し、挨拶に来た」

「トルイのところには、カラコルムがありますが」

「ジョチのところに、鎮海城がある」

「二つが繫がって、大きな物流の幹ですか」

チンギスは従者に、ジェルメの出頭を命じた。

半刻ほど、コンギラト族の地の、草の生育の話をした。遊牧に大きな問題は起きていない。それは東のコンギラト族の地から、西の旧ナイマン王国までの、広大な地域で、問題が起きていないということだ。

モンゴル族の地だけでも広大だと思っていたが、その広さとは較べられない。

それでもいまでは、チンギスはそれを領地と呼び、格段の驚きもない。

軍馬のための干し草作りも、順調なようだった。

声をかけ、ジェルメが入ってくると、直立した。カサルも腰をあげ、ブトゥは少し退がって直立している。

「まだ外は明るいが、四人で酒を飲まないか。三人がいやでなければだ」

「それは、殿のお心のままです」

「そんな言い方はするなよ、ジェルメ。ここにいる弟のカサルはベルグティとともに、何度も死すれすれに追いこまれた。いまでも、おまえを見ると、こうやって腰をあげる。ブトゥは俺の娘婿なのに、大将軍の前では緊張して突っ立つ。しかしジェルメ、こんな二人の動きは、なんとなく鬱陶《うっとう》しいものだろう」

「はい、どちらかと言うと」

「おまえの、俺に対する態度も同じだ」

「わかりました」

ジェルメが、躰の緊張を解いた。

「おい、座ろう」

ジェルメはそう言い、腰を降ろした。

酒と肴が運ばれてくる。

「ジョチとトルイのことだ、ジェルメ」

「よくやりましたね。時をかけ、殺せる者も殺さず。その間に、ダイルが死んだりしましたが」

「自領に戻すのに、どれほどの兵がつけられる」

いま一万騎ずつ指揮しているが、それはモンゴル軍の兵だった。ジョチもトルイも、これから自領の軍を創る。

「麾下のように扱っている兵が、それぞれ二千騎ほどいるようです。それをつけてやれば」

「少なくないかな、ジェルメ殿」

「モンゴル軍は遠征を続けてきた。それなりに軍に緩みも見える。編制を替える時は、八千ずつは本隊に入れたいのだ、カサル殿」

「自領でも、やつらには苦労させたいのか、ジェルメ」

「俺の思う以上に、育っているのですよ。父親を乗り越えてくれないものかと、密かに期待しているのですが」

しばらく時が経ってから、ブトゥがうつむいて笑った。冗談だったことが、ようやくわかったのだ。

「息子と言えば、ブトゥです。ヤルダムは兄上の孫でもありますし」

「うむ、やつも思った以上の働きをしたな。ここに、陳双脚を連れてきたのだ」

「軍でもなく、商いの仕事でもなく、文官でもない。そんな仕事が、俺にはぼんやり見えるのですが」

「カサルほど、俺は見えていないのかもしれんが、遣い方を慎重に考えなければならない、とは思っている」

「父親の考えは、ブトゥ。本人が強く希望していた軍では、それなりの将校になっているではないか」

「ジェルメ将軍、ヤルダムは、軍しか見えていなかったのです。父親として俺がやれたことは、武術を鍛えあげることと、学問を頭につめこむことでした。学問は、黄文にやって貰ったのですが」

「おまえは、できすぎた息子を持ったのだが、このままだと、小さくかたまってしまうな。そうなったところで、相当の玉であることには違いないのだが」

酒を飲みはじめていた。

ジョチとトルイのことは、既定に近いものだった。

カサルは、ヤルダムの話をしようとして、ブトゥを伴ったのだろう。

「難しいな」

「難しいのはな、俺たちが歳を取り過ぎて、若い者について行けなくなっているからなのだろう、と思うぞ、カサル」

「しかし、若返りようはありません。気持はともかく、躰も老いるし、頭の中身はもっと老いますね」

「よし、ひと晩、ここで飲む。若い者たちの悪口を言いながらだ。そして、若い者を潰す方法を考えよ」

「潰すのですか、兄上。孫ですよ」

「潰れたとしても、俺たちがいる。そういうところで潰れるだけではないか」

「そうですね」

「それを通り過ぎれば、ひと回り大きくなる」

「殿に、謙謙州に行くことを命じられました。戻ってきたら、あいつは少し大きくなっていましたよ。コアジン・ベキがびっくりしたぐらいです」

「そのうち、親父を越えるぞ、ブトゥ」

カサルとジェルメが、声をあげて笑った。

「ヤルダムは、幸福な男です。これだけの方々に、いろいろ語っていただけるのですから」

塩漬けにした魚卵を、焼いたものが出てきた。

食い物が贅沢になっているのは、それはそれで仕方がないことだろう。

軍の兵糧は、干し肉と麦の粉だけである。それも、常に口に入れられるとはかぎらない。そこで、命を維持するとはなにかを、兵たちは学ぶ。

「ヤルダムは、本格的な実戦の経験はありません。一度、スブタイのところへやりませんか」

ジェルメが言った。

いま戦線があるとしたら、西夏だけだろう。

河水沿いに展開しているカサルの軍は、無聊《ぶりょう》をかこつほどで、カサルは何度かこちらへ戻ってきた。

「スブタイなら、いいだろう」

チンギスは言った。

ブトゥが、めずらしそうに魚卵に箸をのばした。


（十二　不羈　了）

初出　「小説すばる」二〇二一年五月号〜八月号
＊単行本化にあたり、加筆・修正をおこないました。

装画　寺田克也
装丁　鈴木久美

北方謙三（きたかた・けんぞう）

1947年佐賀県唐津市生まれ。中央大学法学部卒業。81年『弔鐘はるかなり』で単行本デビュー。83年『眠りなき夜』で第4回吉川英治文学新人賞、85年『渇きの街』で第38回日本推理作家協会賞長編部門、91年『破軍の星』で第4回柴田錬三郎賞を受賞。2004年『楊家将』で第38回吉川英治文学賞、05年『水滸伝』（全19巻）で第9回司馬遼太郎賞、07年『独り群せず』で第1回舟橋聖一文学賞、10年に第13回日本ミステリー文学大賞、11年『楊令伝』（全15巻）で第65回毎日出版文化賞特別賞を受賞。13年に紫綬褒章を受章。16年第64回菊池寛賞を受賞。20年旭日小綬章を受章。『三国志』（全13巻）、『史記　武帝紀』（全7巻）ほか、著書多数。

チンギス紀《き》

十二《じゅうに》

不羈《ふき》

二〇二一年一一月三〇日　第一刷発行

著　者　北方謙三《きたかたけんぞう》

発行者　徳永　真

発行所　株式会社集英社

〒一〇一―八〇五〇　東京都千代田区一ツ橋二―五―一〇

電話　〇三―三二三〇―六一〇〇（編集部）

〇三―三二三〇―六〇八〇（読者係）

〇三―三二三〇―六三九三（販売部）書店専用

印刷所　凸版印刷株式会社

製本所　加藤製本株式会社

ISBN978-4-08-771773-0　C0093

定価はカバーに表示してあります。

造本には十分注意しておりますが、印刷・製本など製造上の不備がありましたら、お手数ですが小社「読者係」までご連絡下さい。古書店、フリマアプリ、オークションサイト等で入手されたものは対応いたしかねますのでご了承下さい。